U0753357

与共和国同行
——叶辛散文朗诵读本

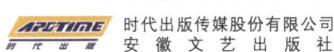
时代出版传媒股份有限公司
安徽文艺出版社

叶 辛◎著

　　叶辛，1949年10月出生于上海。中国作家协会副主席、国际笔会中国笔会副主席、上海文联副主席、上海作家协会副主席、著名作家。曾担任第六届、第七届全国人大代表和贵州省作家协会副主席，《山花》《海上文坛》等杂志主编。长篇小说《蹉跎岁月》《孽债》被改编为电视连续剧，曾引起全国轰动，成为中国电视剧的杰出代表。

　　著有长篇小说《蹉跎岁月》《家教》《孽债》《三年五载》《恐惧的飓风》《在醒来的土地上》《华都》《缠溪之恋》《客过亭》等。另有"叶辛代表作系列"三卷本、"当代名家精品"六卷本、"叶辛新世纪文萃"三卷本等。短篇小说《塌方》获国际青年优秀作品一等奖，由本人担任编剧的电视连续剧《蹉跎岁月》《孽债》《家教》均获全国优秀电视剧奖。

YU GONGHEGUO TONGXING
——YEXIN SANWEN LANGSONG DUBEN

与共和国同行
——叶辛散文朗诵读本

叶 辛◎著

时代出版传媒股份有限公司
安徽文艺出版社

图书在版编目（CIP）数据

与共和国同行：叶辛散文诵读本/叶辛著．—合肥：安徽文艺出版社，2019.9（2024.4 重印）
ISBN 978-7-5396-6781-2

Ⅰ．①与… Ⅱ．①叶… Ⅲ．①散文集－中国－当代 Ⅳ．①I267

中国版本图书馆 CIP 数据核字(2019)第 205352 号

出版人：姚 巍　　　　　　策　划：岑 杰　皓哥读书
责任编辑：岑 杰　姜婧婧　　装帧设计：张诚鑫

出版发行：安徽文艺出版社　　www.awpub.com
地　　址：合肥市翡翠路 1118 号　　邮政编码：230071
营 销 部：(0551)63533889
印　　制：安徽联众印刷有限公司　(0551)65661327

开本：880×1230　1/32　印张：10.75　字数：200 千字
版次：2019 年 9 月第 1 版
印次：2024 年 4 月第 2 次印刷
定价：39.80 元

（如发现印装质量问题，影响阅读，请与出版社联系调换）

版权所有，侵权必究

目 录

自序 / 001

花江坡看山 / 001
别亦难 / 003
今天我要离开贵州 / 009
遥念山乡 / 013
两种生命环 / 019
茶思 / 024
也贺教师节 / 028
村寨四季 / 033
山乡短笛 / 049
闲话久长 / 068
罕见的屯堡景观 / 072
纳税往事 / 097
当好"客人" / 106
最难忘的旅程 / 110

若有似无的城市 / 116

浦东季节 / 122

上海四季 / 128

三棵树 / 142

陈圆圆归隐之谜 / 148

爱神花园的白玉兰 / 174

家居浦东 / 178

万家灯火的遐思 / 183

黄果树瀑布群落 / 188

到碧云湖去 / 193

爱的教育 / 198

家庭琐记 / 205

小箱柜的启示 / 213

辣椒与我及其他 / 216

婚姻的终结 / 222

人生与伴侣——一道庄重的课题 / 227

保护乎？开发乎？/ 234

鬼剑舞 / 239

曼谷王宫一瞥 / 245

由科伦坡市感想到的 / 251

追寻"东方威尼斯"/ 255

由一首绝句想到的 / 258

独特的傣味 / 261

山乡随笔 / 268

在斯里兰卡的阳光下 / 273

苗家、侗族的草标及布依族的招女婿 / 277

在斯里兰卡选美的日子里 / 283

婚姻即景 / 291

提早入睡 / 297

家居何方 / 300

给孩子一些什么 / 304

四菜一汤总相宜 / 309

妻又和我去散步 / 314

孩子想念贵州 / 319

人生的金秋 / 322

江南文化在哪里 / 325

兴化早茶 / 328

后记 用佳作为国庆献礼 / 332

自序

二三十年前,上海作家协会组织了文学进校园活动,让作家们和他们的读者面对面。近年来,中国作家协会更是开展了"文学照亮生活,阅读温暖人生"的系列活动,组织作家们到边疆、农村、基层、哨所、厂矿去。在参加这些活动的过程中,人们总会请作家们朗读自己的作品,畅谈阅读这些作品的体会,形成很好的氛围,作家和读者都会感觉受益匪浅。尤其是宁波成立了"叶辛文艺大师工作室"以来,有意识地把阅读和专业朗诵结合起来,走进校园,走进书吧,走进书店,让文学作品以声形并茂的形式传播,更具感染力,更能让平时不常阅读文学作品的人们,亲近文学,喜欢文学,热爱文学,了解作家和他的作品。

我参加过多次这样的文学活动,不断地听到既热爱文学又喜欢朗诵的人们说,这些年来,这一形式越来受到欢迎,越来越活泼多样。最好作家和出版社能及时地推出一些适宜于朗诵的作品集以供人们的不时之需。

这本书就是应读者的要求,在我创作了一辈子的散文随笔作品里选出来的,希望读者喜欢。我从青年时代开始创作,近半个世纪以来,主要致力于长篇小说的写作,但在几十年的创作生涯中,也写下了不少的散文随笔,隔几年就汇编一本集子,曾有《曼谷姑娘的眼睛》《我生命的两极》《我的生命环》《若有似无的城市》《一支难忘的歌》《叶辛散文》等集子陆续出版,本着短小、简洁,当然也适合朗诵的宗旨,我把这本书献给今天的广大读者朋友,特别是年轻的朋友。

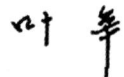

花江坡看山

那一天，车过黄果树，观赏过大瀑布的雄姿，时间还早，同行者中有人提议，去花江街子吃午饭，顺便尝尝名声响遍西南的花江狗肉，管保你吃得放不下筷子。于是，吉普车轰鸣着开始爬坡。用"轰鸣"两字，不是因为车子破旧，而是车轮子一路上都在费劲地缓慢地滚动着往上爬。早有人说，贵州省除了地势险恶的七十二道拐，就数花江坡难上。今日车到山前，果然尝到了这滋味。只见盘旋而上的山间公路，一面挨着陡峭的山岩，另一面就傍着悬崖绝壁，路侧全用一排排粗实的隔离墩阻挡着，防止车轮子打滑出事故。

上得坡来，足足用了四五十分钟。水箱烫得要换水，我们几位坐车赶路的人，也被废气憋得急切地跳出车子，想呼吸几口新鲜空气。

万没料到的是，只见眼前千座山万座山朝着我们扑面涌来。乳白色的雾岚浪一般波动着,指天戳云、千姿百态的山峰在轻盈地飘浮。那浑圆的山头,那坦荡的大山的胸怀,那雄峙巍然的山体,那奇秀高耸的山峰,那连绵无尽的山峦,那屏风般的山脊……哦,在文章中我引用过"一览众山小"的诗句,在作品中我写过"气象万千"这一成语,可我只觉得,在如此壮丽的群山面前,在大自然如此神奇的鬼斧天工面前,一切的形容词和描绘都黯然失色了。

我久久地站在那里,任伙伴们几次催促,也不想上车。我想起了一句话:"文似看山不喜平。"

在不少文章中,这句话常被引用来针对情节的安排。其实,作品的语言、作品的结构、作品中的人物乃至细节……都该是"文似看山不喜平"嘛。哦,花江坡看山,让我领悟到,伟大的作品就该像眼前如海的苍山般泼洒挥写。

别亦难

说要走、要走、要走,临到真正获知同意我走时,我的心又惆怅地悬浮起来。连续多少个夜晚扪心自问,当真要走了吗?当真要走了吗?

1985年的春天,75岁的老母来信告诉我,她的一只眼睛开始看不清东西,很希望我回去照顾她。她说我离家已有十六年了,很多插队落户的上海知青都回去了,我也应该可以回家。据此我交了请调报告,当时上上下下一片挽留之声,领导还派了干部去上海探望我母亲,说服了她。我便留了下来,一留便是整整四年。1989年3月,母亲双目失明,她已不能执笔给我写信,信是亲戚写的,告诉我老人很烦恼,天天喊着请人写信要我回上海。那时我正在中央党校学习,便写信托自小一起长大的同学设法送她进一所市级医院动手术。12月,我赴京开会后,绕道上海看望母亲。

母亲手术后效果不好,眼睛老流泪水,配了深度的眼镜,只能勉强辨识人影在她身前晃来晃去。我回家十天,她天天要我同意设法调归。她说:"你19岁离家,现在41岁,当年说把青春献给祖国,你已经献了,为什么那些家庭没困难的都能回来,你就不能回来照顾老人?你还要我盼多久?"

我知道母亲的记忆里还残留着她对贵阳的印象。那是抗战时期,日本人打进江南,她携我的大哥逃难路经贵阳,住过一阵。我决定出来插队落户那一晚,她整夜在我床边踱来踱去,翻来覆去讲的只是一句话:"贵阳只有一条街,何况你去的是乡村,真是不懂事啊!"

这一次,亲戚朋友们更是站在我母亲一边,有劝的,有说激愤话的,总而言之是要我回归。

我只能据实说我何曾不想回上海?这是我的故乡,我自小生活的地方。但调回上海岂是像买一张戏票那么容易?我去找了上海作协,说了我的困难,请求他们帮助。上海作协的领导立即请示、研究,并以最快的速度正式答复我,同意照顾我调归。

于是我在上海当着母亲和亲属的面写下请调报告,回黔后和妻儿商量定下来,就把报告交了……我十分感激各级领导和省委几位主要领导同志的盛情挽留,我也十分感激他们最终对我家庭遇到的困难表示的理解和同情。当确知领导终于同意我调回上海时，我整整一个通宵没睡觉。除了预感到这是我命运中一个巨大的转折之外，更多袭上心头的，是一股依恋的情绪，是由即将到来的离别引出的莫名的惆怅和汹涌的思绪。

是的，到贵州那年我19岁。19岁的小伙子懂什么呢？1969年，又瘦又小的我除了虔诚便是盲目。

是贵州的山水土地哺育了我，是贵州勤劳朴实的各族人民养育了我，是贵州的各级领导培养了我，使我从一个少不更事的青年，成长为一个作家。

我忘不了，在偏僻村寨的山野田坝间，跟着世代栖息在这里的农民们学犁田、钻煤洞、敷田埂、采茶叶、熬更守夜看谷场、挖野菜、抗旱、摘红子檬充饥，学做一系列的农活。记得那是一个飘飞凌毛毛、冰雪封山的日子，我高烧病倒了，孤身一人躺在茅屋里。每天，一个14岁的娃娃，用竹壳热水瓶给我送来满满一瓶豆浆。那四天里，我就全靠着这豆浆维持着病体。后来，还是我的这个学生，冒着寒冽的北风，脚踏雪凌满地的泥泞，到另外一个寨上喊来了医生，给我打了针退了烧（今年我才从寨上来贵阳的另一个学生嘴里知道，这个孩子在出外打工时，让倒下的砖墙压死了，我非常难过）。记得那年夏天，不知怎么搞的，我脖子后面生了一个疮,吃药、打针都医不好,反而一天比一天严重,日夜痛得不得安宁。是山寨上那个平时说话不多、干活路时爱唱几句山歌的老汉,特意为我跑到高高的山坡上采来了草药,敷了几天,毒疮竟神奇地消炎退肿了。后来人们告诉我,他虽不是医生,但治毒疮的中草药是他家的家传秘方,不是他看得上眼的人,他还不一定肯给呢……记得我在乡间的那些年里,外面的世界纷纷扰扰地不太平,"文化大革命"激发的权欲满世界泛滥。我在山寨上过日子,虽然生活得艰辛而清苦,却享受着一份出奇的清静。除了累人的劳动之外,倒没几个人来歧视你折磨你,清贫的日子过得还是相对安宁的。正是在这样的年月里,我萌生了学习创作的愿望。那年头,就连一同来插队的知青中也有人说我这是资产阶级名利思想,是没有接受好"再教育"。但是纯朴的农民并不这么想,他们看我劳动之余还要起早贪黑地写作,干脆把我调进耕读小学执教,让我在教学之余可以有更多的时间"写书"……哦,就是在这样的岁月里,在这些渴求着过吃饱穿暖的生活,然而温饱恰恰又得不到很好解决的普通农民中间,我开始认识了祖国农村的广袤大地,开始熟悉了"日出而作,日落而息"的农民。多少年以后,我才意识到这一段生活给我留下了深深的烙印。如今不论遇到什么风波，遇到什么想不开或是不悦的事，我首先想到的是乡间的农民们，和他们比比，人在物质生活上会感到知足，想想他们，很多想不通的问题自会迎刃而解……

我同样忘不了，当我的第一本书于1977年2月出版时，当我的其他作品随着文艺春天的到来一本接一本与读者见面时，贵州人民和各级的党组织，给了我很大的荣誉。第六届全国人大代表、全国青联常委、全国自学成才优秀青年、首届五一劳动奖章获得者、贵州省十大优秀青年新闻人物、第七届全国人大代表……当这些荣誉接踵而至的时候，我真有些受宠若惊了。我深知自己其实并没有做过多少值得夸耀的事，我只不过写了几本书而已。

正是因为这样，我一点也不敢怠慢、松懈，牢牢抓着手中的笔，尽自己的能力创作着。这十几年里我出版了28本书（长篇小说19部，中篇小说与集子9部）。所有这些书全是在贵州的土地上写出来的，评论家们对这些书品头论足，读者们给我写来2000多封热情洋溢的书信……我想，一个作家的本分，无非是写作，勤奋地写作。正如巴尔扎克说的："今天写作，明天写作，后天也写作……天天都在勤奋中度过。"记不清是哪一位伟人讲的："逆境的美德是坚韧，顺境的美德是节制。"在贵州的二十一年，我想，我基本是这么做的。要走了，要离开贵州了。从申请调动，到获准并办理一切手续的这段时间里，消息传开后，一些工厂的职工和干部，一些大中学校的师生，曾给予我巨大支持的省青年联合会的朋友们，一些新的老的朋友，邀我去他们那里走一走、看一看，到家里坐一坐，吃一顿饭。形式虽是极为简单的，却充满了人间的温情……

别了，贵州的父老乡亲！别了，朋友们！

别亦难啊，别亦难！

今天我要离开贵州

今天我要离开贵州。

醒过来的第一个念头,就是这句话。天还没亮,抬腕看表,仅凌晨4时许。人困,却是怎么也睡不着了。

是的,要离开贵州了。不是像以往那样,是探亲,是出差,是到乡间,是去北京、上海、广州等处开会、改稿。以往走得再远,我终究还是要回来的。因为我的家、我的妻儿、我的事业和工作的单位,都在这座小小的被称作贵阳的省城里。在这里,我已经当了七年半的居民。

但是今天,1990年9月1日,我将永久地离去,告别贵州。以后即使再来,我也只是作为一名故地重游的客人来了。

在木板床上翻身,声音吱嘎作响。妻也醒了,她大睁双眼："为何醒这么早？今天是没有多少事了。"是呵，去上海的火车要在20点11分才开，还有整整一天呢！和忙忙碌碌奔波不息的前几天相比，今天是没有很多的事了。

该带回上海的几千册书，连同一点衣物和家用电器，已在昨天装满了两大集装箱，托运走了。

在贵州二十一年，无论是在山乡、在省城，各族各界中都有不少的朋友，无法一一告别，一一去说那些重复的惜别之言，我已写下一篇短文交给了《贵州日报》，嘱他们在我离去之后，随便挑个稿不挤的日子发出来。在那篇短文中，我叙述了调离贵州的缘由和对故乡上海的眷恋之情，但更多地叙述了在贵州二十一年走过的人生之路，以及别离所带来的悬浮惆怅的心情，取名《别亦难》。

好像也没有其他的话讲了。

好像也没有不甚妥帖的事了。

但我仍然睡不着，于是索性坐起身子，和妻一起聊当年到贵州来的情形：1969年3月31日，列车在一个寒冽的黄昏将我们送进小而简陋的贵定车站，一人发四只油饼一碗汤，当晚住在贵定中学腾空的教室里，地上铺的是谷草。第二天又由卡车将我们送到修文、息烽、开阳三县交界的山乡里，开始了艰辛、苦涩、累人的插队落户生涯……

天渐渐亮了。

窗口爬进了曙色。家具物什搬空了的四室一厅的房子,显得空荡荡的。

8时许,约好的车开来了。去贵阳车站行李托运处想把昨天忘了托运的孩子睡的钢丝床托运掉。报出价来是六十八元八角,比床的身价竟高出一倍之多。于是我只得说:"我不托运了。"

无精打采地拖着钢丝床回到家。请司机去忙他的事,我顾不上发一声牢骚,便又马不停蹄地直奔电信局,往上海家里发电报,通知我们的归期车次。顺道又去了银行,办理一点旅行支票。去电信局和银行,自然又免不了无可奈何地排队静候,回到家已近中午11时了。

此次返归上海,除了书,除了家电,婚后我们陆续添置齐的一套土漆家具,以及小铁床、缝纫机等悉数送了人。没想到他们竟像约好了似的,全在中午时分赶来了。

东西未搬完,《山花》编辑部来人请我们,说是要离开贵州了,编辑部邀我们夫妇吃一顿便餐。妻不愿去,我说我曾在《山花》当了四年半主编,冲这一点吃顿告别餐,大概误不了什么事的。

餐后小说编辑拿来几本第九期的《山花》,那里面刊登了我写的《小说三题》。几年没给《山花》写稿了,这一组稿,也是写来放在那里,作为告别之作发的。

回到家。家已真正地不成家了,所有的东西都已搬空,只剩几个随身携带的包裹和箱子。从此时起直至傍晚,来话别、来相送的朋友们只能站在屋里,幸好昨天在六七只可乐瓶里灌满了开水,还有口水可喝。

车是近19点的时候来的,送别的朋友、同事满满坐了一面包车;到了火车站,软席候车室里也挤满了来相送的人。这是出乎我意料的,我不一一去告别,只是请《贵州日报》发一篇文章,就是不想惊动什么人。但现在他们都来了,而我的车票只能买4张站台票,怎么办呢?幸好软席候车室的两位检票员都是熟人,她们敞开了大门,让所有来相送的人都上了站台。

车是准点开的,20点11分。

车开出站,我仍呆痴痴坐着,足有一两个小时。不想说话,不想动弹,似乎也没在思考什么,只是心绪波动。脑子里翻来覆去念叨的,只是一句话:生活了二十一年的贵州,别了。

遥念山乡

我曾生活了十四年之久的那一片乡土,以瑰丽多彩的风光闻名,那是"黔之腹,滇之喉"的安顺修文,古时候叫龙场驿。多年以前,当我在自己的小说中写到她的偏远闭塞,写到她的贫穷落后时,我也如实地写到了她的山水风光、她那古朴醇厚的乡风民俗。

两年之前的今日,我离开了贵州回归故乡上海。两年中在忙忙碌碌、紧紧张张、琐琐碎碎的生活中,时常会情不自禁地回想和牵挂山乡里的一切。有朋自远方来,不亦乐乎地要对乡间的事问个够;得到一张那里的报纸,大大小小的消息也要看个够。不是眼馋那些醉人的湖光山色,不是为如今开发得更为便利、舒适的旅游胜地入迷,不是一欲故地重游,陶醉于美不胜收的风景之中。想得最多的,恰恰就是荒蛮山野里的安宁、偏远寨子上的静谧,还有那里的风、那里的雨和伴随自然界的风雨栖息在那块土地上的人们。

说来难让人信,真正地开始懂得一点观察,真正地开始悟到一点创作的真谛,恰恰就是在那山也十分遥远,水也十分遥远,弯弯拐拐的山路更是十分遥远的村寨上。曾与几位初学写作的年轻人说,我琢磨出一点小说的道道,是在"看风""听雨"的日子里品咂出来的。瞅着年轻小伙和姑娘诧异不解,认定我是在故弄玄虚的眼神,我只得如实道来:那年头清贫的生活逼得你只有以繁重的劳作去打发光阴,穷得一文不名且又不可能通过自己的努力马上改变那种状况,人便变得一无所欲、一无所惑。闲暇下来,生命需要延续,日子需要打发,于是乎一点动静也会引起我的浓厚兴趣。茅草屋外头的竹林里声音嘈杂得像有野兔乱窜、竹鸡拍翅,赶紧凑近窗前去看,却是啥也不见,而是豆大的雨点砸下来了。山野里一片细唰唰的声音,细密而又轻柔,别以为是什么轻风拂过麦田,那其实是绵长的雨在下。山乡里称作凌毛毛的霏霏细雨,飘洒起来是一点声息也没有的,那雨丝儿细小得你出门时都不想带伞,但只要走上三五里路,那细雨准把你的衣裳沉甸甸地浸透。就是这让人编进歌里唱的毛毛雨,我也是听得出来的。当然不是听它如何飘洒,而只消听听屋檐下的动静就行了。细雨飘洒得久,时不时隔开一点时间，屋檐下就会眼泪似的滴下一颗水珠，清晰地滴落在青岗石阶沿上。翻书翻乏了，山野里又没更多的东西可看，看够了山，看够了雾岚，仰起脸来，看得最多的，竟然是偌大无边的天。天上云跑得快，风必然刮得凶。从峡口那里吹来的风，我往往一眼看得出，瞧啊，坡上的丝茅草全朝着一面倾斜颤动。山巅上的云层在往下压过来，风声里带着雨，那云层下就像拖着扫把；风劲吹时，雨斜斜地落下来；风小了，雨丝儿会像蚊蝇般飞舞；风挟着雷雨时，往往从山峦那边先亮起来，遂而拖带着阴云，自远而近、排山倒海地横扫过来。风轻柔温存时，蝶儿在飞，蜻蜓在翔，花瓣儿也得意，还有阳光……由风雨雾岚而山岭峡谷，由自然界而栖息在这块土地上的人们：男女老少，形形色色。我记不清自己在乡居的插队生涯里潜心入神地写下了多少与气象有关的日记，记不清自己那本像户口册一般给山寨上每户农家编号的本子是怎样密密麻麻地写满了的。

怪得很。"听雨""看风"使我的山乡生活充满了情趣和色彩，住久了感觉山寨、田野、树林、河川和莽莽苍苍、千姿百态的群山，也变得亲切起来。

逢到赶场天，年轻调皮的小伙长声吆吆地唱：

山路弯弯细又长,七天七天赶一场;不买油盐不买米,赶场只为看姑娘。

哦,这歌声里蕴含着多少乡情、多少诙谐和俏皮,它由远而近地传来,在嘹亮清纯的和声里,伴着山谷的回音,哟哎——哟哎——又由近而远地传入群山,久久不散。仿佛非得让人感觉那回肠荡气的滋味,仿佛非得让人随着这歌声心魂摇荡……

回到了上海,这一切的一切自然都已远去。也正因离得遥远,思念也就格外真切。不过我毕竟在那块土地上实实在在地生活了二十一年,在遥念山乡的思绪泛滥得最为猛烈时,我也还是记得,我居住的茅草屋是滴漏的,一大张厚实的塑料布一年四季总是遮在帐子顶上,睡觉时得倾听漏雨的小鼓点。雨季里泥泞的道路上布满了深深浅浅的蹄印,非得赤脚走过去,才会觉得合适。雨只要一下得大或久,井水、堰塘水必然是浑浊的。那倒不怕,挑回来沉淀半天,总还能吃。怕的是天干的旱年,堰塘里的水发了臭,而深沉的井眼里,一点水也不往上冒,那日子才叫人发慌哩!至于吃,至于其他生活条件,那就更不消言……

有人要说了,既如此,那你又何必这么思念?说实在的,我自己也经常扪心自问,且得不到一个能够自圆其说的答案。

若要勉强回答,那倒也不难。古代文人中就有例子,四百多年前的1508年,被贬谪居住在龙场驿的王阳明,心情抑郁时,形容贵州修文的山是"连峰际天兮飞鸟不通,游子怀乡兮莫知西东"。而他高兴时就写道:"天下之山,聚于云贵;云贵之秀,萃于斯岩。"

另有一种解释,不知能否说通。

去年有一天,苏联《文学报》的原第一副总编来作协访问,他说在他的国家里,有二十几位作家享受的是一般人根本得不到的待遇,他们有别墅,可以随心所欲地到世界任何一个国家访问……他举例谈到的名字中,第一个就是我们多半都熟悉的艾特玛托夫,还有一位拉斯普京。在他介绍完以后,我的思绪就甩了开去。我注意到他提到的这几位作家,几乎都是描绘俄国乡村的高手,在他们笔下,表现得最生动、最感人的,往往是偏僻乡村里的那些故事。他们自己有别墅,住房条件想必比中国作家好一点。那他们又为何要纠缠不休地描写泥泞的道路、用原始方式割草的农民、担水过日子的农妇、眷恋故土对开发建设有抵触情绪的老农、安卡拉河上善良的勤扒苦挣的少妇、森林里几乎未曾接触过现代文明的孩子呢?莫非他们的创作思绪中也有着对乡土的眷恋和遥念吗?广而言之，那些偏远荒蛮的山乡，在保存着无法避免的落后、原始、古老的生活习俗的同时，不也同样保存着朴素、稚拙因而令人感到奇特、新鲜的东西吗？这些东西不容置疑地显示出一种日见消逝的朴野、天真之美，透露着人类某种返璞归真的意向，某种回归自然的美学意趣。

这样地阐述自己似乎自相矛盾的思乡情结，解释自己沉浸于山乡回忆的遥念，不知是否能说得过去？不知是否能获得读者们的理解？便写下这篇短文，求教于高明者。

两种生命环

在贵州生活了二十一年之后，意外惊喜地回归故乡上海，除觉到气候上的差异、口味上的区别以外，另一强烈的感受，便是生活节奏的陡然加快。最初那半年，我甚至有些适应不过来。似乎久违了的喧嚣的叫卖声、人群嘈杂的声浪、几近咆哮的汽车喇叭声，常常把我搞得心烦意乱。公共汽车里的拥挤，上海人挤公共汽车时的机巧灵活和不择手段，困在车厢里而车子又似蜗牛爬行的……几乎常常憋得我无奈地闭上眼睛。一天一天，上海人就这样地生活着，匆匆忙忙地坐车，匆匆忙忙地吃饭，匆匆忙忙地赶路，匆匆忙忙地打瞌睡，连操笔墨生涯的同行们，也是匆匆忙忙地写，匆匆忙忙地发，匆匆忙忙地读。回上海不到两年，出国热、装修住房热方兴未艾，紧接着而来的投资热、房地产热、股票热又掀起来……有人颇为认真地告诉我,这就是现代生活的快节奏、高速度,你必须适应。于是乎我也不知不觉地卷入这快节奏的旋涡中,把一天一天地计算时间的方式,改成一小时一小时地计算时间,让生命的环,旋转得更为迅速一些。

但是,我毕竟在山乡里生活了那么多年,了解另一种生命环的转动。闲暇下来,抱一本书,并不想匆匆忙忙地读,于是眺望晴空,情不自禁地忆及乡居岁月里的种种情景。

贵州那大山褶皱里的村寨,即使在农忙时节,也是安寂而清静的。而一旦进入农闲,你便会真正地感觉到那份安然闲静。

栖息在荒寂乡间的农民们,起得都较晚。鸡鸣过后,往往还会贪睡一阵。若是拂晓时分有雨,雾气笼罩着山头,那早晨的这一觉必然还要睡得长久一些。

一家子中起得最早的,往往是主妇。趁着男人和娃崽还在酣睡,农妇便用豆荚秆或葵花秆引燃灶膛里的火,煨热水盥洗,同时在小灶上的甑子里蒸上一家人一天吃的饭,在大铁锅里用猛火煮猪潲。

饿得不耐烦的肥猪、猪崽把圈槽板拱得咚咚响时,一家子人也随着灶房里飘散出的饭香先后醒来了。于是家家户户都有了一些大同小异的响动,朝门打开了,喂养的鸡鸭和完成了夜里值更任务的狗蹿出门,四散跑开去。寨邻乡亲们打了照面，互相懒懒地搭问几句，多半说的也是昨夜的雨水大小，老板田里是否有了点花花水儿，或是做了个稀罕的梦，梦见了啥。

吃过早饭，时间总是在上午的 10 点来钟。一家的活动便正式开始了，农妇们刷洗完碗筷，去园子或自留地里淋粪薅草。一家之主的男人们，则是拿着镰刀、扦担上坡去，割草回来垫圈。至于细娃嫩崽们，背上背篼，骑上牛背，尖脆着嗓门呼喊要好的伙伴上坡去放牛。

午后的两三点钟，放牧掏猪草的娃儿们把牛马拴在地桩上回家来了。上坡去的男人们挑着满满两大捆草也回来了。娃崽性子急的，催着要吃饭。而男子汉则往往端条板凳，坐在堂屋前咂一杆叶子烟。随着那蓝色的烟雾飘起来，男人眯缝起眼睛，似在眺着远山近岭沉吟，又仿佛在出神地思忖。其实他啥都没想，只是坐在那里休息，山乡里的话叫"歇气"。那是他最好的享受。

时近黄昏，太阳落坡了。汉子们在寨旁的河沟边洗净手脚，担起水桶去把家里的石缸挑满。水井边是个热闹的地方，挑水的、洗菜的、吃晚饭的，全聚拢来，说说笑笑，打情骂俏，用以消除一天来的闷愁和疲劳。

晚饭后,有两件事是必须做的。一是铡马料,一是斩猪草。边干着活,边有一句没一句地闲扯着。若是在冬夜,一家子就会聚在火塘边,天南地北地摆龙门阵,讲盘古开天地的事,讲民间的传说,讲城市里的人如何了得,又如何不要脸……

一家子人中,睡得最早的往往是戏耍了一天的娃娃,其次便是妇女。到夜深人静时,一大家子人也就全入睡了。有电灯的地方省电,没电灯的地方省油。

于是乎,一整个寨子沉寂下来,隐身在黑黝黝的山脚下,笼罩在不知不觉从峡谷、山林里弥漫出来的雾气里。时而,这里一点,那里一点,农舍里会闪出点点光亮,那多半是勤俭的妇女在赶夜工,可能是在纺线,可能是钟情的姑娘在给意中人绣鞋垫,可能是聚起了一帮汉子在赌博,通宵地耍……

日子就这样一天一天地打发过去,不同的只是节令气候,不同的只是农事的更迭重复。今天和昨天一样,明天必然和今天一样,只要老天爷帮忙,只要风调雨顺,这一份人世间的日子,就是如此地悠闲逍遥,如此地辛劳不尽,如此地悠长缓慢。

山寨和外界多少是有一点联系的。其一是依靠赶场。城市工厂把卡车开来乡场,把鸡蛋全搜罗了去,于是鸡蛋价格上涨一点;街头的百货店运来了花色鲜艳的布料，四乡八寨的姑娘少妇全争着去扯，于是晓得花布的式样又多了一种。其二便是寨子上多少出去几个打工的小伙子，他们出去抬石头、砌包坎、修房子、挖土方，赚回一点劳力钱，同时也带回一点外面世界里的信息。其三是有幸参军或考上大学又回来度假探亲的凤毛麟角般的人物，讲着更远的山外头的新鲜事物，很多与山乡里不同的风习，很多村寨上人闻所未闻的情形，惹得那些闲来无事又好奇的小伙姑娘一阵阵感慨、羡慕和叹息……

但是正如在电影里看到演员们吃宴席而他们吃不到一般，这些由外界带进来的信息，对山乡人们的冲击是不大的。听过之后，他们照样回去睡自己的觉，照样按山寨规矩打发自家的日子。

一天又一天，一月又一月，一年又一年。

命运使得我在前后两种截然不同的生活形态里浸染过，我情不自禁地常常要将这两种生活的世态拿来对比，发出一些自觉深沉而别人觉得莫名其妙的感慨。

——那激荡的波涛何时拍击到我曾生活过的偏远的山乡呢？而那同大自然一样自若坦然、充满绿色浓荫的生活，又在何时回归到城市的喧嚣、嘈杂中来呢？它们交汇融合得起来吗？

莫非我们的生命环，必然要在这两者之间摇摆吗？——读者诸君，你们说呢？

茶　　思

山乡里产茶。

插队时候的劳动,也就离不开采茶。

采茶都得赶早,天蒙蒙亮,群山、树林、田坝、寨子沉浸在拂晓时分的雾岚中,空气格外清新,人们挽着提篮、背着背篼、系上围腰,呼群结伙地走出寨子,踏着晨露上坡去采茶了。

大约因为活儿不重,出早工去采茶的,多半是妇女。因而一路走出寨子、走到坡上去的山间小道上,都是清朗朗的笑声、尖声拉气的呼唤,伴和着轻快的山乡小调,还有姑娘们轻捷的脚步声。

到了茶坡上,大伙儿就分散开了,这里两三个,那里四五个,互相望得见,却并不聚在一起。偏远山乡的茶坡,和我们习见的茶林场、茶乡里的景象不一样。所有的茶树都是零零星星无规则地栽在山坡上的。

田头、土边有茶树，岩脚、坎下也有茶树。有的茶树傍着竹林，有的茶树长在半山上的悬崖峭壁间，还有的茶树长在高高的山巅上。也有一些有心计的农民，在山坡上开了荒，栽一圈茶树把开出的田土围起来。在田土上干活累了，坐在田埂边歇气时，随手摘一片两片茶叶在嘴里咀嚼着，别有一番滋味。

立春以后，春季头一场雨之前采的，称为雨前茶；清明节前采的，称为明前茶。雨前茶也好，明前茶也好，无非是要申明这茶叶采得早，春天采得新鲜、采得嫩。尽管山乡里年年都有倒春寒，但终究是春天了，采茶的姑娘媳妇们总没有冬季里穿得多、穿得臃肿。相反，她们在采茶时总像要与春天比赛似的，把最好看的花衣裳穿出来。故而一到采茶季节，茶坡上就特别地好看。只见一丛丛、一蓬蓬、一簇簇碧绿生翠的茶树旁边，站着一个两个穿戴得花枝招展的姑娘媳妇，她们边说边笑边采茶，随着流星一样的目光闪动，双手十指飞蝶般灵巧地把小小的芽尖采摘到自己的提篮、围腰中去。远远地望去，青的山、绿的水、浓翠的山坡上一个个采茶姑娘在随着飘去飘来的晨岚晃动，那真像一幅画。真的画是静止的，眼前的画却是随着浪涌峰浮般的雾岚而时时变幻着的，尤其是采茶采到高兴时，只要有一个人带了头，轻轻地哼唱起山歌，那么远远近近的茶坡上就会受到感染似的,你应我和地唱起来。哦,那行进的波浪般起伏的歌声,比起今天炒得很凶的歌星们的歌声来,完全是另一种味、另一番感受。

因为都是从山间云雾中采来的茶,这种茶就被少见多怪的城里人起了一个名字,叫云雾茶。

城里人喝到的云雾茶都是好茶,芽尖嫩、茶色鲜、茶汤香,故而云雾茶的名声就特别好。其实山乡里采下的茶,哪一片不是云雾茶呢?好茶卖到城市去,卖给城市人喝,因而住在城里的人,年年开春之后,就在盼新茶了。讲究些的人家,新茶上得迟些,还像犯了病一样地思念。难怪啊,那新茶泡出来,味道就是不一样。可惜的是,城里人往往只知其一,不知其二。城里人拿来泡茶的水,都是从自来水管里流出的。这水经过了处理,放了漂白粉,实在是给年年上市的新茶打了大大的折扣,把那最好的滋味都败坏了。

在那遥远的乡间,终日劳作的山民们喝的都是淋过雨的茶,或者说是清明过后采下的大叶茶。叶片虽说大一些,看上去也不鲜嫩了,但是用山泉水一泡出来,啼,你看嘛,茶杯面上一丝儿悬浮的白沫沫都不起,那汤色仍是诱人得很。呷一口,只觉得清香沁人,不愿放下杯子!

山民们时常对我说："我们吃的是粗茶淡饭。有客人来，我们拿豆子推些豆腐招待了。十分尊贵的客人来了，我们才割下一点腊肉来招待。只在逢年过节时，才杀猪宰羊地吃得好一些。城里人呢，平时的饭菜很讲究，吃得十分精致，住的就更不用说。至于茶，那都是斟来喝的。把茶叶看得那么金贵，那当然就该把好茶、嫩茶让给他们喝喽。但是我们的筋骨强壮，我们山里人长寿，活到八九十岁，上坡下山的，我们走起来还健步如飞呢！

"况且我们到了秋天还能采茶泡，到了初冬还能采茶果，茶果榨出的油，你瞧吧……"

所有这一切，都是好多年前的事了。可是我总觉得，对于经常在那里讨论美食、讨论长寿的城里人，该是有点启迪的吧。

也贺教师节

教师节快到了。

这是我们祖国的第一个教师节。

辛勤的园丁们欢欣鼓舞，接受教育的上亿的学生们兴高采烈。可以说960万平方公里土地上关心祖国教育事业的每一个人，都在为我们国家多了一个这样有意义的节日而高兴。

在这喜悦的日子里，不知为什么，我常常会想起自己在乡间的小学校任教的日子，常常会想起那段日子里好些叩人心扉的小事。

哦，那是一段值得留恋和怀念的日子。

我忘不了，任教的第一个冬天发生的那么一件事情。那是1972年，冬月将尽，地处川黔铁路制高点的久长地区，早早地飘飞起了凌毛毛。料峭寒冽的西北风吹得人只想守在火塘边不挪窝。我像平时一样，喝了一杯自制的豆浆，便赶往离寨子一里多路的庙上小学校去。到了那个由原先的尼姑庵改成的小学校里，四处都是冷冷清清的，一个人影子也不见。我焦躁地来回走了一圈，不由得恼火了，这是咋搞的呢？到了上课时间，不但学生一个没来，连其他几位教师也不露面。这样子教书和读书，教学质量咋个上得去啊？！要晓得，在到小学校来之前，我向大队党支部和贫协的干部保证，一定要送一批学生进公社中学去。因为在我们下乡前后的几年中，大队所属的几个寨子，不曾有一个娃娃进过中学。

烦恼急躁之中，我抓起那根冰冷的铁棒，狠命地击着垂吊在梁上的圆铁柱，当、当、当的响声，随着寒风飘向山脚下的四个寨子。

8点3刻，来了第一个学生。随后，四五十个学生娃娃，陆陆续续地踏着溜滑泥泞的山路到学校里来了。直到9点半钟，学校里的大半学生和几个上课老师才算到了。我那个班的学生娃娃，每人背着书包，手里还提着一只火笼。这火笼不是电视剧《安娜·卡列尼娜》中安娜用的那种高贵的护手火笼，而是用破脸盆、破瓦罐、烂花盆穿几根铁丝做成的火笼。扑扑燃起的火苗上架着几根干柴，烟气袅袅弥漫了整个教室，把一个本来不大的教室，熏得又呛人又辣眼睛。

天哪，这还怎么上课？本来就憋了一肚子火的我，板着脸站在讲台上。学生似乎并没注意我的情绪，只顾闹闹哄哄地打开书包，从书包里拿出一根根干柴，小心翼翼地架到火笼上，俯身呼呼地吹着。一瞬间，满教室都是吹火声，柴灰飞扬起来，烟雾腾腾。

我恼极了。本来就迟到了，进了教室还这个样子。我一个箭步跃下讲台（原谅我那年只有22岁），对准第一排那个姓杨的11岁娃娃带来的破脸盆，一脚踢去，把破脸盆踢翻了。

整个教室的学生被我的这一粗暴行为骇住了，呆痴痴地望着我。

我退回到讲台上，准备开始一堂强调学习重要性的训话，刚把脑壳仰起来，坐在最后一排的那个年龄稍大的女学生，朝着我连连摆手。我向她一瞪眼，她又用手指了指坐在前一排的一个男生。那是个14岁的娃娃，在五年级班上，不算小了，光着脚板，穿一条十分褴褛的裤子，脸冻得发青。我惊愕得愣住了。再看被我踢翻破脸盆的杨增贵，吓得直垂眼泪，一边啜泣，一边哆哆嗦嗦地从书包里拿出书本、铅笔盒。他穿得更单薄，光脚板上还粘着稀泥。我的目光向全班扫去，这些偏僻山寨上的娃娃，差不多是一个样儿。

我站在那儿，大睁着双眼，傻了！教室里的烟围裹着我们，我同学生们一起淌下了热泪。是呵，我们山乡的娃娃们，理该穿得暖暖和和，理该坐在温暖的教室里读书，可是他们穿得那么单薄，冬天还光着脚板。我虽然是个知青，虽然也穷，但我还穿着棉毛裤、毛线裤，脚上还有一双棉鞋。可娃崽们……一刹那，我的脑子里涌起了那么多思绪，我仿佛这时候才意识到我们教室四五扇窗子都没有玻璃；我仿佛这才注意到，我们的教室连门也没有，逢雨必漏，学生们要撑着伞上课；还有那些为繁重的农活和琐碎的家务事所累的乡村教师，他们在赶来小学校前，往往都还在挑粪、锄地。哦，让极左路线重创的贫瘠的山寨，我置身在这么一幅萧条的画面里，年头有些久了，已经麻木了。我怎会那么糊涂，做出如此粗暴的行为来?!……

　　过教师节，照理该写些吉利喜庆的话祝贺，原谅我写下了这么一段铭记心头多年的往事。我愿意告诉读者，1982年冬天，我趁回寨之际，又到了庙上小学校。小学校变了样，新盖了砖瓦房，扩修了操场，面貌一新。在小学校任教的老师还告诉我，到了冬天，学生们可以烤上火听课了。这真是令人欣喜的，我请中央电视台的同志，特意摄下了小学校的几个镜头，以作留念。

不过，我还得说实话，在全国人大会上，贵州省教育界的代表带去了一些数字，这些数字表明，时至今日，偏僻山乡还有一些小学校设备不全，危房的数字也不算小，孩子们冒雨顶漏上课的现象仍未绝迹，乡村小学教师的待遇照旧是很低的……

让我们永远记着他们，为他们做点切实有效的事情吧。

村寨四季

冬溪

冬季日短，风更显凛冽。收获过的苞谷土、门前坝的洋芋土，全栽上了小季。那是来年春天要收的一季庄稼，麦子、胡豆、油菜和满坡栽的洋芋，还有荞麦。

种子是下了，却还没出苗，总要等到有一些春的气息，山野才会显出绿来。

风从峡口那里吹来，喜于在山野间咆哮，清扫残叶，令岭巅山腰间的云杉、柏树和梓木颤抖。

冬溪迟缓，乍一眼望去，似凝滞不动。只在风穿行于原野时，那皱起的水面一晃一亮，才有丁点儿生气。

冬晨寒冽，冷雾笼罩着寨子，在溪水上空抹一笔柔柔的乳白。点水雀儿叽喳啁啾着掠过水面，栖落在光秃的枝丫或桥栏上，呼唤伙伴。觅食的麻雀最为活跃，飞来掠去地在溪水上下嬉戏。远远的，有穿着厚实的汉子走来，几声喧哗，一声吆喊，惊得麻雀哄的一声腾空而起。冬溪边一片寂然。

过石桥往山上去的，是勤劳的农家。忙碌一年，冬日本是歇息的时节，他们活动惯了，还要上山去，多半是钻进煤洞挖煤，或是挖烤火的大树疙瘩。呼群结伴而行的，兴致更高一些，那是去树林里打猎的，碰上个野兔、果子狸、麂子什么的，欢欢喜喜地回来。若是恰巧遇上了野猪，不仅惊险、有趣，还斗智斗勇，围猎回来，满寨的男女老少烧起篝火，又唱又跳，火光映着笑脸，尝着野猪肉的奇香，总要聚到月上竹梢，夜半三更，才尽欢而散。

冬阳温暖，照耀山川田坝，溪水边是最热闹的去处。"三个女子一台戏"，此时此刻，溪水边聚着二三十个女子也不止。有老，有少，有新媳妇，东家长，西家短，偏远蛮荒乡间的"新闻"，便在这一场合传遍整个寨子。洗净了的衣裳、垫单、被子顺便就晾晒在溪水边的枯草荆棘丛间，让风掠过，让阳光晒上一股热烘烘的气息。

冬天的暮色来得早，山野寂然，村寨寂然，远山近岭都成了浓淡相宜的水墨画。静谧的画面上,活动着的是迟归的牛群,不需人吆赶,悠长的牛角号自会通知它们。在田埂、坡土上散放的川马,也叩击着青岗石级寨路,回到高低错落的农舍里去。

上山的汉子也在天擦黑前赶回家来。进寨子之前必然在冬溪边停留片刻,洗净劳作一天的双手,洗净农具和砍刀上的泥巴草屑,用冰冷的溪水抹一把脸。关心自己相貌的,还对着清澈的溪水凝神片刻,看一看倒影中的脸庞上是不是粘了泥点,头发是不是蓬乱得不成样子。

在我插队落户山寨的十年中,地处西南的冬腊月间,只下过两次雪。偌大的雪被将连绵无尽的山野,将远近的树林和草坡,将大大小小的一个个寨子全都覆盖成银色的世界时,还能在崖脚的岩缝和弯树下,看到一股一股涓涓的溪水,给人增加意外的惊喜,让人生出无限的想象。

冬日的一切是沉寂的,大山沉寂着,显示它的冷漠威严;树林沉寂着,更让人时时想着它吼啸的可怕;寨子沉寂着,以便春天到来时变得分外活跃。唯淙淙潺潺的溪水始终不动声色地流淌着,白天展示它的秀色,夜晚显示它的温存。星星闪烁的冬夜,溪边清冷的月色里,时有飞歌飘摇传播,细细谛听,歌者有男也有女。

哦，冬溪的可爱还是有人会发现。这隔溪相对的歌声，孕育着的无疑是爱情。而爱情孕育的，不就是对生命、对妩媚春天的期盼吗？

春潮

也许这都是春天的脚步、春天的迹象吧。

对于山寨上的人们来说，春天的信息是由泛滥的春潮带来的。

山乡的春潮是嘈杂的，是喧哗的。

一夜之间，雨不知不觉下大了。常常在夜半三更，或是在黎明时分，惊天动地的雷声把人的好梦唤醒，侧耳听吧，只觉得满世界全都是水声。

云压得低，风刮得猛，天也亮得迟。雷声远住，雨便也淅淅沥沥下得亲切起来。

天朗开的时候，一家一户的朝门打开了，窗户捅开了，娃崽欢叫着，跳到水塘里去跺水。湿透了的院坝里，姑娘少妇尖声拉气地吼着，用扫帚将积水扫进下水沟去。走出寨子，嗬，溪河里、沟渠里的水都快漫出来了，半坡的龙洞里在喷吐着水，山水沟里哗哗地淌着水，田缺口里在涌着水，山塘里也蓄满了水。远远望去，屏风般的崖壁岭腰间，白练一般悬挂下来的，是长长的飞瀑。高低错落、连绵无尽的山山岭岭，经过雨水尽情的冲刷，显得面目一新、秀色尽露。

春回大地，也是要敲锣打鼓的吧。雀跃着、欢叫着扑向田野。寨里的乡亲们眉宇神色间丝毫也没有雷电惊梦的抱怨，瞧吧，他们的笑脸像雨后的阳光一般灿烂。

所谓"雷声震天响，春水满田坝"。

满满一田坝的春水，换来的将是满满一田坝的庄稼啊。农人们能不欢喜雀跃，笑得合不拢嘴吗？

最能显示春潮气势的，是在河边。有捷足先登者，早在小小的河湾里下网养了一冬的肥鱼。翠鸟轻掠河面，在河岸的树丛间唧啾啼鸣。河水不知什么时候涨得满满当当，把河岸一夜间抬得高高的。不会水的看到湍急的水流只能伫立在桥栏边观望，会水的早扑进了水中，在裸露的石头岩缝间戏着水。山乡里的溪河，水大的时候就把河床张得很开，那白色的雪浪般的水花，在岩石缝隙间跃动欢笑，顺着河流弯弯拐拐地淌进更深的峡谷里去。遇到前方的河床陡地跌落，形成一个自然的跌宕，万千水流水沫水柱推搡着、奔涌着全汇拢过来，轰然往下落去，那股气势才叫惊心动魄。

春潮涌动，大地山野全被滋润，全都染了绿。

天蓝了，百年老树虬曲的枝丫上吐露了新芽。雪亮的犁铧翻起沉寂了一冬的泥土，把绿茸茸的秧田，把金黄金黄的油菜花儿，陪衬得愈加色彩斑斓。

高高低低、大大小小的田土，全蓄满了水，明镜似的映着雄峻的、奇秀的山峦，映着划破水面催犁的农家，映着年年春天都会神不知鬼不觉飞回来的白天鹅。没有人明白它夜间栖息在哪棵大树上，没有人知晓它何时又会离去，也没有人为它的出现大惊小怪。

唯独我，在年年春潮泛滥的日子看见它，一边用目光追随着它在空中自由地飞翔，一边总要忖度着：冬天它躲到哪里去了呢？盛夏时节，它又飞往哪里去了呢？

终于忍不住，在杜鹃温柔地催促着"布谷——布谷——"的又一个春天，我问了一个老农。谁知他愤愤地斜了我一眼，摆着手道："嗳，问不得。它若不飞来，这一年就准定旱。"

哦，我恍然大悟，农民们喜春潮，是因为怕春旱。春季遇上大旱，则意味着秋后的歉收、夏季的烦愁。

春潮不至的年份，白天鹅也不会飞来。

夏泉

浓绿阔长的苞谷叶子，抹了油一般地滋润，在盛夏的太阳的照耀下，泛着诱人的光泽。

风徐徐拂来，苞谷叶摇曳晃动着，那光泽闪烁着绿波，甚是悦目。

那是欣赏山野的风景时，常有的感触。

钻进苞谷丛里薅草，感觉就截然不同了。油绿的苞谷叶子不是晃触着眼睛，就是划破了脸颊。挥动锄头的动作稍猛一些，手臂上就会被割破细条细条的口子，留下深深浅浅的血痕。头顶着灼人的烈日，苞谷丛里闷热难熬，勾着腰，低着头，时间一久，人累得腰酸腿疼。

薅苞谷是夏日里的苦活。比这更苦的，是在薅谷秧时遇上针毡草。这草看去细细密密的，嫩绿中透出金黄色，一根根针似的立在稻田里。手抓上去，明明感到是揪住它了，一把拔起来，往往只有稀稀疏疏的几棵。再拔，还是一样。必须细心地，扯眼睫毛般地一棵棵地拔，才能将它连根拔去。费时耗力，勾腰蹲在水田里受不了，只得把双腿跪在田里，让稻田水泡得膝盖泛白，才能慢慢地往前行。这时候，千万不能往前看，朝前望去，只见一窝一窝的谷秧之间，金黄嫩绿的一片，连接到田边，全是针毡草！人准得绝望得晕过去。如果偷懒，搅浑了水，打着漂往前冲过去，算是把田薅过了，也可以。到秋后就见分晓了，薅净了草的水田，每亩能产八九百斤谷子，胡混偷懒的那块田，只能打起两三百斤谷。针毡草是最吃肥的。

比这两样农活更苦的，则是进砖窑搬砖瓦，进煤洞挖煤了。力出得多，汗出得大，一天干下来，一身上下全是灰、全是煤，只看得见眼珠子在转，笑起来的时候露出一口白牙。收工那一刻，最大的需要就是跳进沟渠里、堰塘中，彻底地进行清洗。

夏季里，比脏比累更难耐的，是口渴。烈日下待久了，汗出多了，直渴得嗓子眼里像冒烟。一声哨响，喊歇息，男女老少就会不约而同地蜂拥而去找泉眼。

山寨的田土边、岭腰间、山脚下、岩缝边、大树旁，这里那里，都有一些泉眼。老乡们随手撕一张包瓜叶，或是采一张荷叶，折成瓢状，舀起泉水来喝。

哦，一口清冽的泉水，真如甘霖般甜美，还有叶子的清香。那股舒畅的滋味，是难以用语言形容的。

喝畅喝够了，人们就在泉水旁坐下来。有的舀起泉水抹一把脸，有的掬起泉水滋润一下晒红了的皮肤。勤快的农妇拿出鞋垫来绣，贪睡的汉子拿草帽盖住脸打瞌睡，小伙子们掏出牌来"争上游"。什么都不干的人，也会倚着树干、草坡，发呆一般休息，这是真正的休息。

有泉水的地方，必然阴凉，空气也爽洁清新，坐上多久也不会嫌时间长。

山寨上的泉水，不少就在弯弯拐拐的山路上。远行赶路的人，看到泉眼边上坐满了歇息的人，也受到感染，会情不自禁停下脚步，喝一口泉水，歇上一阵，摆几句"龙门阵"。

多少次呆坐在泉边，冥思遐想间，我会惊奇于夏泉无形的魅力。你看这些日出而作、日落而息、一年四季忙忙碌碌勤扒苦挣的农人，你看那些挑担背篓、匆匆忙忙赶路的远行者，在劳累困顿感觉疲乏时，自会在泉眼的周围停靠下来，做一番休整，以便再次扑进生活中去，再去赶路。

泉水旁成了生活的驿站。

人生其实也是需要驿站的。在另一篇短文中，我曾把泉水比作大自然的眼睛。其实泉水那晶莹透明的清澈，也像大自然一面小小的镜子。在这一小小的人生驿站上，沉吟片刻，想一想我们的奔忙劳作，究竟是为了啥，我们所做的一切，到头来都是为了什么。泉水能映照出我们身上的尘土，泉水能映照出我们心灵上沾染的世俗之气。我们将它们掸一掸、拂一拂，不是会将未来的人生之旅走得更踏实一些吗？

夏日的清泉，默默地躺在大自然不起眼的怀抱里。

秋水

农民们喜秋。

秋天是收获的季节,穿过平顺的田坝子,谷米的香味弥散在空气中,总叫人有一种陶醉感。连麻雀子都来凑热闹,一群群的,在娃崽和姑娘们尖声脆脆的吆赶中,突地一下腾空而起。

坡上的苞谷地,曾是那么油亮滋润的苞谷叶子泛了白,粗大的苞谷棒棒,露出了一排排诱人的大白牙。

庄稼成熟了,豆荚秆拔起来了,连高山岭巅上的野果子,也都水汪汪地悬挂起一串串的果实,野葡萄、红子檬……摘一颗尝尝,嗨,甜的。

金秋的收获季节,最怕的是雨。已经成熟的庄稼,逢雨就要推迟收割。勉强收上来,又没干透,堆在仓房里就会焐热、发霉、变质。尚未熟透的庄稼,遇雨便会影响成熟。雨多了,无论是谷,是豆类,新鲜的收上来,也不好吃,水渣渣的。

秋雨是缠绵的。

秋风是凉爽的。

秋阳是明丽的。

在西南山乡,自古以来流传着这么一句俗语:"四川的太阳,云南的风,贵州落雨当过冬。"

再没有比在偏远闭塞的寨子上的我对这句话有更深切的体验了。

秋雨落下来，雨脚长长的，风把雨帘吹得斜斜的，不疾不慢，不慌不忙，从早落到黑，又从夜间落到清晨。一落就是十天半月，落得天地之间灰茫茫的。笼罩在一座座山头上的雨雾，像压在人的心头般沉甸甸的。人待在屋里头，听到的声音全是水声，滴滴答答响个不停的屋檐水，咕嘟咕嘟轻响的檐沟水，哗哗啦啦的山水在沟里日夜骤响，河谷里的水起了涛，呼隆呼隆的，有些骇人。即使走远一点，戴着斗笠披上厚厚的蓑衣，走进山林里，静寂之中，也能听到细密密的雨声落到叶子上，细唰唰细唰唰的。

最长的一次秋雨，整整地下了近四十天。下得人心慌，下得老农们愁眉苦脸，下得田坝坡地上成熟的庄稼倒伏在地里，下得已收起的谷子捂得发了霉。那一年，山寨上歉收。

秋雨是凄惶的。当天终于朗开的时候，人们都长长地吁了口气，看着风把笼住山头的蒙纱雾吹散，看着林岚呼吸般在阳光里徐徐升腾，人们的情绪也高涨起来。有小伙子长长地舒展双臂吼了一声："再落下去，人都要发霉了！"

在更多的日子，秋天在山乡里还是可爱的。

天抬得高了,风把淡淡的朵朵云吹到这儿,又吹到那儿。一会儿给这块田坝遮下了一块阴凉,一会儿给那块坡地遮下一块阴凉。山上山下,田头土边,挞谷声声,此起彼伏。苞谷地里传来姑娘朗朗的笑声,挑着满担满担谷子的汉子,歇息的时候都要爽爽快快地吼几声。连拴在田埂边的川马,都不甘寂寞地昂首长嘶着,表示着它的舒畅和快意。

太阳落坡了,丛林先变得郁郁葱葱的深色一片。崇山峻岭在落霞的映照下,被勾勒出清晰的山影。收工早的农家院坝里,小桌小凳置放在院中央,清风对绿茶,蓝花烟浓辣的香味,飘散到近邻的农舍里去。从那秋水淙淙的溪河边,精力充沛的小伙子,长声吆吆地歌唱:"八月想妹是中秋,中秋月亮圆溜溜。哪年和妹河边坐,同看月亮乐悠悠。"

听着这深切地表白心迹般的歌声,老汉会含蓄地一笑,年轻的小伙会故意发出张扬的大笑声,已是过来人的中年汉子,则会闪烁出会心的眼波。唯待字闺中的姑娘,会加快脚步,急急地闪身走去。

溪河里的秋水,凉爽清冽,劳累一天的寨邻乡亲们,在这里清洗农具,抹去脚背上的泥巴,蹬踢着双腿,溅得水花雪浪般四散。明明早已洗净了,却仍要嬉戏到天擦黑。这是秋日里最快活的时光。

直到山寨上亮起灯火，这里那里的窗户，都闪起朦胧的光，人们才恋恋不舍地走回家去，饱饱地吃一顿晚餐，舒展四肢睡下，做一个好梦。

秋夜静静，秋风徐徐，秋水凉凉。丰收了的喜悦在梦里都会感染农家。已经说定未婚妻的青年在九九重阳去给老人家送上礼品，还没对象的小伙子充满憧憬地见到一位美丽的姑娘，和她同在秋水边歌唱："采了杜鹃采芙蓉，十月还有花油茶。只要蜜蜂勤来采，鲜花朵朵任你摘。"

秋水那丝丝凉意，谁还在乎呢？

秋水是相思的。

雾岚

哪里的山岭都有雾气，哪里的森林中都见得着雾岚。不知有多少文字写到过雾岚，在散文中，在小说里。

不过我还是要说，贵州大山里的雾岚，和世界上任何地方的雾岚是不一样的。

听说过"天无三日晴，地无三里平"的千古谚语吗？

所有的中国人都晓得这句话是用来形容贵州的。殊不知，这句话包含着人们千百年来的一个错觉。

一说起天无三日晴，人们就会联想到绵绵无期的雨日，联想到晦暗烦愁的老阴天。其实，在贵州的山岭里，伴着老阴天的，往往就是雾日。雾日不是晴天，却也不落雨。

轻柔地飘悠而来的，山里的农民们形象地称之为"蒙纱雾"。

乳白色云霭一般的，乡间的老百姓直白地叫作"米雾"。

海潮般奔涌着弥散开来，漫遍田坝，浮进寨子，飘入院坝的，寨邻乡亲们会惊呼："稠雾来了！"

头一次让我领教浓稠雾气威力的，是插队第一年的深秋。感觉上只是刚刚吃过晌午饭，天却迅疾地晦暗下来。寨子外头的山山岭岭，漫山遍野一片浩浩渺渺的烟云，树林见不着了，溪河看不见了，远山近岭全都笼罩在飘去浮来的阵阵霞烟中。整个世界仿佛全都被雾气罩住了。那个年头我习惯于写气象日记，于是乎站在老乡的朝门口，凝神屏息地细观着稠雾变幻的形态。浪涛般的浓雾是看得见，摸不着的。只见那雾气翻腾着，飘飘悠悠地漫进朝门，逐渐地把整个院坝的角角落落塞满填尽，似还不甘心，还要跃上台阶，扫进堂屋，满屋子钻。屋里暖和些，雾气一进门，便四处弥漫，往厢房、灶屋、卧室里散开去。

贵州乡间把雾叫作"罩子",或者叫"雾罩"。那是相当形象的,大雾泛滥的日子,寨子里外团团转转出奇地宁静。静得人感觉似乎要出一点什么事儿。其实人间的一切都还醒着,然而却不约而同地默默无言。鸡不啼、狗不咬、牛马安静地待在栏圈里头,连尾巴也都懒得甩一下。仿佛偌大的世界都给一个罩子罩住了。

干旱季节的雾是淡若轻烟的,好像刚刚留神它的形态,日光一照,就悄没声息地消失了。

绵绵秋季的雾气是腻人的,它总是和雨日相伴。雨停了,雾升腾而起,不知不觉间,也就不见了。

夜雾是随着黄昏的来临升起来的,夏日的傍晚,这一幕会看得特别清晰。雾气从河谷深处柔柔地漫上来,漫到岭腰间,漫进峡谷,漫到寨子四周,和寨邻乡亲们做伴。

冬雾是凝滞不动的。凌晨早起,从寨子里望出去,河谷上空、田坝里、杉树林边上,真的像画笔抹上去一般,全是灰蓝的雾岚。那时候你会由衷地感到,雾是美的。

大山里最好看的雾,往往是连绵多日的雨季近了尾声,才出现的。细唰唰的雨洗净了屏风般的山崖,树木愈加葱绿了,草坡上这儿那儿,星星点点地拱出了五颜六色的花朵，晶晶莹莹的，煞是好看。天朗开了一角，辉煌灿烂的阳光，眼看着就要从厚重的云层里挥洒出来。雾气浮动着，雾色出奇地白，一座座千姿百态的山峰，从浩浩渺渺的雾岚里拱了出来。这时候来了一阵风，你看吧，眼前顿时出现一幅巨大的浪涌峰浮的画面。

哦，古往今来多少泼墨写意的大家画过山岭雾色，但我从没见过如此动人心魄的美丽景色。

大自然的鬼斧神工，常常令杰出的艺术家也只能瞠目结舌。

雾岚是多姿多彩的，像我们的生活。

山乡短笛

久居山乡二十一年，乍然回到故乡上海，置身于大都市的喧嚣声浪和逼仄的居室环境中，整日里感受着满街拥塞的人潮车流，感受着转晕了脑壳的快节奏，感受着情绪里的那种欲望和竞争意识，感受着以钟点和分分秒秒计算的时日，几乎无暇顾及天空和大地细微的变化，更无意留恋大自然的绿荫和流云。忙碌得直觉够呛时，心跳就加速，睡眠也欠佳，待人接物的情绪随之受到影响。于是乎便以"一闲对百忙"的姿态，搁下一切繁杂琐碎的事物，伫立在书房的窗前，呆痴痴地仰望天空，天是仿佛被一块块地分割的；眺望远方，目力实在望不出去，不远处的楼房早把一切都挡住了。每当这个时候，我就会情不自禁地怀念起山乡里的云雾浪涌峰浮般托起郁郁葱葱的树林，山岭里淙淙潺潺清凉见底的溪水，神秘莫测的洞穴及偏远乡间一切鲜为人知的风情俚俗。还有那一冬三月里的凌冻，那风也萧萧雨也潇潇的绵长秋日，那震天撼地的夏日冰雹，那春天里泛滥的河流与悬挂在崖间的飞瀑……深深地感到乡居岁月和都市生活的强烈反差和对比，一股返璞归真的意绪亦油然而起。想到一点，便随手记下几句。日子稍久些，翻阅整理，便有了这一篇《山乡短笛》。唯因其短，写起来也就随意，读起来该也是轻松的吧。

连天连月处于喧哗忙碌中的都市人，但愿这支"短笛"给你送去轻风拂面般的诗意和温馨。

莫芋

插队时初次赶场，看到卖豆腐的摊位旁边，总有一种黑颜色的豆腐卖。村妇村姑把黑豆腐摊在板子上，用削快了的竹签子一划一块卖给客人。

那年头场街上纯黄豆推的豆腐卖二角钱一块，而这种黑豆腐只卖一角钱一大块，可谓是廉价食品。于是问："这叫什么？"答曰："莫芋豆腐。用莫芋推来做成的。"热心的寨邻乡亲还在劳动时挖出一只莫芋递给我看。

我当时就笑道："这不是同上海见过的芋艿差不多吗！只是个头更大更粗蛮些罢了。"农民告诉我，那不同,芋头(芳)煮来就能吃;莫芋煮来吃,有一股苦涩味,受不了。但推成豆腐,则是家常菜肴中的上品。

怀着好奇,买来炒着吃,果然好味道。乡居久了,学着像农民们一样,炒时放点辣椒、蒜,别有一番风味。有条件时和着肉末炒,味更佳了。

莫芋这东西贱得农民们都不愿去栽种,房前屋后、寨里寨外、山野林边、沟渠旁田坎脚,都能挖出来。乡民们也有直呼其黑芋、野莫芋的。总之不把它当一回事。

哪晓得到了80年代,这东西一下子贵重起来,在报刊上被称作"魔芋",成了食疗食品、美容食品(据说具有很好的助控体重的作用),远销日本和东南亚各国。一时间,魔芋面条、魔芋饼干、魔芋冷饮、魔芋营养药物甚嚣尘上,魔芋还成了乳化剂、食品防腐剂、增稠剂和化妆品的主要原料。铺天盖地的声势把我也闹糊涂了,不由自主又引用了一次"精神胜利法",插队落户当知青时,常吃魔芋,莫非真是因祸得福,无形中增加了营养,才使得今日精神不垮?但是国外目前大量进口我国的魔芋片,那是事实啊!将信将疑之中,去查书本,原来魔芋属天南星科,学名叫蒟蒻。李时珍曾在《本草纲目》中道:"有人患瘵(今日之肺痨),百物不忌,见邻家修蒟蒻,求食之美,遂多食而瘵愈。"看来魔芋确有疗效。《中草药大词典》又载："魔芋能化痰消积，引瘀消肿，治痰咳、积滞、经闭、跌打损伤、痈肿、丹毒、烫火伤；同时还有扩张末梢血管、降血压之效，对白血病白细胞有抑制作用。"民间传的，魔芋有抗癌作用，看来也不是胡编乱造。日本的一种特优美容食品——"海曼纳"，其实就是从魔芋粉末中提取的葡萄甘露聚糖粉末。

哎呀呀，看来莫芋确实该叫魔芋。但愿我当年吃下的那么多魔芋豆腐能保佑我活到一百岁。

竹鸡

竹鸡和竹鼬相仿，竹鸡主要居于荆竹林中。形状与童子鸡相同，无尾翼，毛色有瓦灰，更多与鹧鸪相似，褐而多斑，喜食蚁类。

在我插队的乡间，可说是遍山野都能见到竹鸡，遍竹林都有竹鸡的拍翅之声。但产得最多的，还是黔西南各县。《安南县志》云："家有竹鸡啼、白蚁化为泥。"即说了它捕食蚁类的特性，又告知我们竹鸡捕来后可做家禽喂养。但在我插队的岁月里，几乎没见哪户农家饲养竹鸡。

都说竹鸡肉味道鲜美，食后也真切感到一般家禽所不能比。但很少见到农民们捕来食之。问是何缘由，答曰：" 它那么小巧，吃它不残忍？" 前几年出访东南亚时途经香港，见街头时有野味店；近些年此类店牌在沿海城市也冒了出来。于是深感乡里山民和都市文明人，都有各自的文明标准。

久长

我插队落户当知青的地方叫久长。

那时是久长公社，如今是久长区。曾经问这地方为何叫久长，答案极为简单：原来这地方叫狗场坝，不知哪个文人墨客还是山乡秀才，嫌这地名粗俗，更名为久长。我信。上了年纪的老农，说话间讲起久长，发的音显然是狗场坝。但我又有疑惑：在附近团转的山乡，叫鸡场、羊场、猫场、蛇场、牛场的地名比比皆是，甚至还有马场坪，还有龙里县，都不曾改名，为何独改狗场坝？没人答得清我的这一问题。于是有人斥我，专爱钻牛角尖。我就想：久长这地方，大概多少是有点奇妙之处的。要知道"久长"这两个字，在贵州话里，读起来和狗场坝几乎没多大差别，也显示不出多少文气。仅仅只不过在感觉上，觉得不同一点而已。时常谈论的"下里巴人"和"阳春白雪"，大概也同这地名更改差不多吧。有一点是要申明的，那就是狗场坝比久长好记。不信请读下一则。南白镇——懒板凳，遵义南部有个地方叫南白镇。我沿黔北一路步行时，在这里吃过羊肉粉并小憩。吃饱了无事便打听，此地为何叫南白镇。答话的人又讲出一个故事：南白镇是抗战时期避难来此的文化人改的，没什么意思，就只因这地方原来叫懒板凳，谐音而已。

懒板凳作为地名是不好听，却很出名。过去编的《星火燎原》一书中，很多将军、元帅的回忆录里，写到长征路过遵义，在这一片转战时，都提到过它，且在这里打过仗。

我又刨根究底：古人为何不可起个好听点的名字，非要叫懒板凳？

这又引出一番说道：这地方实是遵义南部的要道，南去省城贵阳，西通仁怀、金沙、赤水河，北上去遵义、重庆。原先的三岔路口，长着一棵奇异的树，这树不像一般的树那样朝天长，而是与地面平行生长，恰又在路边，很像一条长长的板凳。过路的行人累了，或是在镇上幺铺子里吃过饭，也像你们几位一样，坐下歇息，聊起黔北风情，或是一路见闻，或是茅台奇酒，往往贪坐着就不想起身赶路，因而此地就让人呼作懒板凳。

后来我曾陪客人去遵义，过南白镇时给他讲出这一番典故。那外省客人竟仰天大笑，说天下大小镇子的地名都容易忘，唯独这个地名，他听过一回就永远也忘不了。

我们的一些传之久远的通俗文学作品，诸如《说岳》《说唐》《杨家将》《七侠五义》等，历朝历代都有群众拜读，大约也是这个道理吧。

还有一个花絮也可记在这里。

七届人大代表、贵州省顾委原主任，曾任贵州省委副书记的徐健生同志曾说，解放初期，由上海调任贵州省委书记的周林同志去北京开会，毛主席曾经问他："你们那里有个懒板凳，在什么地方，知道吗？"

可见，懒板凳这个地名，给人的印象是很深刻的哩。

雷声震天响　春雨满田坝

这两句话算不得诗，却是我在乡居岁月里根据切身感受写下的，和"雷声大，雨点小"恰巧相反。

前面提及久长的时候，我说这地方必定奇妙，这一点可说是奇妙之一。

春回大地、打田栽秧的农忙时节，农民们是盼雨水的。但雨下得过多过久，他们又是怕的。

贵州历来有"天无三日晴"之说，雨连续不断地下，不仅易涝，且无法做农事。

久长地区到了这一时节,天天晚上打雷下雨,雷声越大,雨量越是充足。雷声平息下来,雨水也就停了。

第二天走出寨子,看吧,溪河里、沟渠里的水都快漫出来了,山水沟里哗哗啦啦淌着水,田缺口里在淌水,山塘里蓄满了水,连地势低洼的路上,也积起了水。最好看的还是崖壁岭腰间,一冬不冒的山泉也在喷水,远远地白练一般悬挂着,形成细长的飞瀑。连绵无尽的群山经过雨水一夜的冲刷,显得滋润而颇富秀气。

让人惊讶的是,雨过必然天晴,昨夜的雷雨大,今日的阳光必然灿烂。老少农民们必然是欢叫着、嬉笑着跃向田间、走上山巅,去田头土边精心耕作,巧织大地的春天。

在一二个节令期间,多则二三十天,少则一二十天,天天晚上雷声隆隆,雨水不绝;而到了白天,则像换了人间,雨后放晴,令人欣喜。

起先我始终解不透这是何缘故,久而久之,我不想而通了。千百年来,各族人民栖息在这块土地上,繁衍生长,日复一日,年复一年,自然有其内在的道理。就如同太阳从东方升起,月亮有亏有盈一般,无甚大惊小怪的。山野环境,不能说好,但说不定就是这自然这气候，使得农民们劳有所获，五谷丰登，使得这一份人世间的日子，一天一天地得以打发过去。就如同农民们对我说的："唯独你这外来的人，对啥都好奇地要问为什么为什么，在我们，这事平常得很！它就是这样的嘛。"

杜仲

大插队的乡间有杜仲树。

上海人提及杜仲，说它是药，名贵，因为可治一度十分猖獗的高血压。实际这药专指从杜仲树上剥下的干燥树皮。

杜仲也叫丝棉皮、玉丝皮。那是因为杜仲树的根和树皮内都含有银白色的弹性杜仲胶，细密绵长，折断叶或皮，拉开有丝相连。

杜仲有家种的，也有野生的。传统观念，都认为野生的比家种的好。杜仲不仅有药用功能，也能做电器绝缘材料。药用杜仲须先用盐水浸透，再用小火炒后晒干。曾有同学托我带两斤，其实一斤就要装大旅行袋半袋之多了。杜仲的药用功能为补肝肾，壮筋骨，安胎，降压，治小便余沥、神经痛等。

初下乡时，杜仲仅卖七八角一斤，后来内迁的厂矿多，带的人多，涨至两三块钱一斤、七八块钱一斤，那仍然是便宜的。乡间剥取杜仲皮，通常采用局部剥皮法。一般选择十五年以上的壮实树木，按规格大小，在离地一尺以上剥取树围的皮之三分之一。以便于若干年后，树皮愈合复原，又可继续剥取。

贵州的杜仲皮细肉厚，深受欢迎。但也引出杜仲树的悲哀，时去乡间，常有当地农民相陪去看杜仲林，有一次来到杜仲林前，只见满坡杯口粗的杜仲树一片青白色，树身上一点皮子也不剩，在山风中颤抖。且不说树龄未到，药效是不足的，就是剥，也不能剥成这一丝不挂的裸身啊。陪同的农民说："这一片林子是完了，全死了，都是被盗剥的。"风声呜咽，恍觉是杜仲林在哭泣。

牛角粑

城里人过五一、十一、元旦、春节，妇女过三八节，孩子过儿童节。偏远乡间除了春节之外，山里人更看重的是元宵节、端午节、重阳节。

元宵节吃汤圆，端午节吃粽子，这在都市里也时兴。唯独九月初九重阳节，都市里不放假，也没多少节庆气氛。但在山乡里，即使是在我插队那几年，还是要打粑粑蘸蜂蜜、黄豆粉，舒舒服服吃一顿的。在这个节日里，有心的乡民还要特意做两块大糯米粑粑

（糯米块）挂在牛的犄角上，牵着牛满寨转悠。走过堰塘、水塘、沟渠、河溪边，还要把牛牵过去，让它对着水瞅瞅水中自己的影子，好像特意让它看到主人对它的奖励。然后就取下糯米粑粑，喂给牛吃。

我曾打听这是何故，答曰自古以来就是如此。人要休息，牛一年做到头，这一天也随人过个节。我想想这答案也过得去，是啊，安顺地区的关岭牛，以役、肉兼用而闻名于世。它劳役一辈子，死后的肉还供人吃，贡献可谓大矣，应该尊重它一些。

一个偶然的机会，去仡佬族聚居的镇宁、普定一带，才晓得这一风俗是由仡佬族影响给汉族的。农历的十月初一，仡佬族称之为"牛王节"，要让耕牛歇一天。传说这天是太子下凡做牛的日子，故而要供奉一番，先祭祖后敬牛，并让牛"照影见情"，吃上糯米粑粑。讲究些的，还要用树叶子泡水给牛洗澡，以求风调雨顺，五谷丰登。

这一风俗不仅有趣，还表达了人类对劳苦功高者的敬意。近些年来，黔南一带好几个县，引进了役、肉、奶三用型的良种牛，不但形象更为漂亮了，牛的功劳也更大了。牛王节的风习会变得更隆重吧。对牛的劳动该表示尊重，对于人的劳动，我们不更该表示尊重吗？

牛文化

前面提到著名的关岭牛，不能不同时讲一讲山地的牛文化。

这并非附庸风雅，也不是赶时髦。产自关岭地方的良种黄牛，远销南方沿海好几个省市。吸引我关注牛文化的，是两件事情。

其一是在宣传万元户的年头，有人经手组织贩运关岭牛而发了大财。我下乡时放过牛，深知牛的习性，虽是温良恭俭让，但一旦犯了牛脾气，发起牛劲来，那人也是奈何它不得的。即使不犯牛脾气，生起病来，一对牛眼睛瞪得老大，泪眼汪汪地瞅着你，那滋味也难受，更不好伺候。现在竟有人成批地翻山越岭隔省去贩牛，还发了大财，可见关岭牛的知名度和它受欢迎的程度。著名的花江牛市，几乎场场爆满，平顺宽大的坝子里，成百数千的牛被牵来等待着交易。

其二是当地奇特的饲养方式。这里的农家，由于本地产良种牛，少则喂牛五六头，多的喂二三十头，至于喂牛十来头的，那是很平常的农户。说他们喂牛，其实不过是一种习惯的说法而已。这里的牛大多散放在山坡上，稀疏的林子边。若是晚上无雨无雷暴，牛们大多也是不回家的，任凭它们在坡上踯躅于哪一处歇息。若这天擦黑时分，寨子上的牛大多数回家来了，那么夜间的天气必定要变，这是很灵验的。汉族寨子的牛，多半被关在圈里，布依族也然，唯独苗家的牛，是关在吊脚楼下，人住吊脚楼上，楼下的牛有点动静，楼上的主人必然知觉。

正因这一散放自在的喂牛方式，也引发不少盗牛案子。一家失了牛，满寨的人帮着追牛、找牛，提供线索，不需报酬。牛是良种，一头少说上千元，失牛毕竟是件大事。但散放的喂养方式，仍固执地不变。因而有胆大妄为的盗牛贼，轻轻易易成了暴发户的。

至于娃娃取名叫大牛、二牛，门斗做成牛角形，斗牛的习俗，逢年过节贴一张画着牛的彩画，还有蜡染、织锦、刺绣上都有牛的图案，都已经是很普遍的现象，不需一一细说了。把它们归入牛文化的一部分，大概不会算牵强附会吧。

鸭子塘

鸭子塘离我插队落户的砂锅寨很远，在斗篷山脚的湾湾里。从寨子去，要走一个多小时，有十几里地。

初次去，猜不透鸭子塘的水从何而来。问了人，才知鸭子塘由阴河水和天落雨汇聚在山凼里形成。但它不是一潭死水，由阴河送来水，也有溶洞消去它的水,所以它的水始终是清澄的。

没见鸭子塘里有鸭子,无人会赶鸭子走十几里山路来塘里。鸭子塘是大牯牛、老水牛嬉戏的地方。盛夏时节,牛在嫩草坡上吃饱了,纷纷进入鸭子塘,驱赶牛虻,洗刷身躯上的泥巴,一待好几个时辰。

人却不敢下塘,只因从阴河掮来的水太冰。有年大旱,敢想敢干的青壮小伙们引鸭子塘水,灌溉田地,结果颗粒无收。

鸭子塘四周群山环抱,高耸的山峰、浓翠的树林和山野百物、蓝天白云全映在一泓塘水里,甚是好看。

去鸭子塘边放牛,或是秋天去熬夜看守成熟的苞谷,带一本书,坐在草坡上,看乏了也只能对着牛自言自语,大地是安寂的,山野是宁静的,孤独寂寞却又自由自在,三里五里的远近山坡上都不会有人出现。人的思绪可以甩得很远,也可以拽得很近,正好思想。

20世纪80年代,砂锅寨有人来贵阳告诉我,那地方静不下去了,要开发,正做规划。

开发以后我要去看看:那里有我青春的梦,有一连串放牛的时日。

瑶家药浴

都市家庭的各种各样现代化电器热中,煤气淋浴器和电热淋浴器热,是一令人瞩目的现象。众多搬迁新居的人家,对浴室的装修、洁具的选择也愈来愈见水准。至于各类向大众开放的浴室,重新进行装修提高标准,也在社会上形成热潮。更有宾馆的豪华享受,什么蒸汽浴、桑拿浴,还有电视新闻中播出的泥浆浴、沙子浴,真有令人眼花缭乱之势。但在我看来,这都比不上瑶家药浴。

居住在贵州从江县的高山瑶胞,整日生活在"开出门来就爬坡"的山上,空气清新,满目阅尽人间绿色,在山野树林葛藤草丛之中,各种药草俯拾皆是。他们采摘令人耳聪目明、强筋壮骨、祛除风湿、舒筋活血、清热解毒的各种草药,少则十几味,多则几十味,根、茎、叶全数洗净、切碎,悉数倾入沸水中煮滚。待水变成药汁,遂捞起药渣,将药水倒入高而深的木桶内,并倒进凉开水,即能进行药浴。

人入桶中,不需像一般沐浴那样擦肥皂搓洗,只要静静地泡在不易散热的桶中二三十分钟,药热自会慢慢透进人体舒张的毛孔发挥作用。药浴者自会额颅冒汗,乌发浸润而后出气,周身酥软。令人稀奇的是,尽管不曾搓洗,出浴者自会感觉皮肤滑爽洁净,浑身舒畅。

每隔五日,瑶家药浴一次,常在逢一和逢六之日进行。年复一年，周而复始，经久不变，瑶家人称此为消灾除难，在我看来实为延年益寿之良举。

高山瑶族，粗茶淡饭度日，伦理道德讲究清心寡欲，长寿者甚众，益气强身的药浴也是一大原因。

时至今日，还没听说谁将如此科学的药浴引入都市文明中来。"七星级""八星级"宾馆，如果把这药浴引进，恐怕吸引的老外不要太多噢！

六广七峡风光

我插队的修文县在贵州高原中部，全县总面积一千零七十一平方公里，通俗的说法折合为一百六十万亩。那时候人口二十来万，至今也不过二十五万人口，比上海一个区人数少得多。修文县所辖五个区，其中城关、扎佐、久长尚好，而地处偏远的六广、小箐则属贫困地区，当地老百姓有两句俗话，叫作"六广小箐荞巴"，或者"六广、小箐，苞谷当顿"。说的是那里一年四季均吃苞谷和荞麦，贫困的帽子看来是很难摘掉的。

当年很多上海知青，在这两个区里插队。知青有互相串门走动的习惯，我也正是在那时，领略了六广河的峡谷风光。

六广，是修文县的北大门，离县城七十余里，整个地坐落在六广河东岸的半山坡上，民间誉为"山区一盏灯"（富饶之地），那是专指明洪武年间六广驿的盛况。人世沧桑巨变，如今的六广穷而荒僻，唯六广河景致格外诱人。

六广河属乌江水系，是修文县和黔西、金沙、息烽的界河。从老鹰岩到姊妹峰四十多里长，碧波荡漾、流速缓慢。沿江七峡，风光美到极致。一峡称之老鹰峡，岸左石崖高达两百米，直立石岸，傲瞰奔流，活似一巨大雄鹰腾飞水面，气势逼人。二峡谓猴愁峡，江水滔滔，两岸翠绿，浓荫蔽日，有猴子数百只，据考证均为恒河猴，分群栖身于两岸山林，游客泛舟而过，猴子啼叫攀跳，大胆的还蹿往江边。李白所书"两岸猿声啼不住，轻舟已万重山"在长江上已不可见，在六广河上恍惚重现。三峡叫飞龙峡，在有着银白色瀑布群的峡谷之中，长数百米，左岸活似飞龙跃下河谷的瀑布，高达百米，撒玉溅珠般直泻而下。顺流往前，妙笔生花似的在一岩上立着根高大石柱，江水即由此穿过水帘洞，水色也奇妙地由浑浊渐趋清亮。四峡赤壁峡，赤壁即红岩矣。崖壁岩石，从顶巅至山脚，均呈赤红，映蔽江面。第五峡呼之象峡，入峡处一岩脊直插江水，犹如大象戏水，重现桂林象鼻岩。六峡系剑劈峡，沿江一片劈面而成的直岸，刘家沟伏流从这里的青龙岩流出，形成高有四十余米、山岩凹进去百余米的洞口瀑布。七峡望峰峡，也即姊妹峰，只见两座山峰，一座不比另一座高，恰似姐妹，终年屹立江边，山巅古树当帽，犹如文章的神来之笔。出得姊妹峰，六广河进入乌江，又是一番风光。

游过六广河的客，大多去过三峡，相比而言，游人无不惊叹六广七峡之奇之妙，呼吁开发之声自然可谓日日高。但我则不以为然，不论是修文石林、多缤洞、六广峡谷乃至岩鹰水库和往黔西方向的百里杜鹃，真正开发成现代化的旅游胜地，简单算来投资也得数亿。有这数亿元人民币，我们可干很多更急需干的事。况且，眼面前即使花去数亿开发出来，能收回投资来吗？去那山遥远、水遥远、道路遥远的佳景旅游，交通是少不了的。现今中国，能有多少人开着车进去一游？还是留待国家强盛时，让我们的后代规划开发吧。

读者诸君要说了，既如此，你又为何耗费笔墨写出来呢？答复倒是不难的，坡是主人人是客，以文字记叙下这些鲜为人知的风光，留备后人查考矣。若说今日有何用途，我在此文开头已说了，目的在于给嘈杂的都市拂来一缕山野之轻风，别无他图。

该说明的是，所有描绘的这些景物、俚俗乃至动物、植物，都曾在我的小说里出现过，只是在小说中，不可能停顿下来专事描绘，且地名随小说需要做了改动。这一回算是补白吧。谢谢。

闲话久长

这久长实在是个好地名，让人和人的情谊久久长长，让人与土地的情感久久长长，让人长久长久地记得它。

车来车去，每回过久长，不管车里有多少人，不管别人会不会有意见，我都要请司机把车停下来，让我下车去走一走，看一看，不为别的，就为了却一下自己的心愿。

同车的人若不甚熟悉，我也不多言语解释。同车的若多是熟人，我便大言不惭地告诉他们，这儿，久长，是我插队多年的地方。那种说话语气，像极革命老前辈返归当年战斗过的地方，且还有点扬扬自得。直到友人无恶意地对上山下乡那件往事耿耿于怀地说出几句讥讽的话来，我才收敛一些自得的神气。时代使然，那怪不得友人，自然也怪不得我。虽然是因为插队落户，我才来到这块小小的无名的地方，但是每一个人对他生活过多年的地方，都会产生一种割舍不断的感情。况且我的青春、我的追求、我同文学的缘分，甚至我的爱情，都是从这里开始的。我不能像一般的路人一样漠视这个地方。我在这里住得太久了，久得甚至对这里秀丽的风景都变得有点麻木了。

现在一旦下了车，我便急急地跑去寻找和辨认。寻找我初到久长那个飘洒雪花的晚上住过的房子，寻找那间陈旧的设备简陋的邮电所，寻找候车时久久与我为伴的那根电线杆，且把眼睛睁得大大的，辨认一张张路人的脸，极力地想从身边走过的人中间认出一两个当年的熟人和乡亲。真的喊出一两个熟人的名字，我便顾不得满车人还在等待，就站在路边和那人聊起来，寨子上如何，乡间怎样，酒疯子还活着、照样酗酒，小虎儿的女儿现在都快出嫁了……唠上几句，我会感到踏实，感到心安一点。若是听到一点好消息，我还会带着满意的表情上车，大声招呼司机"开车"。俨然不像个搭车人，倒像个什么首长。

遗憾的是，这样的情况实在很少。每回下车后，故友重逢般地见过那些过去看麻木了的景致，虽还感到亲切，但是，逛过一圈重新坐回车上，我总会不由自主地生出一股惆怅之情。报纸上时常在报道，山乡里在变,村寨上在变,我的这可以称作第二故乡的地方,怎么总是一张老面孔,一点没变呢?于是我便闭了眼,什么话也不说,任凭车子在山乡公路上颠摇着北去或是南归,陷入闷闷的沉思冥想之中。很多住在乡间时的往事,便会那么清晰、那么自然地浮现在眼前。

我记得青黄不接的五六月,怎样随着老乡们上山去挖蕨苔、掏野菜抵饿充饥;我记得山路上结满桐油凌的寒冽的冬腊月间,怎样和寨邻乡亲们围坐在火塘边摆龙门阵;我记得雨夜抢收白天晒在场坝上的谷子,妹妹怎样因没披雨衣而生了病,我曾经大发脾气;我记得烈日下耕耘薅秧蚂蟥怎样叮在脚上,老农笑眯眯地用烟油把蚂蟥熏落下来;我记得年年九月初霜降的头一天空气是怎样清凉,山野里那一片白花花的景象;我还记得……我真不相信会记得那么多,但我确实仍记得。今天的景物依旧,今天的山乡依旧吗?若还同我在的年头那样,那真是件令人遗憾和伤心的事。1982年初冬,中央电视台的同志为我拍专题片,去过一次寨上。除了上面拨款翻修了我曾教过书的小学校,寨里的一切变化不大。唯一变了的,是我们知青当年住的茅屋倒塌了,是我熟悉的那些中年人脸上爬满了皱纹,是那时的年轻乡亲现在都已拖家带口,而当时那些个老汉，好几位已不在人世……我眺望苍山，想起了一句俗语："坡是主人人是客。"

我真有些伤感了，扪心自问：这深山里的村寨，这块遥远的土地，什么时候会有点变化呢？

我算得一个有耐心的人了，我到这儿时是19岁，可现在都30出头了，难道还要我等？

今年初夏，北去遵义，又一次路过久长。我照例下了车，还挎了只照相机，想把当年的那根电线杆，想把初到山乡住过的那间房子和常常光顾的邮电所、经常开会的院坝照下来，留个纪念。可是，跑来跑去，木电线杆变成了水泥电线杆；住过的房子翻成了生意兴隆的饭店，里头人声鼎沸；那间小小的邮电所，原址修成了三层楼房；原来空落落的开会院坝上，建起了漂亮的办公楼、招待所。在饭店门口遇到一位当时二十来岁的好友，他朗声笑着告诉我，这地方在变啦，出了开磷矿的专业户，还有号称百万富翁的农民，至于惯常说的万元户……他嘿嘿笑着，文绉绉地冒出一句："鄙人也算一个。"边说边硬要拖我去家里喝酒叙旧。不是面包车里五六个人等着，我真想跑了去。

是的，我都38岁了。这地方再不变也太不像话了。它也该变了，该变得比过去美好一点了。

于是我写下了这篇《闲话久长》。

罕见的屯堡景观

难抵安顺

这是深藏于我心中,久已想写的一篇文字。

说起来是三十年前的事了。

我插队落户的山乡修文县久长,古时候的名称叫狗场坝。插队的时间长了,我渐渐发现,在蛮荒偏远一点的大山里,现在还有不少地方仍叫猫场、鸡场、蛇场、羊场什么的。可能是久长离公路近一些吧,一些文人雅士嫌这个名称过于俗气,依谐音给改成了久长。

久长这地方,属于贵州省的安顺地区。我们一帮外来的知识青年,很快就发现,省会城市贵阳,离我们要近一些,相反,地区所在的安顺,却离我们很远。好多知青已去过多回贵阳,安顺还一次都没去过。

我是直到插队第二年的秋收以后,才得到机会去安顺的。

那是1970年的深秋季节,"文革"中的武斗已逐渐平息。我在贵阳坐上了一辆卡车,去往安顺。说是坐,其实是站着。卡车的车厢里并没有座位。但这卡车却又是卖票的。贵阳到安顺的客车票原本是二块二角,只因是卡车,他只收我们一块五角,说是打折。那么长途客车呢,前几年武斗时,客车时常被用来横在马路上挡道,全都开不得了。现在刚刚恢复交通,只能征用一些工厂的卡车暂时用着。

这卡车运营也不正规,要开就开,要停就停,开开停停地折腾了三个多小时,在离安顺还有十几里的地方,则死活不愿往前开了。司机说:"安顺就在前面,十几里路,走一个多小时就到了,你们就走着去吧。"

同车的旅客自然不依,和司机、售票员争执。争了一阵子也不起作用,卡车掉过头,鸣了几声喇叭,扬起一片尘土,开走了。

于是乎我们就顺着贵黄公路往前走。贵阳到安顺,照理应该叫贵安公路,为什么要叫贵黄公路呢?

那时候年轻,我对什么都觉得好奇,什么都要问。一问才知道,原来举世闻名的黄果树瀑布就在安顺的前面。公路一直修到黄果树瀑布，故而就叫贵黄公路。

到贵州快两年了，对贵州的山水土地，我已慢慢地熟悉。在敞篷卡车上眺望远近山野时，我已经发现，车开过平坝县的时候，这里的山野村寨，带着一点秀气，也带着一点雅气，和贵州其他地方的景观有点不同。下车以后走不多久，我看得更加细了，果然有了惊人的发现。

奇怪的"京族"

一路走过去，只见公路边，两旁的田埂上，远远近近的村寨里外，男子都穿着长袍和尖头钉鞋，女子更是清一色的古装。日常的穿着打扮，显然和我们不一样。贵州是个多民族的省份，我认定他们是少数民族无疑。只是，他们肯定不是我已见过的苗族、侗族、布依族。他们属于哪个民族呢？迎面时有担着空水桶去井边挑水的姑娘和妇女，我不由得颇有兴味地暗自对她们细细地观察着。她们身穿天蓝色的左衽布大袖长袍，领子和袍袖的边沿镶着红艳艳的花边。同行的知青不由得笑着调侃道："你们看，'文化大革命'盛行的红色，都传到少数民族的服饰上来了。"

但是行不多久，我就发现，红色的花边只不过是她们选择的众多花色中的一种花色而已，在一路我们遇见的妇女身上，除了红色花边，各种彩色的花边都能见到。她们的腰间还系着真丝的黑色宽带，缀有乌黑发亮的丝罗带。

一路走着的贵州人告诉我们，识别迎面而来的女子已婚和未婚，只要瞅发式就行了。未婚姑娘往往是长辫过膝，不绾髻。已婚的就要绾髻，插着银质或是玉质的十字簪。还包有头帕，老年妇女包黑色帕子，中年妇女往往包的是白帕。

边行边看，我还有两个发现：一是我们眼前看到在干活的，无论是去水井边挑水的，还是在远近田土里干活的，基本上清一色都是女子，几乎没见男人在像模像样地干活。二是这些人的说话口音，和我们逐渐熟悉起来的贵州话不一样，听她们远远地和人挥手打招呼，尤其是拖长了声气吆喊的嗓音，很像是北方某地的方言。

正是这两点和我插队的砂锅寨农民迥然不同的地方，使我产生了疑惑。我不由得问一路同行的贵州老乡，这是哪个少数民族。

贵州老乡说："他们呀，是京族。"

于是我就记住了他们是"京族"的说法。走过离公路边较近的村寨，我还细细地打量着"京族"人的生活环境。和卡车开过的平坝相似，"京族"人的寨子往往建在挨着山坡脚的平顺地势上。青山绿水，绿荫掩映着青砖的瓦房，缕缕炊烟飘散中，那水色、那情调，恰似我熟悉的江南水乡风光，比起我插队的寨子来，明显地要强一些。

回到砂锅寨，我翻开从上海带到乡下的《新华字典》，进一步的疑惑产生了。在中国的少数民族中，是有京族，但是字典上写得明明白白，这京族在广西防城的三座小岛上，一共只有五千多人口。以后又查书籍，我发现广西京族不是我见到的"京族"，不但服饰不一样，就连生活习俗也大不相同。那么，贵州安顺附近的所谓"京族"，究竟是怎么回事呢？

戏剧的活化石——地戏

彻底解开这个谜，是迟至20世纪80年代的事了。

谜底的解开还有一点偶然，那是从我开始观看奇特的地戏演出引起的。

地戏复苏于80年代初期。那个时候，贵州乡村实行了联产承包责任制，农村经济开始好转，乡民们有了饭吃，手上有了活钱，身上的服饰自然多多少少地讲究起来，我插队期间看惯了的补巴叠补巴的破烂衣裳，逐渐消失。丰收以后，尤其是逢年过节，乡民们已不满足于燃放鞭炮胡吃狂喝一顿。他们要乐，他们也要有文化生活，表达他们人生的存在和喜悦的心情。

于是地戏演出就在乡间复活了。

那时候我已在贵州省任《山花》杂志的主编，我办公室的隔壁，就是贵州省音协主席的办公室。休息闲聊的时候，他几次热情地要我去乡村里看一看地戏，他说现在地戏可了不得，国内外的专家学者们竞相前来研究，地戏被称为"戏剧的活化石"。说话间，剧协的主席也跟着来帮腔，说剧协要和音协组织的侗族无伴奏大歌一起，让安顺乡下屯堡演出的地戏，到法国去演出。这两样原汁原味的艺术样式，是喜欢古朴艺术的法国人指名邀请的。

这么好的东西，不看当然是很遗憾的。

于是乎，候准了季节，在去安顺的时候，我就去看了几次地戏的演出。

所谓地戏，实际就是在平地上演出的戏剧。但是在贵州的乡间，要找一块彻底平顺的坝子，不是一件容易的事情。因此，我看到的地戏，仅仅是在山坡、寨子中央的晒谷坪及相对平顺的坝子上演出。观众大多站在坝子四周的山坡上，或是村寨团转的木板房上、树上、坝墙上，里三层外三层地围着观赏，很像城市里路人围观"猢狲出把戏"那么一种情景。只是气氛要热烈得多，大人喊、娃儿叫，姑娘们穿上花衣衫，小伙子往往蛮横地抢占着最好的地形，唯恐在观看中漏掉了精彩的一招一式。

地戏的演员们不像一般戏剧中那样需脸部化妆，而是穿着一样的蓝黑双色的长衫、黑面白底布鞋。同其他戏剧不同的是，每个演员都戴着一个木雕的面具，形象生动，神态各异，雕刻的手法十分夸张。考究的面具必然连着头盔，油刷得金碧辉煌，给人以神采奕奕之感。面具雕出的形象，便是剧中人的身份。扮演者十分自由，男人可以演女角，反之，女人也可以演男角。戏演出的过程中，有唱，有打，也有对白。对白的声音又使我想起似曾听到过的北方话，对白的韵律总我想起上海弄堂里曾经在孩子们中间盛行一时的绕口令："蜜蜂叮癞痢，癞痢背洋枪，洋枪打老虎，老虎吃小孩……"

细细地听着绕口令一般的对白，我有了新的发现。

就如同地方戏剧中的对白不易听明白、听懂一样，地戏的对白必须入神细听，才能听出点道道来。

当我奋力挤到前头，听到"吾奉太上老君，急急如律令"之类话语的时候，我就露出了会心的微笑，我晓得后面还要说些什么了。果然，那几句我熟悉的吟诵从演员的嘴里吐了出来："前面摆起三条剑，后面架起九丛矛。前面来者剑上死，后面来者矛上亡。"

这韵律,这节奏,是我插队期间从砂锅寨娃娃们嘴里经常听到的呀。

地戏中最精彩的莫过于武打了。

地戏的武打是任何戏剧舞台上都没有的表演程式,俗称"套路"。一旦戏演到高潮,矛盾尖锐、武打激烈时,那套路便一一变幻、有板有眼地转换起来,就像是千军万马在死命地厮杀。

最令我看得出神并终于开窍的,就是这厮杀。因为无论哪个名称的套路都得跳,跳得激烈之处,演员们全都进入了角色,锣响,鼓也齐,坝子里地坪上的尘土跟着飞速踢踏腾跳激越的脚步轻扬起来,那情景活似硝烟弥漫的战场。围得密密实实的观众自然更是鸦雀无声,一起进了戏。一场戏结束,必报以热烈的掌声。

读者诸君可能已经明白,这轰动一时的地戏演出,少不得打,少不得跳。故而在当地,演地戏也叫"跳地戏"。

正是在看了几出地戏后,我终于恍然大悟,如果它真是戏剧的活化石,那么我在插队落户时"文化大革命"时期,就已经看过。只不过那时候这玩意儿不叫地戏,叫"跳神"。

有一回,是寒冽的腊月间了,隔邻寨子上死了一个近九十岁的老人。有人说他家是四世同堂，有人说如果把刚出生不久，只会哭不会说的那个小孙孙一起算上，他家这是真正的五世同堂了。

　　这么一位有身份的老人离开人世，总是要热闹一番的。四乡八寨的亲属赶来参加吊唁，人多得一个小小的寨子里住不下，不少客人因此住到了砂锅寨来。我那时在大队耕读小学里教书，有个学生就是死者的重孙，我于是也跟着寨子上的小伙子们冒着冷风细雨，去看了一阵子热闹。奇怪的是，老人家中并没有多少悲伤气氛。围着火塘而坐的人中，不时地还有人在唱歌。我正是在那一次，真正地体会到民间称死人是"白喜"的情形。坐了一阵，夜深了，我就告辞想回去，那个学生劝我不要走，他凑近我的耳朵说："等大队和公社的干部们走了，还要演戏，好玩得很！你从来没见过的。"我问他演什么，他神秘地让我不要声张，说到半夜时分，还要玩跳神。

　　跳神！

　　那不是在搞封建迷信吗？但我没有吭气，那年头我仍在痴迷地做着作家梦，已经在悄悄地写小说。我知道写小说就要观察各种各样的人生现象，特别是现在看不到的东西，所以那一晚我就留了下来，看了一次跳神表演，而且把跳神的人念念有词道出的咒语一一记了下来。

已经被炒得如此热、如此红火的地戏,我说它是跳神,是曾经被批倒批臭的封建迷信,实在是有点不合时宜。要这么说,我多少得找出一点依据来。

"京族"之谜

依据不好找,除了当地老百姓把跳地戏叫作跳神之外,康熙年间编的《贵州通志》上,有一幅《土人跳鬼图》,其画面和现在的地戏表演十分相似。

是不是据此就可以说,古人还把地戏叫作"跳鬼"哩?我必须把这一片乡土挖得更深一些。

颇有兴味地去安顺看地戏时,我已经感觉到了,演地戏的那些个村落,都叫屯或是堡,也有叫哨或是关的,很少叫寨子。在贵州插队多年,我早就了解,小至贵州一个省,大至云、贵、川诸省,村子大多数被称为寨子。唯独这一带,为什么偏偏要叫屯、堡呢?原先存在心底关于"京族"的疑惑,重新浮上心头。

80年代中期,省里面让我牵头,写一个描写贵州政治、经济、文化、民族的长纪录片脚本。到安顺的时候,我们一头扎进了一个一个叫作屯、叫作堡、叫作哨的村子,连续几天,约谈了很多文化人士和乡间老人,终于揭开了所谓的"京族"之谜。

当地这些穿着富有特色服饰的农民,并不是少数民族,而是汉族。只不过他们是从远方迁来的汉族。和我们交谈时,他们中不少人指着我说:"我们的祖先其实和你一样,也是从江南一带来的。"

追溯历史,则要讲到六百年前了。朱元璋在刘伯温、徐达等文武大臣辅佐之下,打走了元顺帝,建立了大明王朝,却不料元朝还有一个梁王盘踞在云南,自恃天高皇帝远,你朱元璋奈何我不得,不服他的管,把他派去的官员一个个都杀了。气得朱皇帝亲自部署远征云南,派出了以傅友德大将军为首的三十万征南大军,一路沿江西、湖南、贵州杀将过来。

这一段历史,在贵州、云南的很多地名上也留下了痕迹,诸如"镇远""贵定""清镇""普定""普安""镇宁""威宁""宣威"等等,包括"安顺"这一地名,也充分显示了三十万大军过处,威风八面,一路镇压敢于反对者,"诸蛮"纷纷望风而降的史实。

我在贵州二十余年,始终不能明白,安顺这地方,明明地处贵州的中部,为什么总要被称作"黔之腹、滇之喉"?原来出处也在这段历史,朱元璋认为,安顺这一带,是进军云南的"襟喉"之地,十分重要。

云南被傅友德平定,那个梁王是被杀了,可云贵高原远在西南边陲之地,胜利了的军队一撤回来,万一又冒出了一个什么王,或者就是当地的土司,不服明朝管了,怎么办呢?如何统治这块土地呢?苦思冥想,朱皇帝命令傅友德的三十万远征军沿着交通要道,就地驻守下来,封官许爵,稳定云贵。军队不打仗了,仍然要吃饭。于是就让驻守下来的军队设立军屯,垦荒种粮,解决吃饭问题。

光是吃饭还不够,军人也要成家立业,也要过太平生活,生儿育女。于是乎,这些屯军的地方渐渐地就变成了一个个叫作屯、叫作堡、叫作哨或是关的村寨。有了军屯,随之出现了商屯、民屯。三十万征南军人,来自当时的江苏、浙江,还有朱皇帝的原籍安徽以及江西等地。他们的后裔,经历了几百年的沧桑,很多东西可能都已经有了变化,唯独穿着的服饰,一代一代流传下来,还保留着明代的色彩和特点,一些人家里的家谱,一代一代还在书写着自古而来的演变,并且相对集中,相当完整,形成了独特的文化现象。于是乎,也便有了我们今天称之为屯堡景观、屯堡文化的研究。这不能不说是一件幸事、奇事。似乎该归功于那一片乡土的偏远和闭塞了。

我问过很多安顺的屯堡人来自哪里,他们往往回答说:"我们是'京族',老祖宗是听了朱元璋的话,从南京开拔征战而来,南京族。"

几百年了，这话听来有点悬，却是很有道理的。去年秋冬，我到云南的宣威去采访宣威火腿的创始人浦在廷的事迹。谈起浦家的老祖宗，也正是跟随明朝的大将军傅友德一路打过来的，因战功卓绝，被授予武德将军，在设立卫、所、军、屯、铺、堡的同时，就地驻守和屯垦，世代定居下来。

我顺便还了解了一下，明朝派往西南诸省的军队，驻守下来的时候，以卫所为单位组成军屯，一卫有五百六十人，一所则翻一倍有一千一百二十人。除了驻守屯堡，朱元璋的军队还在当地开筑道路，设立驿站，方便通邮，修复古驿道，以六十里为一驿，一直修到贵州的安顺。这固然是大明王朝为了巩固自己的统治而为，却也在客观上给偏僻闭塞的云贵两省，带来了江南地方较为先进的科学、文化、技术及生活方式，促进了西南云贵高原的经济开发和发展。直到 19 世纪初，云贵两省有追求有志向的青年，要走出"走不出去的云贵高原"，很多人依靠的还是这一条古驿道。

到了浦在廷这位第十八代的后裔，赶马帮积攒了财产，经营宣威火腿发迹之后，他遵照古训，不远万里，经云南绕道越南及中国香港、南通，终于来到祖籍的故乡南京，寻找《浦氏族谱》上记载的老家山阴县柳树湾石门坝。费了好大力气，终于弄明白今天的南京中华门外，就是几百年前的石门坝。可任你怎么查寻，在这一带也找不到浦氏族人。最后还是经人点拨，告诉他，明朝时候，这一大片都是兵营，修族谱的老祖宗一定是误把南征出发地的兵营，记作了故乡。浦在廷这才只得无奈地作罢。

由此也就明白了，安顺屯堡人说的"京族"，指的是"南京族"，因为他们的祖先从南京而来，绝不是广西的那个京族。

很多土生土长的贵州人以肯定的语气对我说，地戏就是朱皇帝的军队调北征南时带过来的。只要看看屯堡农民们表演时的衣着打扮，就不难做出判断了。你看他们身穿土布长衫，腰间围着绣了花的战裙，背上则像京剧武打中常见的那样插着靠旗，脸上蒙着黑纱，额头上戴着各种各样彩色的面具，头顶上插着野鸡毛，在抑扬顿挫、模拟战场厮杀的锣鼓声中载歌载舞，表演着戏剧。

地戏演出所报出的剧目，也基本上是征战故事，诸如我们都很熟悉的《三国演义》《封神演义》《说岳全传》《杨家将》等，正因为明朝的军队是朱元璋调北征南一路打过来的，所以他们自然就会喜欢这一类和自己的经历十分相似的征战题材。而且历经几百年，年复一年，乐此不疲，一代一代地往下传。就是到了极左思潮泛滥得那么可怕的"文化大革命"时期，也不曾断绝过。像要我在白喜场合留下看跳神的那个学生，在"文革"年头，其实并没看过几回地戏，但他兴趣之浓烈，也是大大出乎我意料的。由此，也可以看到民间文化特有的传承渠道，在文化传播中的巨大的作用。

地戏和军傩

由于地戏表演主要以征战题材为主，蜂拥而来研究地戏的专家学者们就做出判断，认为它是从军傩演变而来的。

这个"傩"字，一度是个难读难认的字，也是一个多义字和假借字，更是从原始社会一路带过来的古字。

起源于原始社会的"傩"，是古代人类面对很多自然现象，诸如雷电、洪水、地震等灾祸迷惑不解的产物，用于避邪驱灾、感恩酬神。

这一起源和宗教的起源实有相同之处。

从20世纪五六十年代，一直延续到"文化大革命"以后的两三年间，贵州乡间掌坛主持傩仪的法师，一律被称为"魔公"或是"老魔公"，带有明显的贬义。80年代以来，傩戏作为一种文化现象获得重新评价，专家学者把它作为学术来研究以后，老魔公的称呼也随之从生活中消失,而被称为"傩师"。但在贵州乡间,人们嫌这个"傩"字不好认也不好念,大多还是恢复了原来的称呼:"法师。"

由最早面对困惑不解的自然现象而跳的傩舞、傩仪,逐渐演变为傩戏。傩戏又渐渐细分为民间傩、宫廷傩和军傩多种。我也相信,贵州屯堡一带的地戏,极有可能是从军傩发展演化而来,随着明朝军队的屯守,入乡随俗,在数百年间同西南山乡的地方戏剧结合,有故事、有情节、有人物,保留了从说唱形式向戏剧过渡的民间样式。

把它作为一种神奇古朴的文化现象研究,实事求是地说,傩仪之中,确实含有封建迷信的成分。贵州乡间,历来就有冲傩还愿之说。所谓还愿,指的就是在举行傩仪之前,要有一个专门仪式称为"许愿"。

在我插队的村寨上,在广为流传的民歌中,在我搜集到的傩师念念有词的傩仪文中,在乡间就是娃娃都能朗朗上口地念的傩师咒语中,都不难寻找到祈愿的痕迹。

做生意的人祈愿发大财,奔仕途的人叩愿升做大官,病人盼望自己恢复健康,出门要坐船的人指望江河上风平浪静,种田的农民酬良愿,离不了五谷丰登堆满仓,财主做梦也在盼财宝,所谓:横扫金,竖扫银,金银财宝全扫进。乡间最为普遍的,则是冲寿傩。给已上了年纪的老人许个愿,身体好的愿他长命百岁、身体差的给他冲冲喜,添庚加寿。

这种冲傩还愿的方式,其实和我们现实生活中常见的拜菩萨有几分相同的意思。只不过我们见到的拜菩萨形式简单得多,而设傩坛做傩仪形式上要复杂一些罢了。

只要完整地去屯堡看过几场地道的地戏表演,就会发现,地戏在开演之前,结束之后,都会有一些特定的仪式,在这些特定的仪式中,是不难看出其浓郁的迷信色彩的。只是随着近年来的进步,这些仪式简化或取消了。人们关注的,是地戏本身。

地戏的演出场地简陋,剧情单一,化妆也很简单,年复一年,演的还都是老套路。那么它为什么还会这样地吸引着屯堡的乡民们历经几百年不败地看下去呢?

问题看上去很复杂,实际上却不难回答。

贵州全境,高原和山地面积占了将近90%,自古以来,群山连绵、沟壑纵横,老百姓的村村寨寨,几乎都分布在崇山峻岭的山间盆地和河谷平坝旁。山川阻碍,偏远闭塞,使得长期生活在这里的人们不易和外界广泛接触,甚至于基本上不和外界接触。但是对于众多的自然现象,对于人一辈子都要遭逢到的种种困苦、灾难及不可理解的事物，生活在这里的乡民们也需要得到解释。

还有一点更为重要，那就是作为人，他们也像生活在全世界各地的所有人一样，期待更为美好的生活，向往过上更加幸福的日子。他们的愿望需要寄托，他们也巴望着有朝一日真正能过上好日子。可是他们真的不晓得怎么做才能迎接到这样美好的未来，于是他们就只好求助于傩仪这样一种自古流传下来的形式。

我在前面已经说过，安顺屯堡一带的老百姓喜欢地戏，年复一年，每次演出都像过节一般地欢乐，就那么有限的几堂戏，历经几百年而不衰落，世界上都恐怕没有几个剧种有这么强盛的生命力。

原因何在？就在于他们内心深处的许愿的心态，在于他们内心永远存在的祈盼吉祥避邪驱灾的精神需求。

到了过大年的日子，到了稻谷扬花季节，到了哪家、哪一个寨子表演傩戏的那天，他们呼群结伴地赶了去，不仅仅是去看个热闹，不单单是为了娱乐。而是伴着强烈的许愿心理，带着内心深处的祈盼，带着美好的愿望。

跳过一次地戏，看过一次地戏；热闹过那么一回，他们就会很高兴，就会感觉到这一年很有希望、很有盼头，心情也格外舒畅。反之，这一年如果因为这样那样的原因而没有跳成地戏，他们就会觉得深深地遗憾和不安。一旦在这一年中遇上了大小灾祸，或是屯堡里出了意外，诸如山洪暴发、房屋倒塌、哪家的娃娃突发疾病猝死等，分析原因时，总会有人叹息说，只怪今年没有跳成地戏。遂而马上就会有人附和，并且大声地说，明年无论如何，是一定要安排一堂地戏来跳了。

地戏是明朝的军队调北征南的时候带到贵州安顺一带来的，这一点看来是没有疑义的了。但是，随着对傩文化深入的研究，人们发现，早在朱元璋调北征南之前，贵州山地的古代先民中，就有冲傩还愿的仪式存在。于是乎，就出现了一个新的问题，是古代夜郎国就存在的傩仪影响了地戏呢，还是地戏影响了原本就有的傩仪？

我感到这个问题其实不消多争论，用小说家的想象就能解决。

傩戏面具

在前面的行文中，我已经写到，在"文化大革命"中偷偷看跳神的一小节文字。但仍得实事求是地说，尽管即使在那种年头，地戏也没有灭绝，但是毕竟是在那样特殊的年月，绝没有人公开地谈及地戏或是跳神的。在我插队的十年岁月中，也有人大起胆子悄悄地跳过，结果被公社干部发现了，硬是被拖去办了学习班，还陪着专门骗人钱财的"迷信头子"挨了斗。

事情奇就奇在这里，一旦说要跳地戏，恢复传统的民间娱乐形式，马上就有人将苦心冒险保存下来的面具献出来。

有了原始的面具样式，早就缩手不干了的能工巧匠又挺身而出，重新雕出式样各异的种种面具，供寨邻乡亲们选用。

当地人把这一类面具称作"脸子"或"脸壳"，把雕脸子的汉子称为"雕匠"。随着出访法国和欧洲，傩戏大盛，一时间，雕匠也跟着声名远扬，大受欢迎，被四乡八寨的老百姓请了去，酒肉款待是不消说的。他们便纷纷发挥着自己的聪明才智，尽力创造着新的品种和样式。于是乎，用白杨木、丁香木雕刻而成的丑鬼、道人、女将、小军、忠臣良将等千奇百怪的脸子就在方圆数百里内的村村寨寨传了开去。

有了脸子，讲究的地戏班子喜欢攀比竞争，遂而就逐渐配齐了包头的黑布或是黑纱，黄花背旗野鸡翎，大红绣花的背板和水红上衣，浅绿的战裙，黑底绣花腰带，甚至于扇袋、香包、银铃铛、竹骨扇，一应齐全,披挂整齐。

有了配备齐全的行头和五颜六色的脸子,就可以演地戏了。

开演地戏,封箱的脸壳在开箱之前,必须得依照几百年传下来的规矩点蜡烛烧香,供滴血雄鸡。进了场,还须"扫开场",演出之后还得"扫收场",连带着祭土地,给村寨上的家家户户招财进门,所谓"日落黄金夜落银,牛成对来马成群"。并保佑全屯堡的良民百姓平安富足,来年风调雨顺,五谷丰登。

如此重大的场面和活动,岂能不造成声势和影响?只消哪个屯堡的地戏一开锣,四乡八寨都有人赶了去凑热闹,就如同城里人看灯会、庙会、逛小吃街的心情一样。

安顺的地戏如同出土文物一般扬名于世界。在乡间的地戏纷纷扬扬越闹越红火的那几年中,安顺附近的黄果树瀑布、犀牛洞、天星桥和龙宫等引起世人瞩目的景点,正被有计划地辟为西线风景区,吸引众多省内外、国内外的游览者。先是那些被一股一股西洋风吹得晕晕乎乎的美术界人士对脸子发生了兴趣,其中一些颇有见地的美术家被那些返璞归真的脸子所吸引,忽觉得那不正是踏破铁鞋无觅处的宝贝嘛!于是乎仿造者有之,受此启发举一反三运用于砂陶、雕塑、绘画创作者有之,很快地携自己的美术新作冲向世界艺坛者也有之。

最大量的,则是在全国各地的旅游景点都能见到的各种各样的脸子。满街比比皆是,四处泛滥。这一现象,究竟是喜是忧,我也说不清了。

屯堡景观

地戏的话题还可以说上几个,比如说地戏与日本北上川市鬼剑舞的关系,比如说脸子的画法有什么讲究——不过越往下说越说不完,干脆我就打住让有研究兴趣的人去深挖细探吧。

随着地戏的名声越来越大,去屯堡看地戏的人越来越多,屯堡的景观也开始引起世人的注意。人们对屯堡的历史、对屯堡的文化、对屯堡的生存方式、民俗信仰,都产生了浓厚的兴趣。

除了地戏,屯堡还有其他几种民间的艺术样式。前面我提到过的,在白喜场合有人在唱歌,就是一种样式,在当地叫作唱书。传说洪武年间最初在屯堡住下来的"京族"老祖宗们,看到附近村寨上的少数民族在那里喝酒唱歌、边歌边舞,觉得自己的生活和他们相比之下十分枯燥,格外想家。于是就将在家乡学过的说唱词,凭记忆记录下来,边哼边唱,自娱自乐,逐渐地形成了唱本。再根据唱本上的内容，改编成地戏来演。

和唱书形成对照的，就是当地的唱山歌。可以说，一到贵州，最早吸引我的民族风情，就是唱山歌了。贵州的少数民族，无论人口多少，居住在水边还是山地，几乎每一个民族都有唱山歌的传统。依照他们的说法是，见子打子，见什么就唱什么。唱情歌的时候，更是显示自己的聪明才智和本领的时候，随机应变，越是能唱的小伙子和姑娘，越能得到情人的青睐和众人的尊重。

屯堡一带的山歌，具有江南民歌的韵律和色彩，但已经吸收了贵州少数民族山歌的活泼、多变、奔放、自由自在的特点。

这种既有江南风味，又和当地特色融合的文化现象，随处可见。

我第一次深入了解的一个屯堡村寨，叫作"放鸽哨"。乍一走进寨子，看到村边的小桥流水，看到村子中央的池塘，看到房前屋后的竹丛，看到房屋的门洞，还有呈明显江南格调的四合院，里头有朝门、堂屋、厢房，院子里有水井，包括门窗上雕刻的花纹图案，我久久地站在那里，恍然感觉自己走进的是江浙一带的村庄。

直到在街巷间走久了，看得更细了，我才逐渐发现了这些屯堡和江南水乡的一些不同之处。比如江南水乡的民居，往往称之为粉墙黛瓦，那一片片瓦都是黑颜色的。而在屯堡，虽然也有盖瓦的房子，但大多数房屋盖的都是页岩石板，大大小小，铺盖得错落有致，远远望去，既是白花花的一片，但又不觉得枯燥，那有弯有斜、有竖有横冰纹般的纹路，映衬在青山绿水之间，别有一番情趣。被不少外国人称为中国典型古城堡的屯堡村寨，既保存着明清两朝的遗风，又融合了西南和江南各自的特色，非常耐看。

至于过大年的时候，家中不许扫地，说是怕把财宝扫走了；五月端午，要吃粽粑，挂菖蒲；生了娃娃，要吃满月酒；等等生活细节，则同我们孩提时代经历过的几乎一样。只是讲究的程度不同，江南一带渐渐淡化了的民俗，在屯堡却还完整地保存着。要说差别，最有代表性的可以说是体现在伙食上，今天的屯堡人已经和所有的贵州人一样，特别爱吃辣，辣子豆腐、辣子鸡、糟辣椒炒肉片，已是安顺屯堡人的名菜，可以说是无辣不成菜了。

奇特的风情，悠长的历史，古朴的艺术，别致的生存环境，构成了罕见的屯堡景观。这就是我曾经生活了整整二十一年的那一片乡土，时常在梦境中萦绕不去的山地。把它写下来,也算是我一份心意吧。

纳税往事

这一件和上税有关的往事,算起来已过去整整二十六年了。

记得那是1982年。

那时候我虽已是贵州省作协的专业作家,但因为在省城里没有房子,户口上在一位好心的编辑家中,人仍旧住在偏僻的山沟里。到贵阳开会或有其他公务,就住在省文联附近的旅馆里。平时呢,常年住在我插队的修文县猫跳河谷的水电站宿舍里。

那地方的准确地名是贵州省修文县小菁区中寨六级电站。

就生活而言,六级电站比我插队落户当知青时好一点。因为电站宿舍区有公用自来水,每月也有劳保肉供应。我和妻儿生活在电站上,每月有近九十元的工资。妻子月工资四十二元,我的工资四十七元六角。

先是住在石头垒起的房子里,后来电站上建了职工生活区,妻子是电站职工,分到了一室一厅带厨房的一小套房子。应该说,生活质量比我们两个当知青时是好得多了。

而以大环境言,六级电站比我们插队的久长地区,还要蛮荒得多。久长就在贵阳到遵义的干线公路附近,搭班车到省城贵阳去,只需一个半小时。而在六级电站,坐班车去贵阳,总得花上半天时间。

六级电站也叫红岩电站,是因猫跳河谷陡峭的山崖上,有一片红色的岩石而得名。地处偏远蛮荒之地,风光却是十分耐看。猫跳河谷周围,一座座耸起的山峰有的像雄狮,有的如猛虎,有的称作双乳峰,有的叫美女峰。最为神奇的是,还有当地人称之为石祖公、石祖母、石祖娃的关刀山悬崖绝景。建电站时工人们去山上玩,还发现巨大的半岩上,镌刻着一幅双牛争王的壁画,两头牛鼓眼犟劲,奋蹄砺角,斗得正欢。画面中隐约可见一个人站在两头牛后侧,活似竞技场上的裁判。千百年来,风雨剥蚀着山岩上的壁画,无人讲得清它是哪朝哪代哪一个人的作品。旁边的一首诗更为这莽莽苍苍山野里的景观增添了几分神秘之感:"手扒狮子山,脚踩三岔河;谁人识得破,金银用马驮。"

诗中所说的三岔河，是猫跳河的一条支流。

我花这些笔墨细细地描绘电站的环境，既想说明那里的湖光山色如何诱人，又想讲清那里离现代生活是多么遥远。我细细数过，在红岩电站的任何一个位置，举目远眺，远远近近的山峰，数得清楚的是一百三十五座。而红岩电站的职工，把看门值班的武装卫兵算上，一共只有九十三人。

我经常说，这地方的人头没有山头多。

正因为荒僻，正因为和外头的接触很少，从省城贵阳开到红岩电站来的班车，两天只有一班，送来不多的几个乘客，同时也捎走更少的几个客人。有一次，山间公路旁一个村寨上的农民不知为什么事表示他们的不满，把本来就坎坷不平的泥巴沙石公路挖翻了，省城里的班车开不进来，一停就停了两个多月。电站上的职工不但收不到信，连订的书报杂志也收不到。唯一和外界的联系，就只靠载波电话维持。

我离开插队落户的砂锅寨，调进省作协当专业作家，以下基层生活的名义，几年来一直住在水电站上。对那里的安然平静，对周围几个村寨上各族老乡的生活，对附近的环境和景点，对电站职工们的情趣，可以说是十分地熟悉了。专业作家的身份，又使我和人们有一种既不会引起矛盾，又能近距离了解和洞察他们的优势,村寨上的农民们在想些什么、忧心些什么,电站职工们挂念的是什么,如何培养他们的子女,我也都知道得一清二楚。天天伏案写作之余,我时常会带着牙牙学语的儿子,到猫跳河山谷去倾听悠扬的山歌,进苗汉杂居的寨子里去听牛羊哞哞地叫,去看鸡鸭觅食,去尾追家犬欢跑,去观红白喜事的热闹。应该说,远离尘世喧嚣的日子,自有几分田园山水的滋味。

在这种生活状态里,怎会发生上税的事呢?

说来仍和我的创作有关。长篇小说《我们这一代年轻人》,我就是在这里写出来的。上海的《收获》杂志于1979年全文发表以后,北京的中国青年出版社在1981年出版了单行本。书印出不久,他们就把几千块钱稿费寄了过来。

那个年头,收入稳定的普通电站职工,月工资是四五十元。就是水电站领导、工程师,不过也就六七十元。邮电所所长亲自把汇款单送到我的家里,无论在电站上,还是电站上头半山坡那条短短的街子上,这都是一件大事。人们围观议论的情形,简直可以用"轰动"两个字来形容。邮电所所长还说,修文县城里最富的领导白政委,是1950年土改时北方南下来的干部,"文化大革命"中受冲击,被抄了家,"文革"结束后落实政策，把存款和补发工资还给他，一共是两千五百元。白政委把这笔钱存进了银行，于是全县传遍了，白政委是县城里最富的人。你不简单，一本书的稿费人家就汇来几千元，比白政委还富！我告诉你，稿费你是得了，稿费单子一路从县城发下来，人家也都知道了。你不要忘记上税，区税务所已经捎了话让你准备好上税。

稿费收入超过八百元要缴税，这一规定我是知道的。不过，区公所的所在地在小菁，离红岩电站足足四十里山路，要上税，莫非要我来回走八十里山路，去缴一次税？

邮电所所长对我说，你不消去，区税务所已经来过电话，说会派专人到电站来，收你的这一笔税。

听了这话，我才放了心，安心等待人家上门来收税。

这里我得插叙一句，20世纪80年代初，稿费制度刚从每千字最高七元，提到每千字最高十元。收入超过八百元要上缴所得税的法规，刚开始执行不久。出版社和税务部门之间，也没有达成像今天我们已熟悉的由财务部门代扣代缴的操作方式。收到超过八百元稿酬的作家，得自行纳税。

这是贵州一个间晴间阴的日子，城里人称之为多云天。在山乡里，则是一会儿出点花花太阳，一会儿太阳又被浓云遮住，不冷也不热。在多雾多雨的贵州，这算是一个好天气了。

午饭后将近 1 点时分，我带着儿子在平房前的院坝里玩耍，只见一个 50 岁开外，留着花白胡子的老汉，手中持一根竹竿，由一个不足 20 岁的小伙子陪同着，从弯弯拐拐的山间小路上朝电站职工宿舍的院坝走来。一老一少两个人，都敞着怀，一看就是赶了好长一段山路。

我不认识他们，老汉笑呵呵地自我介绍："我是区税务所的。"

我明白，这是上门收税来了。虽然已过了午饭时分，我仍按照贵州山乡里的风俗，问他："吃饭没得？"

老汉连声说："吃了吃了，就在上头街子上吃的。他们指点我们，说你就住在这一片宿舍区，我们搁下碗筷，直接就来了。没想到你这么好找，省了我们好多事。"

我请他们进屋坐，他们说不消了，收完税，还得赶回小菁，四十里山路呢！

我明白他们的意思，崎岖难行的山道，四十里地，起码得走 4 个小时。他们身上带着钱，还必须抢在天黑之前赶回区税务所。

于是他们给我出示税单，我看了一下，这一笔北京汇来的稿费，我收入多少，免税多少，该扣去多少，缴多少税，写得一清二楚。比我原先估算的还要精确，于是我回到屋里，把我该缴的税，交给了两个税务人员。因为我拿出的都是十元一张的"大团结"，他们还找回了我七八块钱。

缴清税款，老汉一而再再而三地夸我："你这个人要得，要得！"

在贵州山乡，一个上了年纪的人这么夸年轻人，已经是极大的赞赏了。我不明白，他为啥对我赞不绝口，手里抓着他找回的零钱，我不由得问："是我应该谢你们，专程跑这么远路来收税。你咋还夸我呢？"

老汉拍着我肩膀笑道："你不晓得，我们走村串寨收税，不容易啊！今天一大早，天蒙蒙亮从小菁上路，沿途过几个寨子，原先都约好的，走进寨子一问，说纳税户不在。我们有什么办法呢？只好二回再找他们。我们今天的重点是你，实话告诉你，我在这税务所干这一辈子，四百一十几元钱，是我向个人收的最大的一笔税款。来之前，我们还怕你不在呢。没想到你二话没说，就把税款缴了！我们最大的一桩心事也了啦！昨天，我们所长还在说，收这四百多元税款，要做好跑三趟的准备。"

我诧异地眨着眼睛问:"为啥子?"

"没有纳税意识嘛!"老汉高声说,"农户杀一头猪,只缴三元,我们总得苦口婆心收几趟,不晓得说多少好话哩!"

我似乎有些明白了。

一老一少两个税务人员,水也没喝一口,一人手中拿一根走山路必须带着防狗、防蛇的竹竿,又转身走了。

低头清点老汉找给我的零钱,我突然发现,老汉多找给我一元钱。又点一遍,还是这样。

于是我又追上去,让他们停步,把老汉多找给我的一元钱退给他们。

令我惊愕的事情发生了,老汉接住这一元钱,拉着那年轻小伙的手,深深地给我鞠了一躬,声气颤抖地说:"你是个好人哪!叶辛,你能活一百岁!"

在我来说,这是天经地义的事情。没想到,却让这一辈子收税的老汉看得如此之高。

电站宿舍区还有其他职工在休息,听到老汉的话,往后的好些天里,他们见了我,就跟我开玩笑说:"你能活一百岁!"

一晃,二十几年过去了,但这件和纳税有关的小小的往事,时不时会浮现在我心头。我要特别说明的是，二十六年前，在贵州偏远的山乡，一元钱足够供一个人一天的伙食。一大碗连饭带菜的豆花饭，足够吃饱了，不过才二角五分。这是今天的读者必须了解的。

当好 "客人"

坐着列车在山乡旅行时，每当晴朗的黄昏，我总爱透过车窗，向着那些夕阳辉耀下的原野眺望。哦，所有的山岭、田坎、河流、树林和间或可见的飞泉，对我来说，是陌生的，但似乎又是熟悉的。准确地说，应该是眼前的这片景物对我是陌生的，而类似的生活环境对我来说却是熟而又熟的。我熟悉傍晚时分草木那股特有的气息，我熟悉光着脚板在田埂上走路的那种滋味，我熟悉一天的劳动过后双手双脚在清澈的小溪流里冲洗的那种美妙的感觉——一切离得是那么遥远又是那么亲近。我眺望着也在回味着，回味的同时还在寻找，在贪婪地不满足地寻找。寻找什么呢？我总希望自己寻找的景物到了八九十年代不复存在了，但遗憾的是，即使是到了90年代的今天，这样的景象在飞驰的列车车窗外还是能看到。

太阳是落坡了，高坎坎的田埂上，仍然能看到两个农民，勾腰俯身，从低洼处用长长的绳子拴着篾斗，把塘里的水提起来，倾倒在高处的田块里。蓝天绿野是衬景，两个农民俯身勾腰、提水上扬的动作做来是那么自然贴切、那么富有节奏感。远远地看去，当那提上来的水泼向高田的时候，闪闪发亮的银珠光波，真给人一种充满诗意的感觉。我就不止一次地在同车旅客的感叹声中，听到类似的评价。

很难去责怪没有农村生活的陌生旅客的无知，尽管这些旅客中不少人还是干部。逢到这种场合，我心头总是想，这大约就是生活和艺术的差别，或者说是生活和艺术之间的距离。把这一幅景象绘制到画面上，人们会感到这是一幅充满生活气息的画作。而唯有真正在干活的农民，才知道干这活的滋味。

插队期间，我就常常和一位老农分站在田埂两边，一斗一斗地把洼处的水戽到高处干裂的田块里。这是天旱季节乡间极重的农活之一，这是不得已而为之的农活。常常，一天戽到黑，高处的田块才能积起一两寸厚的水来，但是，就这一两寸厚的水，还是不能打田栽秧的，犁一翻过来，水又没了。要戽够足以打田栽下秧子的水，两个劳力起码从早到黑连干三天。

和我一起戽水的老农 50 岁开外了，但他身体强壮，一口气可以戽水三百多斗。像我这样 20 来岁的小伙子，咬紧牙关地干，一次最多也只能戽一百五六十斗水。干一回，我们就歇一口气，所谓一口气，一歇就要歇二三十分钟。坐在田埂的阴凉处，揭下草帽来扇一扇风，两眼仿佛在深沉地望着远方，那里有远山近岭，有泉水瀑布，有牛羊和不时甩一下尾巴的马，有偶然可以一闻的山歌，有——山野里真是有数不清的东西。可我们什么也不望，我们只是在歇气，这时候世界上最好的事情就是这么安安心心地坐着歇一口气了。歇得时间久了，我还会忍不住打瞌睡。老农总是用他那双微微眯缝的眼睛，同情而宽厚地望着我。我瞌睡醒来。朝他不好意思地笑一笑时，他总是理解地说："没关系，一会儿我们抓紧戽，总要把田淹上啊。"

　　插队的时间长了，对山寨周围的山山岭岭也看得乏了，歇气时我忍不住跟他说："你想嘛，这一座座山头，千百年来都没有变化。你的父母，你的祖父母，你祖父母的祖父母，逢到天旱时，想必也要戽水吧？"

　　老农肯定地点头，一扬手说："那当然。你我都是客，它们才是主人嘛！"

　　"你说什么？"我大为不解，大声问。

　　"坡是主人——人是客嘛！"老人见我没听清，故意放慢了语速道。

　　我默然，久久地望着这个不识字的老农。直到此时，我才仿佛真正认识了这个天天在一起干活的老人。直到此时，我才真正明白了，他对我为什么那样宽容且富有同情心。这话里的哲理比书本曾经教给我的要厚实得多。

　　诚然，人是万物的精灵，是地球理所当然的主人。然而，人在改造自然、改造世界的过程中，必须遵循客观规律。从这个意义上说，我们不都是客人吗！岂止是山岭田坎，对于我们生活的这个世界，对于这个世界上终日在无休无止地忙忙碌碌的芸芸众生，我们不都是客人吗！

　　我们要考虑的只是，如何当好这个客人。

最难忘的旅程

说起来是二十五年前的事了。

那是1969年难忘的夏天,是我这一辈子最难忘的偏远山乡的一次旅程。

记得,那回我是进省城贵阳去看牙。连续几个月的农忙劳动,插秧、挑粪、犁田、耙田、铲护田埂、下煤洞挖煤拖煤、上砖窑出砖踩煤巴、开引水沟,所有的活都是重体力劳动,每天收工回到集体户的茅草屋里,吃饭洗脚一类事都不想做了,最大的愿望就是到床上睡觉。和我同一知青点的一位男生,几乎天天一收工,就拿一条干净毛巾裹在脚上,倒在床上就睡。如此繁重的劳动,对于我这个头一年下乡的上海青年来说,实在有点吃不消。但为了接受再教育,我还是坚持下来了。连续几个月的连轴干,又加上吃得比较简单,牙痛病就犯了。在这之前我从未犯过牙痛,头一回尝到这滋味，痛得我整夜整夜地睡不着。晚上睡不好，白天干体力活一点没精神，农民们就会觉得我的劳动态度不好，心里一急，牙痛就更剧烈。在村寨上找了一些偏方来治，毫无效果；去卫生院看医生，卫生院没牙医。拖了一段日子，我终于下决心到省城去看牙。

从开始似乎就注定了这是一次艰难的旅程。动乱的年头，省里面到处都在打派仗。长途客车行驶在开往省城的公路上，每走一程就要遇上卡子，查看乘客随身带的证明。车子开进省城三桥时，驾驶员和售票员突然惊慌地大叫："趴下，快趴下！"

话音刚落，砰砰砰传来了一阵枪声。一车的人吓得都缩到车窗下面不敢抬头。我长到十八九岁还是第一回听到真正交战中的枪声，可能是年少气盛吧，反而踮起脚跟往窗外望。瞅了一阵，才看清楚是盘踞在相对两座高楼上的"文攻武卫"战士们在对打。

当晚，我借宿在省城市郊一座工厂的单身宿舍里，我那位同学的哥哥在这座内迁厂里当工人，他怕我这个外来者在混乱中出什么事情，第二天一清早，给我找了一点止痛药，说："城里都在武斗，商店纷纷闭门谢客，很多单位都不上班了，估计去了医院也看不成牙，还是回到偏僻的乡下安全。"他劝我趁早离开这是非之地。我知道他是一番好意,匆匆吃过早点,顾不上进城去看牙,就向厂区开往省城的公共汽车站赶。到了车站,才知道因为武斗,所有的公交车都停了。从厂区到城里有十二里路,步行大约一个小时,在乡间已经走惯了,我提着包往城里走去。一路走一路遇到各种各样盘查的卡子,对每一个行人都要查看证明。我干脆把证明拿在手里,省了拿出拿进的麻烦。

  这么查查走走,两个多小时才进入省城。一进城我就感到气氛骇人,马路两边所有的铺子都关着门,不高的楼层顶上都搭着临时工事,还有人头和黑洞洞的枪口对着马路上。我小心地绕着七弯八拐的小马路走了约莫四十分钟,终于来到了长途客车站,只见站上大门紧闭,所有的售票窗口全关上了,周围一个人也没有,连可以问个口信的人都找不到。我东张西望地走出一截路,好不容易在一个院子里看到一个老人,进去问他。他对我打量半天,大约认定了我不是坏人,才对我说:"客车站成了战场,车子全开出去打派仗了,十天半个月都不可能恢复。"我怔住了,在省城除了那个同学的哥哥,我什么人都不认识,可以说是举目无亲。我该如何回到自己插队的那个名叫砂锅寨的小村庄去呢?

  砰砰!远处的高楼上又在响枪。形势和时间都不允许我细加思索，我整了整提包带子，决定尽快离开省城，走回山乡去。

说走就走，我不敢耽搁时间。前头一二十里路，我走得非常轻松自在。除了出城的时候遇到一个卡子，再没其他人来盘问我。路过一个叫作沙子哨的镇子（在当地称乡场），我还停下来兴味浓郁地赶了一会儿场，买了点东西吃。走出三四十里路，脚下就感到沉重起来。先是觉得太阳晒得头昏眼花，我把这归罪于昨天一整日的奔波和夜里听枪声没睡好觉，太疲倦了。继而迈步就有些费劲了，直想坐下休息。但我又想起惯于走长路的农民说的，在远行中尽可能不要坐下，一坐下再走更支撑不住。无奈，中午时分的太阳大，在确认已走出了四十里路之后，我坐到路边的几棵大树底下休息起来。开头只想休息个十分钟，哪晓得坐下以后就不想动，眼皮也沉重地耷拉下来，干脆躺倒在地上打瞌睡。刚躺下去的五分钟，只觉得浑身舒展，真是一种享受。可合上了眼睛，却又睡不着，想到还有漫长的七十里路在等着我，哪里还能安心睡下去。半个小时之后，我下了最大的决心站起来，继续我的旅程。开头走的那几步绵绵的，有一股头重脚轻之感，坚持走出了几十步，就好受一些了。但我一边走一边怀疑自己，能不能走完余下的七十里路。我开始有些盼望，听到一些声音就环顾张望，巴望着身后会开来一辆汽车，好心的司机会允许我搭车。可我一次一次地失望了。大约因为城里在武斗，没一辆车开出来，我整整走了四五个小时了，身后也没有开过来一辆车子。我已经感觉到自己比上半天明显地放慢了速度，一个小时再不可能走到十里路了。但我仍坚持走着，再不敢坐下休息。这样，拖着两条灌满了铅似的腿，我又走出了三十多里路。这时候已是傍晚的五点来钟，离我插队的寨子还有四十里左右，要在天黑前赶到公社是不可能的了，但我至少可以赶到扎佐。这地方是黔北的重镇，离砂锅寨还有三十里。而这三十里路，是我在几个月里走过几回的，即使走夜路也不可怕。正这么自我安慰时，一场瓢泼大雨哗然而下，逼得我赶紧跑到路边的茅草屋前去躲雨。这户农家和贵州山乡的大多数农户一样，很穷，但主人听我说了遭遇，还是沏了苦丁茶要我喝。当地的农谚：四川的太阳云南的风，贵州落雨当过冬。虽然是夏天，雨一落下来，我还是觉得冷，坐在农家的板凳上，真不想站起来走了。可时间不等人，雨下小了，乌云笼罩山头，天眼看着就黑了。真走回寨子，恐怕要半夜了！正在这么想着的时候，我看到公路上开过来一辆煤车，哦，这是扎佐煤矿的车，省城里在武斗，可乡间的煤矿仍在生产。我连忙放下杯子，向主人道了谢，直接走到公路上，一边慢慢往前走，一边期待着后面还有车子开来。一辆煤车开过来了，我向着车子招手，司机不理我。第二辆还是如此，以后的每一辆几乎都是如此。是啊，他们怎可能晓得我是一个快要走不动了的路人呢！我失望了，慢吞吞地往前走，心里说，管他呢，就这样走吧，总能走到的。就在我已彻底失望的时候，我看到前面路边停着一辆煤车，我惊喜地跑过去，司机正在路边的小铺子里吃面条。我向他道出了自己的原委，并且打听明白他去的正是我插队的久长方向。于是我要求搭车，他向着我把手一挥，就同意了！三十里路，煤车只用了二十分钟。我在久长下车的时候，下着霏霏小雨的天还没全黑呢！我从随身带的包里掏出一只硕大的毛主席像章，送给这个好心的司机。他笑了，向我连连点头。在那个年头，这是我能拿出的最好的礼物了。

　　这就是我的一段旅程，最难忘的一段经历。朋友，你说呢？

若有似无的城市

这是一个奇怪的城市。

在我看来，它至少有三怪。

首先一个怪，是怪在这个城市的名字。

大凡世界上的城市取名，无非是这么几种类型：一呢，因其城市所处的地理位置。比如上海，坐落在东海之滨，紧挨着大海，到海上去十分方便，又是长江的门户，故而得名。一些图省事的外国人就干脆解释为从这儿到海上去。又比如我曾经生活过多年的内地省城贵阳，是因为地处贵山之阳面而得名。再比如日本的东京，则是因为它地处故都京都的东面而得名。二呢，因其独特的历史原因。比如开罗，在阿拉伯语里是胜利的意思，它的建成标志着埃及摆脱了拜占廷帝国的控制。又比如我们的北京、南京、西安的得名，都和独特的历史原因联系在一起。三则是因其城市的特色。比如平壤即是平坦的土壤的意思。比如渥太华，在印第安语中，则是贸易的意思。在19世纪中叶，渥太华是一个因木材交易闻名的小城市。四呢，为纪念一个杰出、伟大的人物。诸如我们都晓得的华盛顿、惠灵顿、列宁格勒（圣彼得堡前称）和玻利维亚的法定首都苏克雷等。五是因其传之久远的典故。例如阿富汗的首都喀布尔，就与一个自古流传的干草桥的美丽传说有关，而喀布尔，在波斯语中，就是干草桥的意思。又例如希腊首都的名字雅典，就和智慧女神雅典娜的美丽传说分不开。总而言之，城市的命名，寄托着人们的美好愿望和憧憬，得到一代一代人的认同。即使稀罕如"鬼镇"这样为吸引游人而起的名字，也会得到人们的认可。

唯独这个叫作"淹城"的地方，让我一听就觉得怪。为什么要取一个巴望自己被淹掉的不吉利的名字呢？说它水多，世界上水多的城市有的是，威尼斯、斯德哥尔摩、曼谷、阿姆斯特丹，名字一个比一个好听，可它偏偏要叫"淹城"。

当地人告诉我，这淹城了不得！这是世界上绝无仅有的三城三河形制，哪里哪里只有二城二河形制，哪个国家的二城二河形制已是如何不得了。你想想嘛，一座城有三道城墙、三道护城河，层层相套，布局巧妙，该是多么不容易、多么难得一见。

于是我忙中偷得半日闲，兴冲冲往淹城而去。淹城地处江南的太湖和漓湖之间，东北距常州市七公里，离新近撤县建市的武进才二公里，可谓近也，交通自然也是极为便利。三道护城河围起一座静悄悄的古城，竟然只有一条小路通往城中哩。在这片江南沃土之上，浓重的丛丛绿荫之中，只见那三道护城河曲水环围，清澈的河水微起细涛轻波。沿着古朴幽静的田间小路信步而去，我陡然察觉了它的第二个怪。

怪在哪里呢？这座如此了不得的城市中竟然没有一个市民。

市民们到哪儿去了呢？陪同我前往的朋友说，原先这相套的三道护城河之内，还居住着三个生产队的农民，他们大约是这座城市的最后一代居民了。在这里生活的那些日子，他们过的是与世无争的世外桃源般的生活。他们栖息在这里，耕种在这里，收获也在这里，至于和外界的接触，则是很少很少的。曾经有小偷盗窃了附近地方的东西，慌慌张张逃进城中来，他自认为逃到了一个无人知晓的地方，哪晓得被人堵住了那唯一的一条土筑小路，人们不费吹灰之力便将他逮着了。

顺着有规则的泥巴路走进近似方形的内城，站在地势较高的土墩上,放眼眺望远近的景色,昆池重叠的三道护城河之上,倾圮的城垣逶迤起伏,冥冥中仿佛还能看到那土筑的三重城墙在云空中巍峨挺拔,凝神定睛望去,却什么都不见,看到的只是浮云,只是一片蓝天,让人生出无尽的遐思。直到这个时候,我才明白了,这淹城只是一个城池的遗址。

在明白了它不过是遗址的同时,我又发现了它的第三个怪。那就是淹城遗址直到如今还没个确切的说法,用一句民间的话说,还无从说起。

越是无从说起,说的人也就越多。这是不是一个规律我讲不清楚,但在淹城遗址这件事上,体现得却是十分充分的。人们引经据典,说淹城是淹君之地,只是淹君为何朝代何人,仍旧不曾说清楚。有的说淹君系周初山东曲阜的奄族之君,"淹"即由"奄"演化而来。有的说淹城为吴囚越质子而筑。还有人说古代常州附近有过一个小小的淹国,淹君即淹国之君也。更有一种似乎十分证据确凿的说法是,淹君是吴国历史人物吴王寿梦第四子季札,称君的不一定非是皇帝,就如同春申君一般。

考据没个定论,老百姓却以他们丰富的想象,补充着历史的空白。一代一代,这里都流传着金井和玉井的动人传说,他们说金井中有金门槛,每当天空出现"七巧云"的时候，井中就会响起鼓乐声声，井口就会闪烁金光道道。还有龙泉的传说，还有甘露城头的传说，而关于百灵公主的传说，在这一带几乎是家喻户晓。传说淹君的女儿百灵公主，因为喜欢吃甘露叶上的露珠，长得如花似玉，是当时的绝代佳人。不用说她当然是淹君夫妇的掌上明珠了。留王之子野心勃勃，讨得了百灵公主的欢心，骗取了淹君的信任，被招为东床驸马。有一天，趁淹王外出巡视，驸马偷去了淹君的护国之宝——白玉龟。淹君回来以后，不问青红皂白，就把百灵公主处死并碎尸三段，分葬在淹城附近。如今站在淹城就能看到的三个显眼的大土墩，被百姓们称作"头墩""肚墩""脚墩"，就是由此而来。

美丽动人的传说也好，争论激烈的考证也好，都承认春秋时代，在江南水乡，有过一个淹城，有过一位淹君，可以想象，那个时候，淹城有过一番繁荣的景象。在三道护城墙边徘徊了好久，在三道护城河旁沉思了良久，我脑子里想得最多的是，当年处于如此中心地位的淹城，后来因何而被冷落以致倾圮了呢？

答案是显而易见的——随着京杭大运河的修通，最初作为一个小小码头的常州，逐渐地繁荣昌盛起来，而闭关自守，进出须越过三道护城河、三道城墙且只有一条小小泥巴通道的淹城，自然而然地就寥落下来，以至于到了今天，只剩下一片遗址，连一个市民也见不到了。

回首千古淹城，风去风来的秋阳辉耀之下，一大片绿荫在微风里起伏，仿佛在喁喁细语般讲述着江南古文化的神韵，给今人以启迪，也令今人咀嚼、回味。

哦，淹城，我也愿为你记下一笔。

浦东季节

人在内地山乡生活多年,心灵深处,终归自谓是上海人。但是对于与市区仅有咫尺距离的浦东,实在是不甚了解的。虽说童年时代也曾摆渡过江,到浦东公园嬉戏,虽说青少年时代也曾数不清有多少次骑着自行车去过高桥海滨,对于浦东的印象,却仍然是淡淡的。在荒蛮偏远的乡村里,犯起乡愁来,思念最多的还是南京路的灯光、外滩的高楼和弄堂里友人邻居间的温馨。临到浦东开发,外乡的人们热心地打听起来,给人介绍时,我装出一副十分熟悉了解的模样,讲得头头是道,心中却还是虚的,因为我凭借的多半还是以往的印象,怕他们穷追不舍地问下去,我就说不出更多的了。

及至回归上海,家居浦东,转瞬竟有了一年半的日子。对于浦东这块土地,对于浦东的四季,多少有了些真正的发言权。

在内地的省城生活时,我喜欢站在阳台上眺望山间的景致。那变幻莫测的雾岚,随着风去雨来,时而飘飘茫茫地笼罩着山峰,时而半羞半怯地露出点样貌,时而又如扯下神秘纱巾的俏丽女子,让青山奇秀的风光,陡现在你的眼前。哦,这是多美的大自然的画卷,多少文思在这种伫立中奔涌而来。

站在浦东的阳台上,看些什么呢?

看楼房隔开的天,一块一块的,没有了辽阔深远和宽广无边;看楼房外边的楼房,一幢接一幢高高低低地拔地而起,一家一家的新居民搬进来。于是乎听得到楼房里传出不绝于耳的咚咚声,切割机的噪音,刨地板机的怪号,还有说不清什么原因的敲打声。凝神细听,这种种响声组成杂乱无章的音符,却又是你奏你的,我奏我的,互不干扰,互相容忍。稍隔一段时间,走出新村去,竟然惊讶地发现,前不久还是一片空旷的土地上,又起了楼群一片,又有了新村一片。

新村的绿化比市区好,好得有规划、有管理。夏天里走进新村,慢一点走进楼房,沿着新村里的道路走一走,自会有种置身于绿色走廊中的感觉。树木、草坪、花园、苗圃、爬壁藤各种深浅不一的绿,让你悦目,让你的心灵得到松弛,让你的节奏舒缓下来。

上海人是需要松弛、需要舒缓的，上公共汽车要挤，上班要顶在岗位上干，上商店要在人堆里钻，走在马路上还得在人流中小心别碰着谁，至于骑自行车的，更须八面玲珑，机智灵活，如同耍杂技。

夏天的浦东要比浦西凉爽，在浦西的人行道上走过，坐公共汽车到浦东来，一下车就能感觉到这一股凉爽。这很好理解，首先是楼房比浦西匀称；其次是人烟比浦西稀；再有就是风大，临海滨江，高低楼层错落有致，风喜于其间穿行。最炎热的那些天，刚入夜那两三个小时，沿街散步，高楼下是纳凉的人们，人行天桥上也是乘凉的老少，很有一番祥和安宁、其乐融融的滋味。可能是离旷野近，可能是绿树多，蚊子也就比浦西多一些。驱蚊广告，吉利33的推销宣传，来浦东做一点，实效势必比其他地方大。

夏日里凉爽，冬季自然也要比浦西寒冷一点。骑自行车更有这种感觉。吼啸的西北风迎头刮过来，寒凛凛的滋味是很真切的。冬晴的日子，风抓起满把满把的尘沙撒过来，这也似乎在提醒人，浦东到处都是建筑工地，灰沙尘土一时间是免不了的。站到文汇报社大楼高层上去回首浦东，看到那耸天的高楼雄伟的气势，请谅解这些肆虐的尘沙吧。

浦东的田野宽阔，一马平川。冬日里就显出几分寂寥来，田野上仍种菜，却不见多少树木。河网密布的江南水乡之景，也在日渐消逝。不是说不见水，水是有的，却只见冬溪缓缓，平水浅浅，一只两只小鸟轻掠水面。偶有枯树立岸，也是光秃枝丫，更显一点寂然。浦东的规划中有大片的绿地，希望绿地不仅仅是草坪，不仅仅是高尔夫球场。在日本，建立大面积占地的高尔夫球场，还得选民投票，不能随意把大片土地变成草坪的。我倒更盼规划中的绿地上出现成片的树林，有林便会有鸟，有鸟便会有生气，落霞抹树梢，晨雾托蓊郁，还会生出诗意，生出朦胧，平添无数新的意境。

冬去春来，新村的大门前，沿街成市的商店门口，公共汽车站附近，一下摆出了那众多的小吃摊、水果摊。今年又见大排档、卖大饼油条的、卖葱油饼锅贴的。卖生煎馒头的摊位前，多少都围一圈人，颇受人欢迎。却又仍像卖外烟的一般，时常担忧干预者，干预者是振振有词的，谓之"无证设摊"，或曰"摊位影响市容"。无证不能请他们去办证吗？摊位有碍市容，不能稍作规划吗？本来规划中的饮食店就少，一条街都摊不上一家，再生硬地清除掉，就会给春天的浦东减少一点方便，更使得春天的浦东缺乏一点色彩。为给浦东的春天增添多姿的色彩，我们不是做足了文章吗？比如南汇的桃花节，组织旅游社团，邀请文人雅士还要请上电视台。这都好，那自然的色彩不更需保留吗！设想一下，五颜六色的遮伞下，摊位一路摆过去，街面会显示出多少蓬勃生气。春雨在伞面上奏起小鼓，马路因淅沥的雨点而潮湿滋润，浦东也会在春雨中增添妩媚哩。

上海人盼秋，是因为夏日的酷热难耐。浦东的人们同样盼秋，是期待秋的凉爽，秋之收获，秋高气爽。秋天里的浓绿醉人，让人很自然想到"郁郁葱葱"这个词。可惜在这东海之滨的长江三角洲，秋天终归是短促的。即使是短短的两个多月的秋日，人们照常要过中秋，要尝上档次的月饼，特别是年轻人。中小学生，要组织秋游，要像春日踏青一样去玩去耍。浦东的好几十所小学，还有数目不比小学生少的中学生，这个时候就有点犯愁。他们在浦东的大地上，很难找着值得组织去秋游的地方，于是只好联系车子，去大观园，去动物园，去松江，去的都是浦西人去的地方。浦西人秋游、春游的地方，浦东人当然也有权去游。只是，几乎不曾见浦西人组织的车队来浦东秋游和踏青的。我想这意思大概是说明白了，居住着一百几十万人口的浦东，在内地可同一座省城相比了。所有的省城都会有几处值得夸耀的风景，可游览的名胜佳迹，可去一游一欢一乐的地方，在浦东，这样的去处也该有吧。眼前没有，规划中总该有吧。因为90年代正是浦东的季节。

浦东的文章只是刚起了个头，这篇文章会愈做愈长，更会愈做愈好，我居浦东，也仅一年半（应该是一年半），相信随着岁月的流逝，文章的续篇会愈加精彩。

上海四季

雪冬

雪冬在上海是不多见的,漫天纷飞的白雪满世界落下来,这景象就更为罕见。故而一旦下起大雪,上海的弄堂里,人行道上,大大小小的校园的操场上,就会有一股喧嚣欢腾的气氛。

上海飘落的雪花,多半是那种湿雪。眼看着她飘悠着、飞舞着、颤巍巍地落下来,落在瓦上,落在马路上,顷刻间就化了,怎么也凝结不起来。人们盼望的那种偌大的雪被把整个城市笼罩起来的银白的世界,往往要盼好久才能盼来。瞧吧,下雪的日子,高高低低的楼房窗户,沿街面的那些不高的二层、三层小楼的老式窗玻璃后面,就会有一张张贴着窗玻璃的男孩、女孩盼望的脸,和脸上期待的眼神。每当这时候,大人们就会劝，睡吧，雪夜是好入梦的，一觉睡醒了，整个世界都白了。其实，大人们往往也同孩子一样在盼，要下就下大一点，要落雪就爽爽快快地落个彻底，千万别稀稀疏疏地落一阵就停下来。

上海的雪，落下来之前往往会有明显的征兆。这征兆不是狂风大作，这征兆也不是冬雨，而是一股阴冷，连续阴了几天，而且越阴越冷，寒气袭人。老人们就会边添衣裳边告诫家人：要落雪了。

我永远也忘不了1968年的冬天，那是我离开上海去西南山乡插队落户之前，最寒冷的一个冬天，那个冬季里的雪天特别多，前前后后一直持续了整整十七天。从蒙古吼啸着刮过来的西北风，往常带来的是干燥、寒冽和冬阴。但是不知为什么，在那一年会有这么多雨夹雪的日子。很多建于20世纪40年代、30年代、20年代甚至更早的老式房子外头，自来水管早早包好了稻草，但在每天早晨，水龙头总是拧不动。于是人们用开水去烫水龙头，用热水袋去焐水龙头，或者干脆，懒得去等水龙头里的水了，直接跑到老虎灶去，把一瓶瓶、一壶壶热水拎回家。

和雪冬相伴而来的，是漫长而宁静的夜晚。在雪冬，人们回家早，邻居们串门也少，就是有电影，有戏，有应酬，不是非去不可的，大多数人也婉辞了。

上海人不烤火,上海人也没暖气,在过去的日子是早一点钻被窝,用热水袋、汤婆子暖和自己,而进入90年代,则以空调和取暖电器提高室温。

雪冬添出来的,是每天早晨的扫雪。在那些很少的雪日,比如1958年、1962年只有两天的雪日,扫雪成了一场欢腾的劳动。铲的铲,扫的扫,既活动了身子,又清扫了道路,还打破了一夜的寂静。连续落了多日的厚实的雪,晶莹洁白,气温又在零摄氏度以下,屋檐下结的冰凌又硬邦邦的,那就只有等待天气回暖,再来清除它们。

飘洒雪花的日子,上海人记得起去公园拍雪景,上海人也想得到去外滩,看漫天皆白如何抹上万国博览会。但没有人想得起到市郊去看大地和原野,没有人想得起去看水乡泽国的雪景是一番怎样的风光。上海人如今都住在楼房里,可是上海人的根在淀泖湖边的青浦。20世纪50年代发掘的崧泽古文化遗址和80年代探明的福泉山遗址,告诉我们上海这地方成陆已有七千年的历史,上海人早在新石器时代就已栖息繁衍在这块肥沃的土地上,为生存而劳作着,为自强而辛勤着。从这一意义上说,上海不仅仅是一个高楼林立的现代化国际性经济大城市,上海还是一个有着灿烂辉煌的古代文明的大城市。

冬季的雪日，如果来到淀泖湖地区，面对冰封雪野，眺望"烟波万顷碧，云水生远思"的湖色天光，会惊愕地看到古诗中描绘的景象竟是如此逼真："一片一片又一片，二片三片四五片，六片七片八九片，落进湖里都不见。"

不信？在落雪的冬日，亲眼去看看。

春天

春天，一个多么令人神往的季节。

春天，一个多么美好的字眼。

只因为春天的风带着暖意，只因为春天的山野充满生气，只因为春天淙淙潺潺的溪水似在轻吟低唱，只因为春天的一切都预示着蓬蓬勃勃的希望。

古往今来，有过多少关于春天的文字，有过多少关于春天的诗词歌赋。随着春天的来临，和春天有关的散文和随笔，是我们书报杂志上经久不衰的内容。

讲到春天，人们总会写到垂柳，写到鲜花，写到绿茵大地，写到春风春雨。所有写到的这一切，在高楼林立、马路纵横、车流如梭的大都市上海，其特征都是不明显的。

上海春天的特征，在哪里呢？

上海的春天，似乎是从人们感觉到阳春的气息开始的。有时候一过春节，寒冽的西北风大大削弱，温度回升得很快，雨量也明显增多，一切迹象显示，仿佛春天已经来了。其实不，暴热几天过后，很快就进入暴冷，甚至进入倒春寒。春天还远着哪！

春天的气息逐渐浓烈，过去是在市区的操场上、公园的草坪里、市中心的人民广场，有几分闲情的老人和少年，会出来放风筝，让寄托着自己心情和希冀的纸鸢，在晴空里翻飞，在蓝天白云间飘摇。现在这一景观已经很少见了，放风筝得到濒临海滨的市郊去，让气球和彩旗伴着风筝高飞，让歌声和笑语随着春归大地欢腾。

江南有一句古谚："六九五十四，再冷没意思。"说的是冬至过后，要连过六个九天，大地才会萌动春的暖意，迎面拂来的风里，才会充满春的气息。

总要拖到4月里，随着清明时节晴雨相间的天气结束，阳春时节才会真正来临。

季节上显示得不充分，那么，作为一座正在向着国际化迈进的大都市，上海春天的特征，究竟体现在哪里呢？

告别千禧龙年，迎来新的世纪。

2001年的春天，是从冬月里圣诞老人的笑容上显示出来的，是从上海人矫健的步履中体现出来的，是从你、从我、从他……从大家充满自信的眼神里感觉到的。

曾几何时，人们议论着上海楼房的陈旧，岁月的风雨洗刷着一条条长长短短的弄堂，还有马路上拥塞的车流，公共汽车的拥挤，石库门住宅里的"七十二家房客"，煤球炉，马桶，公用水龙头……凡此种种，似乎上海正在无可奈何地老去。

可是上海没有时间老去，她正在万国博览会的基础上焕发青春，河流变得清澈，大地铺展着绿茵，高楼愈加多姿，道路逐渐通畅。所有这一切，都是当代上海人以他们的劳动和智慧创造的。

就如同上海人时常在隆冬季节感觉到阵阵暖意，上海的春天，是在上海人的自信、上海人的精神风貌上体现出来的。

这就是上海的春天。2001年的春天。

黄梅

在上海，春天过去了，夏天即将来临，其间还有一个时节，那就是梅雨时节。上海人把梅雨时节，叫作"黄梅天"。记得在初写小说的时候，有一回我把这一时节写成"黄霉天"。责任编辑用红笔把它勾了出来，问我："你为什么这样写？"我说："在我的记忆里,'黄霉天'里衣物、书籍特别容易发霉。而过了这一时节,上海进入盛夏,居民们就会把皮衣、毛衣、毛毯等,拿到烈日下晒上一两天,晒去霉斑、霉迹,或者说晒去一点霉气。"责任编辑笑了,把"霉"字改成了"梅"。我问他何故,他只说这是约定俗成的写法。当我写另一部书的时候,又一个责任编辑把"梅"字勾了出来,说不该用这个字,而应写成"黄霉天"。我给闹糊涂了,到底该写哪一个字呢?也许正是因为这一原因吧,年年黄梅,我特别留意关于它的话题。黄梅天是上海及周边地区特有的一个时节。黄梅天也是江南水乡特有的一个时节。东北地区,大西北地区,就没有黄梅天。有的地区,春夏之交也下毛毛细雨,比如我长期生活的西南山乡,比如"天无三日晴"的贵州,绵绵细雨下起来,时雨时晴,有时候延续的时间比上海的黄梅天还要长,但是那里的人们仍然不把这一时节叫作"黄梅天",而只把这种时节叫作"忙脚雨",老是下不停。

渐渐地,回到上海的时日长了,江浙一带水乡去得多了,我终于弄明白,原来,江南一带,尤其是长江三角洲的代表性城市上海及其周边的淀泖湖地区,进入夏季,正是梅子成熟的时期。这一时期往往雨多、雨期长,而且由于春夏的转季,风去风来,雨也便时下时停,形成特别的梅雨时节。

能够为我这一观点佐证的是,自古以来,在江南水乡,流传着这样一句农谚:"行得春风,必有夏雨。"这里的春风,特指偏东方向吹来的风,也就是上海人时常说的东南风。

农谚中的"夏雨",不是说夏天落的雨,而是专指梅雨。

这句农谚先是被写进20世纪60年代创作的沪剧《芦荡火种》,继而又被移植到革命现代京剧《沙家浜》的《智斗》一场戏中。由于《沙家浜》的全国性推广和普及,由于至今仍有不少人喜欢《智斗》这一场戏,就是在唱卡拉OK时,也常点出这段戏来唱,"行得春风有夏雨"这句唱词,亦唱遍了祖国的大江南北。

可是又有多少人知道,这里所说的"夏雨",是专指梅雨而言呢!

一般地来说,上海的梅雨时节开始于6月中旬,结束在7月上旬,持续期有二十多天。但是,凡事都有例外,有些年头,比如历史上有记录的1897年,梅雨只有6月8日、9日、10日三天。我小时候的1958年6月27日、28日、29日,也只有三天。老百姓把这样的年头叫作"空梅"年份。

有空梅,必然有长长的梅雨期。1954年6月5日到8月2日,梅雨期长达五十九天。刚刚过去的20世纪90年代,全国发大水的那一年,梅雨期也格外长。

梅雨时节来后,初期温度明显上升,湿度很大。但是整个梅雨期,最高温度一般不超过三十摄氏度。而当梅雨时节一过,往往就会有暴热天气。有的年头,上午出梅,下午的气温就升到三十五六摄氏度。

很多上海人,由此便时常把梅雨时节的长短,作为判断当年的上海盛夏炎日的依据。

梅雨时节还有一些特殊的风景。20世纪60年代,我曾在黄梅天里登上南京路的一幢高楼,从窗户往繁华的熙熙攘攘的南京路上望去,哈,只见整条南京路上,全都是一色的黑布伞!三十多年以后的梅雨时节,我又登上了这幢高楼,不经意地往下望去,呈现在我眼前的,是色彩缤纷的花伞的河流。

梅雨时节,是有滋有味的。梅雨时节,是春与夏之间的一个过渡。

季节是这样,人生不也一样吗?

盛夏

黄梅过后,就是上海的盛夏了。

对于夏天,上海人总有一种期待、一种迎接的心理。这不是迎接佳节,不是盼望亲人来临的那种喜悦的期待，更多的是一种习惯。这习惯仿佛是与生俱来的，细细究来，却还是有原因的。这原因就是伴随着夏季而来的，是长长的暑假。

今天的上海人，谁没有度过暑假呢？婴幼儿时期进托儿所、幼儿园的娃娃不用说了，上过小学、中学，乃至上过大学的青少年，都曾经有过暑假。

暑假里可以睡懒觉，可以去尽情地游泳，可以全身心放松，可以相对自由自在地做想做的事情。

上海的盛夏，多的是晴热的天气。超过三十五摄氏度的天气，年年都有。少的年头是八九天，多的年头是二三十天，一般也有个十几天。

在我的记忆里，总还留着盛夏时节特有的景观。太阳西斜了，上海人纷纷开始沐浴。有条件的人家跳进浴缸；没条件的人家往往备有浴盆，为了防止使用时漏水，往往在夏季来临之前，都已经浸过水，让木头充分地涨发过了。还有不少小伙子，嫌使用木盆麻烦，干脆就在公用水龙头边，打起一盆一盆水往身上浇。沐浴过后，时近黄昏，有的是晚饭前，更多的是在晚饭后，带一把蒲扇，端一把椅子，还有拿着棋子、扑克、茶壶的，选择合适的地方，乘凉去了。这合适的地方，有的是在阳台上，有的是在高楼底下，也有的就在人行道边上。路灯下，或是有日光灯的店铺旁，往往是设棋摊和牌摊的最佳位置。但是最多的，还是在弄堂里，想必是因为弄堂里总有穿堂风。

我居住在浦西徐汇区和在市中心黄浦区读书的时候，夏日的晚上去找同学玩，走过一个一个弄堂口，随便朝弄堂里望进去，只见长长短短、宽宽窄窄的弄堂里，都是粗粗细细、胖胖瘦瘦的手臂和腿脚，有的白皙一些，有的红润一些，全都裸露在光天化日之下。稍走得慢一些，还能听到乘凉的人抑扬顿挫的高谈阔论。就是在"文化大革命"的热浪中，《一只绣花鞋》《梅花党》等故事，照样在这样的气氛里传播，听众无不津津有味。

随着空调走进千家万户，盛夏时节这样的乘凉景观是一去不复返了。跟着这一景观渐渐消失的，还有我们小时候用得最多的痱子粉，还有调皮的男孩子最怕生又最易生的"热疖头"，还有⋯⋯

也许，生活就是这样悄悄地变化着的吧。

溽暑蒸人的盛夏，连续多日的高温天气，常常引发人们耸人听闻的预言，说地球将越来越热，上海将一年比一年热。

姑妄言之的预测，不妨姑妄听之吧。曾几何时，不过是廿多年前，也有人引经据典、信誓旦旦地预测，上海将逐渐变冷。结果怎么样呢？我们今天不正经历着吗？

台风

小时候，台风曾给我留下很骇人的印象。

是夏天，家里却将门窗紧闭，屋里顿时显得特别热。问大人这是为什么，回答说，台风来了。

果然，台风说来就来了。狂风大作，把阳台上的晾衣竹竿刮在了一处，还互相挤碰着嘎嘎作响。继而就是骤然而至的大雨，给我的感觉，仿佛天上有人在挥舞着一把巨帚，有节奏地把滂沱大雨扫落到人间来。风吼啸着，似要掀翻一切，窗户在抖动，门在晃，雨点子砸在瓦片上，好像要把瓦都击穿一般。

夜里睡得也不安宁，几次醒过来，都能听到雨在下，风在呼啸。

第二天醒来，大人们说话的声音似乎都不一样了，一个个大惊小怪的，说长乐路、陕西路一片都是水，说水漫进了大楼的地下室，住地下室的那些人家可苦了，一夜没睡不说，现在正在把水往外泼呢！

雨住了，风仍在刮，不过不像昨夜里那么大了，我从家里跑出来，一头就往陕西路赶。没见地下室的住户有多少动静，倒是看到路边粗大的梧桐树倒了，倒下时长长的枝干挂断了电线，供电局的工人们在移开大树，重新架起电线来。

再往前走,果然看到地势低洼的马路上,一片汪洋。骑自行车的人费劲地推着车子,在水里过的车子很少。倒是有一些人家,把家里洗澡用的木桶、长澡盆、椭圆形的木桶漂在水里,玩得正乐呢!

最让人心惊的消息,还是大人们在弄堂里说的,郊区什么地方,台风把一家农户的屋顶刮走了,屋里的东西全被吹到不知什么地方去了。有力气的大人们抱紧了粗柱子,才免遭了厄运。小孩可惨了,被台风刮到空中,也不知刮掉在哪里了。

听得我心里一阵阵发冷发抖。故而从小,听到台风我就觉得恐怖。长大了写小说,有一本长篇小说,是写"文化大革命"的,我提笔写下的书名,就是"恐怖的飓风"。

后来我才发现,其实很多的人并不像我一样害怕台风。相反,我倒觉得,一到夏天,一到连续多个高温日的酷暑炎夏,很多人还有点儿盼望台风。他们一面抱怨着高温不退,一面会情不自禁地说:"台风怎么还不来?"

年年都会有台风光临上海,就像一位不请自到的客人。有的年头来得少一些,有的年头来得多一些。前些年里,台风一次一次光临,都给编了号。每年第一次刮台风,叫"第一号台风",第五次光临,叫作

"第五号台风"。不少年头，都有十一号台风、十二号台风吹来。台风频频的年头，上海的盛夏往往是凉爽好过的，也就是说，台风在给人类带来灾害的同时，多少也恩赐一点福音。这能不能也说成是辩证法？今年以来，中国台风也跟国际接轨了，不再叫七号台风、八号台风，而是也给每次台风起了名字，"桃芝""玉兔"什么的，名字挺新鲜，可我反而记不住今年来过几次台风了。

台风来的时候，狂风大作，一切都似在风声里发颤，排山倒海，遮天没地，怒号的大风在生气地撒着野，风声之大，犹如万马奔腾，地动山摇。劲风呼啸着，咆哮着，听着像马嘶也像狼嚎，如若挟带着暴雨，那情景，就更让人惊骇得不知所以。

1997年8月上海的大台风伴着雷雨，我是在纽约的电视新闻里看到的。那几天，一边坐在电视机前关切地看故乡上海台风掠过后的灾情，一边又在荧屏上观看戴安娜王妃和她的情人小法耶兹在游艇上度假欢娱。很快，上海的台风刮过去了，但是戴安娜王妃和小法耶兹的死亡，在我心头留下了台风横扫般的印象。

也许，大自然的天有不测风云，和人世间的世事难料，确实是有着某种联系的吧。

哦，台风。

三 棵 树

窗外有三棵树。

三棵水杉。

那是我在插队落户的年代就熟悉的树种。黔东南的苗寨侗乡，放眼远眺，连绵无尽的山山岭岭上全是郁郁葱葱的杉树林。尤其是锦屏县的十八年杉，树干通圆挺直，树枝朝着四侧延伸。杉树成材以后，伐倒在地，滚落山坡，到河滩地上扎成简易的筏，顺着一泻千里的清水江，运送到省外去，运送到沿海大中城市去。

从幼苗到成材，看够了杉木生长期的种种形态和面貌，也就不觉得有什么稀奇了。

只是，窗外的三棵树，天天陪伴着我，用它们悦目的绿，以它们摇曳的树枝，显示着它们的存在。每日的清晨或是没睡的夜晚，来到阳台上开窗关窗，我总要情不自禁地端详它们几眼,久而久之,不但看出了感情,还看出了一些过去在偏远山乡没读到的意味。

盛夏的烈日里,无风,它们是纹丝不动的,仿佛它们也像我一样懂得动了容易出汗。

狂风暴雨中,它们忍受着风雨的抽打,颤抖着东摇西晃地躲避着,惹得我多次想象着该怎样使它们少受伤害。

记得,我当初搬进新村的时候,三棵树都只有二层楼那么高。站在阳台上或是里屋的窗户边,我能清晰地看到三棵树的树冠,尖尖的、细嫩的,时常还是不那么挺直的树冠。几年时间里,它们直直地往上蹿,蹿得和三楼的窗台一般高了,蹿得接近四楼的阳台了,蹿到四楼窗户边了。随着它们的个头往上长,它们的主干也在粗壮起来,挺直起来,而向着四周延伸的枝叶,更是弥散一般尽可能地向外张开,就如同一把把使劲撑开的绿伞。

但是,我很快发现了,三棵树虽然挨得那么近,沐浴的是同样的阳光雨露,可生长的速度是不一样的。仿佛都是15岁的少年,在一个班上,有的长得牛高马大,足有一米八,而有的个子矮小,乍看去活脱儿还是小孩。

我开始寻找它们生长不一的原因。

这是不难发现的。长得最高最壮的那棵树，占尽了天时地利，它离我家的窗户最远，却离新村拐弯的十字路口最近。风拂过来，最先享受凉爽的，是它；太阳升起来，最先照耀到的，也是它。因为挨近十字路口，周围再没其他的树遮挡，它的枝干树叶也伸展得最为潇洒自在。

挨下来是中间那棵树，它不如前头那棵长得高，枝叶的舒展也不如前头那棵自由自在，它的旁边还栽着一棵玉兰树，和它争夺着土壤的养料、水分和光照。前头那棵树蹿得越快，长得越高，枝干树叶伸开得越舒展，它就生长得越慢。

当然，生长得最慢最矮小的，是第三棵树，也是离我家窗户最近的那棵树。太阳升起和落下的时候，都照不到它。斜斜的阳光照射，都让它前面的两棵水杉和一棵玉兰树遮挡住了。只在太阳当顶的时候，它才能公平地得到阳光的亲吻。由于它离楼房太近了，一楼院子的围墙妨碍了它往里面发展。而沿新村道路那一侧，又让第二棵树和玉兰树挡住了去路。

故此，我搬来时长得一般高的三棵树，三棵同宗同族的水杉，在我居住了几年以后，成了自高而低、自大而小的三棵树。

在窗户边远眺，在阳台上读书，抬头看见这三棵树，我总像看着一道风景，甚至还为三棵树列成一排，树冠由高向低倾斜的线条而发出赞叹。起风了，三棵树一齐婆娑起舞。变天了，三棵树同时摇头晃脑，发出飒飒的响声。

总是生长得最高最北的树最先有动静，表现出的形态也最为扬扬自得。

我时常忖度，这一道有序的三棵树的风景，会很长久地陪伴着我，陪伴着我的家。

可这仅仅是我的愿望和想象。

那是一个风雨之夜，随着一声震天动地的雷响，我听到窗外响起一声霹雳，很惊心的，把我从梦中惊醒。听明了是在下暴雨，我又沉沉睡去。

第二天一早醒来，雨过天晴，是清新明朗的早晨。我习惯地打开窗户，窗外的景象让我大吃一惊。

那棵长得最北最高的水杉，被拦腰折断，劈倒在地，尖嫩的树冠埋在树丛中，那样子活像一个壮汉佝偻着腰跪倒在地呻吟。

我想起了昨晚那声惊雷，随之听到的其实不是霹雳，而是水杉主干被拦腰折断时的惨叫。

完了。

这棵占尽了天时地利之先，平时最先得阳光雨露滋润，生长得也最为令人欣慰的水杉，看来是成活不了了。

  但它活着,一枝细嫩的树冠,从被劈断的粗壮的树中央长出来,弱不禁风地往上试探地长着、长着,竟然从最初的半尺长,长到一米多高。在这一缓慢得犹如嫁接上去的重新生长的过程中,旁边的第二棵树蓬蓬勃勃地往上蹿了起来。没有了遮拦,没有了阻挡,现在是它占尽了天时地利之先了,现在是它最先享受阳光雨露的滋润了。看得出它迫不及待地抓住了这一难得的机遇,在跳跃般地往上蹿了,蹿得树干挺直,蹿得枝叶舒展。不用说,现在是它的形态最为潇洒最为诱人了。而挨着它的第三棵树,也在不动声色地生长着,虽然不如它蹿得高、伸展得自在如意,但那形态,同样惹人注目。

  六年过去了,三棵树还在生长。中间那棵长得最高最壮,它还长得最为挺直,一左一右各有一棵树陪伴扶持着。原先最瘦弱矮小的第三棵树,如今名列第二。它的树干挺直却不粗壮,它的枝叶伸展却不能无拘无束。而原来长得最为结实粗壮、高挑挺拔的头一棵树,现在看上去总有些别扭,它的下半截是粗圆挺直的,而在被折断的横面上长起来的上半截,显得过于纤细,过于柔弱,一眼看去,我常常觉得它活像个鹤脖子。

窗外的这一道风景，又能维持多久呢？我时常想。

窗外有三棵树。

三棵水杉。

陈圆圆归隐之谜

事情的缘起

如果仅仅为了吸引人,我会把题目写成"陈圆圆死亡之谜"。但是,作为一代名女人,绝代名妓,陈圆圆最终的归宿,不仅仅是她的死亡。时至今日,她死在何处,她的坟墓在哪里,要么语焉不详,要么记载含糊,对于世人始终是一个谜。

事情得从 20 世纪 80 年代初期说起,那时候,我刚从插队落户十多年的乡间调进贵阳,住在黔灵山麓的石板坡。那里离省政府很近。有一天晚上,省政府多年从事信访工作的老宋到我家来,兴冲冲地说要给我讲一件大事。

那个时候我已有一点名声,经常碰到一些受了冤屈的人找到省作家协会,向我申诉冤情。我仅仅是一个作家,初进省城,人生地不熟,然而看到那些遭受冤屈的人的目光,我又不忍心不管,于是就把这些人留下的材料,转给省政府的信访接待处。我就是这么和老宋相识的,处理过几件事,我对他的人品相当信任,渐渐地就成了忘年交。这天晚上他来到我家,我料想他又是来和我谈有关案情的。哪晓得刚一入座,喝了一口水,他劈头就对我说:"你晓得吗?陈圆圆的坟,在我们贵州岑巩县水尾镇乡间发现了!"

他喜滋滋的神情,不由得引起我一阵好奇。在上海读书时,我曾听说陈圆圆就是苏州附近的昆山人,她葬在苏州。下乡劳动时,我又听说陈圆圆死后葬在松江,苏州和松江,离得较近,还说得过去。现在怎么一跳就跳个几千里,陈圆圆的坟会在贵州岑巩发现?岑巩地处贵州、湖南交界的山水间,那么偏远,她,一个人们广泛谈论的人物,怎会葬在岑巩乡下?

老宋按捺不住兴奋地对我说:"是真的,就在马家寨发现的。有墓碑,是她的十一世孙吴永鹏、十二世孙吴能江亲口说出来的。"一代一代口传密授家史、族史的事,在中国闭塞的乡间农村是常有的事。我在插队期间就听说,贵州一些偏僻地方的寨子上,很多村民自傲而神气地宣称,自己这一支是远征西南的明朝

"傅大将军"傅友德的后代,是沐国公沐英的后代,还时常被知识青年们讥诮:穷得这个样子,还自称是皇亲国戚呢!

见我一脸不信任的神情,老宋又说:"是真的呢!你看着吧,有关文章陆陆续续都要发表出来,我也写了一篇呢!"

话果然被他说中了,此后的1984年、1985年,国内很多报刊,登载了这一发现,引得史学界议论纷纷,争执不休。事关贵州,我一边颇有兴味地读着这些文章,一边也不由得回想起和陈圆圆这个名字有关的一些往事。

天台山的传说

说真的,听说陈圆圆这个历史上的名女人,和贵州那片遥远的乡土还有关系,是在我插队落户初期,现在算起来有三十多年了。

从我插队落户的修文县到地区级城市安顺去,要路过平坝县。在离平坝县城十三公里处,滇黔公路的南侧,有一处号称"黔南第一山"的著名景点天台山。天台山的峰巅古寺,建得极富特色,从老远的地方望去,那依山贴壁、错落参差的垒石建筑,和周围山乡里村寨上的景色截然不同,给人一种突兀地耸立在云空之中的感觉。每次路过，非同寻常的景观总是吸引着我们这些初初来到这块土地上的知青，极想爬上去看看。特别是走到山脚下，看到三棵至少需三个人方能合抱的参天银杏屹立在道旁，昂首望去，只见山上古松倒挂，石壁崭截，蔓藤牵附，还有极具诱惑力的摩崖石刻"大观在上"四个大字，令我们男女知青们见了就跃跃欲试。特别是有一回，一个脚快的男知青眼尖，发现浓荫之中竟然还有一条蜿蜒的石级山道。随着他一声欢呼，我们就不顾一切地沿着山道跑上去了。

走到半山，遇到一位老农，他赞许地对我们笑着说："上头好看得很，看细致些，特别是不要漏看陈圆圆洗澡的地方。"

乡间农民，话是说得直率一些，却惊得我们这帮小青年直眨眼睛。什么？陈圆圆这个历史人物，怎么会到这近乎荒坡野岭的山巅上去沐浴？

上到山巅，只见古寺院落的主体梁架粗壮高大，气势颇显宏伟。其山墙石壁，多用当地山石堆砌，屋面亦用当地盛产的岩板覆盖，冬暖夏凉。古寺顺着山势巧建各种亭台楼阁几十间，一间间看去，竟是层次分明，结构严谨，上下层叠，构思奇巧。有的飘出崖沿，荡于轻风烟霭之中，宛若鹫岭高骞，蜃楼飞架，蔚为大观。山中各处都有历代诗碑题刻，我当时抄下一首自认为是最妙的对联："云化天出天然奇峰天生就，月照台前台中胜景台上观。""天台"两个字，三次巧对在联中。虽是"文化大革命"时期，看山人还是给我们介绍，吴三桂去云南途中，曾在此住过几宿，并留下他的远房叔叔镇守此山，还留下了三件宝：清代官服、象牙朝笏和宝剑。本来还有一把吴三桂打仗时用过的大刀，"文革"开始时，被山下的铁匠铺子化成铁水，打成镰刀、锄头了。看山人还郑重其事地把我们带到内室后面一个类似地下室的房间，虔诚地说，随吴三桂去云南的美女陈圆圆，就曾在这间屋里洗澡。

环望四壁，岩板镶得严丝合缝，棱角分明，恰像一个现代的浴室。大家便觉得，这也是有可能的事情。

走上古寺望月台远眺，只见四面群山环抱，林木葱茏，如朝如拜之姿，美不胜收，让人顿有心旷神怡之感。

如今传出陈圆圆的坟墓在贵州被发现的消息，我心里说，跟着吴三桂走遍云贵高原的陈圆圆死后葬在贵州的山林里，那也不是没有可能的。数次途经贵州时，贵州神奇的大自然风光，一定也曾给这位多愁善感的美女，留下过深刻的印象吧。

陈圆圆其人

陈圆圆之所以成为绝代名妓，她的名声之所以高出历朝历代的一般女子，以致在批臭批倒一切封、资、修糟粕的"文化大革命"中，农民们一跟我们这帮小青年提及这个人，无须多问，大家都晓得她是何许人也，是有其特殊原因的。

陈圆圆的出名，和明末清初的一段历史有关系，和明末清初的诗人吴伟业所写的《圆圆曲》有关系。

从历史来说，陈圆圆原姓邢，因家贫无以为生，遂跟养母改姓陈，名沅，字畹芬。生于明天启三年（1623年），18岁时"声甲天下之声，色甲天下之色"，精于舞乐，且能诗会画，倾倒了无数江南风流名士。不少戏文说她和如皋才子冒辟疆曾有一段情史，想必是从她这段经历演绎而出的。随后她被为穷途末路中的崇祯皇帝选美的周奎买走，送给皇上。皇上因国事日危，未予接纳，遣还周府。时吴三桂奉命出征山海关，周奎设宴为吴三桂送行。席间吴三桂为陈圆圆美色所倾倒，陈圆圆也为吴三桂英名所动心，两人遂成姻缘。吴三桂出征山海关，陈圆圆住在吴三桂父亲吴襄府中。不多久，李自成兵破北京城，崇祯皇帝在煤山自缢，明朝覆亡，陈圆圆为李自成大将刘宗敏所俘虏。吴三桂惊闻陈圆圆被掳去，大怒，遂引清兵入关，从而导致李自成败亡和大清帝国建立。这一段历史，《明史》《清史稿》及《甲申传信录》都有记载。

从文学的角度来说，明末清初的诗人吴伟业《圆圆曲》中一句流传千古的"冲冠一怒为红颜"，则一下子使得陈圆圆异军突起于同时代的董小宛、李香君、柳如是、寇白门、芮嫩娘、红娘子等辈，也一下子使得陈圆圆不同于历朝历代的风情才女薛涛、班昭、苏翠、李清照等人物。

吴伟业所创作的《圆圆曲》，总共七十八句。后人记得起背得出来的，往往是《圆圆曲》的前四句：

> 鼎湖当日弃人间，破敌收京下玉关。恸哭六军俱缟素，冲冠一怒为红颜。

而更为人们传诵并所知的，就是"冲冠一怒为红颜"七个字。围绕着这七个字，三百多年岁月中，不知多少文人墨客，写了名为《圆圆传》《后圆圆曲》等的文章和不计其数的戏文。就是到了当代，逛逛书店，也能找到不同作家所写、不同出版社出版的多部长篇传记小说《陈圆圆传》。尽管严谨的史学家对此提出异议，认为一个女子，无论她长得如何娇艳绝世，在她被夺之后，居然会引起几十万大军的拼死作战，决定一个国家和朝廷的命运，决定几千万人的命运，实在是一件不可能的事，但是，千古名句，道尽明亡清替时期社会大动荡中的一桩公案还会流传下去。陈圆圆的故事，还会被一代一代的人们传下去。由此，也不能不令人惊叹文学所具有的影响。

难怪陈圆圆的经历吸引人，作为一个美艳动人的女子，她见识过江南的风流名士，见识过大臣和皇帝，还见识过李自成、吴三桂等人。跌宕的生涯使得她的身世格外诱人。她在追随吴三桂之后，应该说也曾过上了一段安定享受的日子。吴三桂反清、称王、病逝的命运，造成了与吴三桂关系极为密切的陈圆圆死亡之谜。那么，陈圆圆是怎么死的呢？她死以后，又葬在何处呢？

死亡之谜

陈圆圆是怎么死的，从来就没一个准确的说法。

我手头搜集的几本陈圆圆传记小说，说法就大不一样。

有的说她察觉了年迈的吴三桂又生反叛清廷之心以后，料定他必败无疑，于是劝告不成，就跑到峨眉山去出家。《后圆圆曲》说，陈圆圆是在吴三桂病死之后，投身莲花池自尽的。说她投水而死的版本较多，我几次去金殿游览，几次都有不同的昆明人指点着池水告诉我，这是陈圆圆投水处，也有的说她是在商山寺附近投水而死的。

写过长篇小说《李自成》的老作家姚雪垠则说，陈圆圆早早地死于宁远，其他一切都是后人编造的。他这说法一出，顿时招来一片反对之声。一谓正史记载陈圆圆已被李自成等俘虏，她怎会在宁远？二谓和陈圆圆同时代的诗人吴伟业又写道："若非壮士全师胜，争得蛾眉匹马还。蛾眉马上传呼进，云鬟不整惊魂定。蜡炬迎来在战场，啼妆满面残红印。专征箫鼓向秦川，金牛道上车千乘。斜谷云深起画楼，散关月落开妆镜。传来消息满江乡，乌桕红经十度霜。"这些诗句叙述了吴三桂从1644年复得圆圆，到1656年征讨川陕，1658年率军入滇，陈圆圆都是随身不离的情况。吴伟业比陈圆圆早死三年，如若陈圆圆死在他之前，他绝不可能特意为已死去的人编上这么一段身世。

另有一说，也颇有故事性。康熙十二年（1673年），吴三桂认为自己羽翼已丰，起了另立国号当皇帝之心，特把已出家的陈圆圆请进府打招呼。陈圆圆闻讯大惊，趁难得进官府之机想最后一劝，不料吴三桂仍不纳忠言，陈圆圆只得长叹一声悄然退去。不料吴三桂的反清计划被身边的满族王妃得知，王妃派人密奏北京。清廷立即下撤藩之旨，召吴三桂入京。吴三桂明知事已泄漏，遂自己称帝，挺进湖南，在衡阳建帝都，立国号为周。陈圆圆闻讯，喟然长叹，在一个风雨之夜服毒自尽。

除此之外，还有关于陈圆圆因吴三桂不听她劝，绝食而死说，昆明城被清军攻破后陈圆圆上吊自尽说，版本很多。我想，就如同国内关于西施是何处人、诸葛亮的卧龙岗在哪里、李白捉月处有好几个地方一样，这些传言，不过也是后人的猜测加想象罢了。倒是不少稗官笔记中的十个字，说得比较实在："滇南破，邢（指陈圆圆）出走，不知所终。"当代昆明的好几个文人，认为这种可能性很大。

20世纪80年代初期，我去昆明开会，就曾听说陈圆圆是聪明人，察觉吴三桂的反心之后，便在城周围建了十余座尼姑庵，现存的妙法庵、白衣庵、金莲庵、紫衣庵都是当年她让建的。建成之后，陈圆圆挑选貌美又和自己相像的女子，入庵当住持。她自己呢，今天到这里，明天去那里，久而久之，每个尼姑庵都说陈圆圆住在她们那里，但谁也弄不清，谁是真正的陈圆圆。

这一传说，至今仍在昆明城里流传。不知为什么，

陈圆圆归隐之谜　157

看了多本描绘陈圆圆的诗书，我心里也觉得，像她这种性格的女子，这一说法是有一定可能性的。

何处埋艳骨

正因为陈圆圆是怎么死的至今没有搞清楚，所以陈圆圆死后究竟葬在何处，一直也是个谜。

其实和陈圆圆这个名字连在一起的，还有好多谜。比如关于她出生于哪一年，就有从1621年到1627年多种说法；比如陈圆圆出家，究竟是当了尼姑还是做了道士，也是众说不一；比如选陈圆圆进北京城的外戚，到底是周后家的周奎，还是田妃家的田畹（田宏遇），也是各种人按照自己的理解下结论，各说各的一套，各编各的戏文和故事。

故而，多少年来，陈圆圆死后艳骨葬于何处，同样也有多个版本。

一个版本说葬于四川的峨眉山。峨眉山确是一座名山，陈圆圆也曾去过，可山上根本没有陈圆圆的墓。

另一个版本说陈圆圆死后叶落归根，葬在她的故乡江苏武进。只是在武进，人们发现只有后世人为她建造的圆圆庵，也不见有墓。顺便说一句，关于她的出生地，有她出生于昆山、苏州、常州之说，其实皆因苏州、昆山离常州较近而造成了错觉。而今天的武进区,过去的武进县,就紧挨着常州市郊。改革开放以后,武进撤县建市,市区和常州市连在一起,分不清了。故而,现在基本认定陈圆圆系常州武进奔牛里人,简称常州人,是不会错的。家乡人说陈圆圆的墓在他们那里,情有可原,可惜也不是真的。

第三个版本就是我小时候听说的,陈圆圆葬于松江。很多人觉得松江就是上海的一个县(区),笼而统之地说成上海。我还读过一个陈圆圆传记,说陈圆圆在戏班学艺初成时,曾被抢到上海华山路总兵家中云云,那简直就是胡言乱语了。要知道,17世纪的上海,只有老城厢里设有县衙,哪来的华山路上海总兵府?

陈圆圆葬地传得最多的一个版本,是春城昆明。说得有鼻子有眼的地方,也有三处:其一在商山寺旁,其二在昙花庵侧的归化寺后面。1937年6月10日,美国女作家温赛德到昆明考察,看到归化寺一处寂静的荒丘后,认定是陈圆圆的真墓,感慨万千,欣喜至极,当即捐款重修,也增添了归化寺说的传播色彩。其三就是昆明人说得很多的莲花池畔。今天的莲花池(在云南民族学院内)有陈圆圆的衣冠冢。但衣冠冢终归只是衣冠冢,它寄托了人们良好追念的愿望,仍不是真正的墓地。由于史料的缺失和没有关于陈圆圆的墓葬的文字记载,中外文史工作者长期以来为探寻这位一代尤物的踪迹和魂归之处，做了许许多多努力，其结果仍是"茫茫一片都不见"，陈圆圆似流星一般消失在历史的烟尘中，成了一个难解之谜。

正是因为以上众说纷纭、莫衷一是的情形持续了相当久，始终没个定论，所以当80年代初传出陈圆圆的墓址在贵州省岑巩县水尾镇马家寨被发现，马上就引起了关注和轰动。先是在当地议论，继而传到省城贵阳，又由贵阳通过媒体传到全国，引得国内外不少专家学者、作家教授、文人雅士顾不得路途的遥远，纷纷往岑巩跑。

那么，这件事的真相究竟如何呢？

魂归之地

岑巩县位于贵州东部，在黔东南苗族侗族自治州的东北角，地处武陵山苗岭山余脉向湘西丘陵的过渡地带。风光绮丽的龙鳌河由西北向东南横穿而过。

这条又名"蓝岩河"的流水，全长八十多里。由龙鳌河隘门逆流而上，只见两岸峭壁高悬，玉泉飞瀑到处可见。一路之上，形成了山青、石奇、水飞的景观，还可一一观赏到"悬棺葬穴""绝壁古屯""勒城相花""茂马飞水"的风光；顺流而下呢，更可以见到"仙人守隘""龙鳌飞水""钟乳壁楼""蜂洞瀑布"

"碧岸翠竹"等景点。特别是"龙鳌飞水",气势磅礴,从高五十米的巨大涌口飞流而下,随四季水大水小,景色变化无穷。春夏洪水之际,瀑布如银龙出洞,鳞波闪烁,啸声震天,令人惊心动魄。此谓龙鳌河奇观。

龙鳌河滋润的两岸山水田土,世称"龙鳌里"。龙鳌里有座狮子山,狮子山对面有一个寨子,叫作"马家寨",相传就是陈圆圆当年避难时创建的寨子。狮子山是马家寨的坟山,寨邻乡亲们也叫"风水山"。80年代初期,陈圆圆的墓就在狮子山上被发现。

其实,陈圆圆的墓在狮子山上的说法出现,早在60年代"文化大革命"时期。县委宣传部一位干部被打成"走资派"下放到马家寨,和寨邻乡亲们朝夕相处,引为知己,听说了这一隐情。当时他将信将疑,把狮子山上一大堆坟前的墓碑看了一遍,也没见陈圆圆的墓碑。直至1983年,这个干部又约上一位文化干部专访马家寨,费了很多功夫,见到了吴三桂和陈圆圆的第十一代、十二代后人吴永鹏、吴能江,他们才慢慢吐露隐情:陈圆圆死后葬在马家寨对门狮子山上,但马家寨上,吴氏家族历朝历代都守口如瓶。只因吴三桂反清被剿灭之后,清廷对吴三桂满门抄斩,诛灭九族。即使到了乾隆年间,听说贵州古州传有吴三桂的后代,清廷仍然派兵去搜剿,不分青红皂白、真伪曲直,到了古州格杀勿论。正是基于这种恐惧,当时陈圆圆和吴三桂的一个儿子吴启华及三个孙子,带了一些贴身心腹和随从,悄然隐身到龙鳌里,死后葬在狮子山上。

这一事实,马家寨吴氏也不是尽人皆知,而是每代只传一两个人、至今传到第十二代。口授秘传,虽说古已有之,说得头头是道、有根有据,毕竟空口无凭。一再动员之下,吴氏后人把人们带到寨西绣球凸——他们称之为"始祖陈老太婆墓"——前,并说,见了墓碑也须经他们解释才能明白。

可是除了一堆坟土,墓前什么也没有。正在众人诧异之际,吴氏后人就在墓前掘出一块深埋在地下二百多年的墓碑。

终究深埋在地下二百多年了,原碑已有漫漶,但是雕凿的字迹仍清晰可辨:

故先妣吴门聂氏之墓位席

右边刻着子孙姓名

孝男吴启华娘涂氏孝孙男仕杰杨氏
曾孙大经、大纯孝玄孙朝达朝选

这是怎么回事？口口声声说的陈老太婆陈圆圆之墓，怎么变成了吴门聂氏之墓，又是什么位席？

好好的一块墓碑，不立在坟前，而深埋在土里，和吴家坟山周围的一百七八十座墓浑然不同，这一反常现象本身，就令人感觉奇怪。

而好不容易将墓碑挖出来了，碑上刻的又不是"陈圆圆"，而是"吴门聂氏"。

尤其是这个"聂"字相当怪。"聶"的简体字写成"聂"，而二百几十年前，根本还没简体字这一说法，又作何解？

马家寨的后人是这么说的，这正是吴家口传密授的要点之一。在清廷追杀吴氏家人的恐怖中，碑刻好以后还是怕有人会破解，故而埋于地下。贵州山乡的碑石凿刻了字迹，深埋地下也不会侵蚀，这是我在插队期间就知道的常识。上个月贵州遵义为纪念沙滩文化，让我写了一副对联。将对联刻凿到厚实的青岗石上去的石匠告诉我："今天盖起的砖木结构的房子，只能管到一二百年，就要坍塌破损。但刻到石碑上头的字，三五百年都不会变。"二百几十年前"聶"字并没简化，不能把那时的"聂"当成"聶"姓来解，只能作双耳解。陈圆圆本姓邢，后因家贫跟了养母改姓陈，二姓都有耳朵旁，故曰"双耳"。至于聂氏之前的"吴门"二字，既点明了陈圆圆嫁与吴氏家族，又说明了陈圆圆来自苏州，成名于苏州。很多文章说陈圆圆是苏州人，皆是这一原因，恰恰就把她的原出生地常州忽略了。也有一种说法，在古时关山阻隔交通不便的西南山区的人们看来，江南苏锡常一带，古来就有"东吴"一说。是苏州也好，武进也好，常州也好，统称"吴门"没错。至于墓碑上最后出现"位席"二字，实为罕见。不但吴家坟山的其他碑上没有这种称呼，就是贵州其他地方的坟山古碑，也没这一写法。岑巩当地文人认为，这"位席"指的是正妃之意。这种解释马上遭到人质疑，说陈圆圆只是吴三桂的一个妾，从未做过正宫娘娘。贵州省里的学者认为，这"位席"二字，无非是表示其地位尊崇而已，并非专门指明就是皇后。我倒觉得，吴三桂虽有妻妾无数，但后世的人们记得住名字的，只有陈圆圆一个。于吴三桂死后五十年刻下这块墓碑的吴氏后人，把陈圆圆视为吴三桂的妻，也在情理之中。

在陈圆圆墓旁的狮子山吴家坟场，还有两座墓，也是密授的重要内容之一。一座墓是吴三桂之子吴启华之墓，刻的是"清故二世祖考吴公讳启华老大人之墓"。另一座是"清故上寿先考明公号公玉老大人之墓"，这是保护陈圆圆和吴启华等到龙鳌里来隐居的吴三桂手下大将马宝之墓。说得似铁板上钉钉，实打实，像真的一样。

不料这一说法，于1984年公之于众后，顿时招来一连串的反驳。理由是，史料明记，吴三桂的儿子是吴应熊、吴应麒，属"应"字辈，哪来的"启"字辈？吴三桂的大将马宝，在清军攻破昆明时投降，后给献俘押至北京被杀，皇室及史籍中均有记载，他怎么可能护送陈圆圆来到龙鳌里？

这究竟是怎么回事呢？

种种疑惑

俗话说："真理越辩越明。"

而历史上扑朔迷离的很多现象，时常如迷雾重重，有时会越说越不清楚。

一代枭雄吴三桂娶了妻妾无数，共有几个儿子，史料没有详细地一一记载。但史书上有记录的，确有吴应熊、吴应麒两位。马家寨吴氏后人明确地说，吴应麒就是吴启华。

关于吴应熊的记载，最为清晰详尽。吴三桂因擒杀南明永历皇帝，将其赶出云贵并逃往缅甸，一举平定了西南，立下大功，被清廷封为平西王，奉命永镇云南，兼辖贵州。由于他兵精将壮，实力雄厚，威震朝廷，为清廷所忌。于是多尔衮为媒，将皇太极的女儿和硕公主下嫁吴三桂儿子吴应熊，封他为"和硕额驸"，加少保兼太子太保衔。头衔是不少，不过必须长留在北京，实际是作为人质，挟制吴三桂。反清前夕，吴三桂曾派密使到京，准备接回儿子。不料吴应熊不肯回昆明，并把康熙将提前削藩之策通告吴三桂，还让使者将大儿子吴世璠秘密带出京。故而吴应熊和次子吴世霖均被康熙谋杀。史书记得明明白白。

吴三桂的另一儿子吴应麒，也是知名人物。吴三桂在世时，吴应麒率马宝等将领转战贵州、广西、湖南、四川。吴三桂死后，吴应麒随继位的侄子吴世璠退守昆明。7月盛夏吴应麒回到昆明之后，《东华录》《清史稿》等史籍上再没有关于吴应麒的记录。这就有了疑问，清廷关于吴氏家族斩尽杀绝的圣旨，通令全国，吴氏家族中有头有脸的人物的结局，一一都有记录交代，唯吴应麒就此消失踪迹。

马家寨人对此解释说，吴应麒在历史上消失时，正是他化名吴启华入思州龙鳌里隐居的时间。吴氏家族自知大势已去，唯恐兵败后遭受灭门之灾，为保吴氏一脉香火，吴应麒改换名字，带上侄子，和陈圆圆一起，潜身于比云南更为偏僻闭塞的龙鳌里来避难求生。

这就是吴三桂的儿子不是"应"字辈而是"启"字辈的原因。有意思的是,吴三桂的孙子辈该是"世"字辈,吴启华的儿子则是吴仕杰、吴仕龙。古往今来,中国的汉语同音字拿来改换名字的,实在太多了。吴氏族人为避人耳目故意把辈分上的字改掉,也是情理之中的事。

可以作为佐证的一个有趣的证据是,在吴启华和马宝的墓碑上,分别还清晰地刻了两句墓联。吴启华碑上刻的是:"隐姓于斯上承一代统绪,藏身在此下衍百年箕裘。"马宝墓碑上刻的是:"重垒土茔人祖即己祖,复修石台若翁如我翁。"我们可以用一个反问句:毫无名声可言的吴启华、吴仕杰、吴仕龙之流,有什么必要隐姓埋名地入葬呢?

正因为要躲避杀身之祸,才需要"隐姓于斯","藏身在此"。

今日吴姓聚居的马家寨,距岑巩县城六十一公里,离另一县城玉屏二十四公里,已有公路可通汽车。而三百多年前的马家寨,还是龙鳌里区域内的一片原始山林,山雄水秀,颇显气势。吴氏后人说,之所以选中这么一块地方来隐居,主要有这么几个考虑。其一,1673年,吴三桂带兵北上,路过镇远时,思州知府李敷治前往迎接，杀猪宰羊犒劳官兵，是吴三桂的拥护者和支持者。其二，谓古思州庵堂寺庙多，全国最著名的四大寺院，思州就占了两处：鳌山寺、天庵寺。躲藏在此，便于隐身。其三，这一片山水土地是古苗夷之地，可避开尘世间的是非，相对安宁平静。其四，水陆交通通畅，信息来得快，万一有个风吹草动，躲避起来，行动方便。其五，环境优美，草丰水秀，树林繁茂，适宜于吴氏家族繁衍生息。经过多少年的开垦和耕耘，一栋栋迥然不同于当地农户的砖木结构的青瓦房，错落有致地出现在山谷里，一栋栋建筑疏密适宜，既有吴氏宗祠，又有牌坊。更让人不解的是，起名马家寨，而三百多年来，全寨没有一个姓马的，一百五十五户人家，除一户之外，其余全为吴姓。

老宋找过我不久，关于陈圆圆葬在马家寨的文字，果然一篇一篇发表出来，在1984、1985年两年里形成高潮。文章刚一发表，就引起了激烈的争论，对此表现出强烈兴趣者有之，不屑者有之，反对的也大有人在。

不屑者和反对者的主要论点，有这么几点。

第一，历史上有无陈圆圆这个人，都是一个谜。姑苏歌伎陈沅，不见得就是陈圆圆。

第二，说"冲冠一怒为红颜"，只不过是封建文人们最喜欢弹的"女祸"滥调的反映，是文人们下流意识的反映，一会儿说陈圆圆和江南名士们眉来眼去地调情，一会儿说她和冒辟疆有恋情，一会儿说她被周奎（田畹）所占，一会儿又说她屈服于刘宗敏的淫威，甚至于说她投入李自成的怀抱，还和崇祯皇帝睡过觉……编织一套又一套的情史、艳史，无非是一个结论：红颜祸水。

第三，这件事正如各地在争李白墓地、西施故里、诸葛亮卧龙岗的真迹在哪里一样，其实都是今人从现实利益出发，或为开发旅游故意引出"名人争夺战"的无聊之举，没多大意思。

笔墨官司打得热闹，争得热烈，几年时间里，也没一个确切的定论。但是，洋洋洒洒的文章四处发表，倒吸引了另外一拨人的注意。

1989年，消息传到我生活的省城贵阳，马家寨狮子山上"吴门聂氏墓"被盗。事发之后，震惊的人们只看到一具女性骨骸，36颗牙齿完好无损，排列得均匀细密，棺木朽失，里面的随葬品被劫取一空。人们闻听之际，连叹遗憾，瞠目结舌。还有人自作聪明地说："我们为什么只顾在那里争论不休？早知会被盗，还不如用科学的方法开棺验尸哩。"

马上有人说："正常的开棺验尸，是绝对不可能的。因为今天生活在马家寨的所有老少乡亲，都自称是陈圆圆的子孙。有谁敢去触犯众怒，挖他们这么多人的祖坟？"

悠悠龙鳌河

坏事似乎也能变成好事。"吴门聂氏墓"被盗，使得考古工作者们失去了考证墓主究竟是谁的物证，但墓里埋着的，却实实在在是一具女尸，那是不容置疑的。同样，这具女尸就是立碑的吴启华之母，也是没有疑问的。

那么，她是不是陈圆圆呢？

马家寨的吴氏后人们，一口咬定她就是陈老太婆，是他们上千人的祖宗。为向世人明示这一点，1994年春天，他们集资立了一块"陈圆圆墓说明碑"，竖在那里。我将碑文中最主要的一句话抄录如下：

陈圆圆究竟魂归何处，数百年来众说纷纭，有云南说、上海说、苏州说等等，马家寨吴氏说陈圆圆墓就在这里，我们千余人都是她的亲子孙，如若不信，请进马家寨亲自问问他们。

读了这句话，我认为马家寨的吴氏后人没有冒认吴三桂和陈圆圆为祖先的利益动机。首先，这种事情在整个清王朝统治时期，代代以口相传是可信和合理的，为了避免杀身之祸，却又要使家史不至于因岁月更迭而湮没在俗世中。其次，陈圆圆虽然名声很大，几乎妇孺皆知，但是，究其身份，终归是个妓女，在正统社会里是遭人贬损、受人鄙夷的。这个世界上，想是没有一个人会冒认一个妓女为祖先的。况且现在不是一个人，而是一整个寨子的上千人认为她是自己宗族的祖先。前面我已经说过，这件事最初透露的年份，是在我去贵州插队落户的前两年，正是抓阶级斗争为纲抓得最紧，查三代、查祖宗十八代查得最严的1967年。马家寨吴氏不会不知道，吴三桂是历来被斥为"逆贼""汉奸"的，吴氏后人为何偏偏要在这个年头称自己是吴三桂和陈圆圆的后人呢？还有一点也不可忽视，几乎所有去水尾镇马家寨的访问者都发现，吴氏后人都能把吴三桂及其手下的儿子、侄子、女儿、女婿及重要将领的事迹讲得头头是道，还能完整地讲出他们的姓名。至于陈圆圆的传说，其中的细节，在马家寨也是流传得家喻户晓，不能不说也是一件奇事。有人提出疑义道，就是在偏僻乡间，有些秀才之类的人物，从古书演义中看来些传奇，茶余饭后在群众中传播，也是常有的事。

贵州的学者则反驳道：不然。比如他们能说出胡国柱、夏国相为吴三桂的女婿。胡国柱、夏国相在历史上并无甚知名度，也没啥业绩，野史演义中很少涉及，不像《三国演义》《水浒传》中有名有姓的人物，他们怎么可能记得如此清晰？不是家族密授，怎么可能讲得清十一二代祖先的名称？社会上随便找一个学问渊博的人，请他讲一讲十一二代祖先的名字，恐怕谁也讲不上来。且别说，"文化大革命"中，马家寨里还藏有吴三桂的皇伞和兵器。

从1984年开始，不时有文章披露陈圆圆归隐在贵州岑巩县水尾镇马家寨狮子山绣球凸，争鸣的文章发表了不计其数，始终没个结论。

一晃至今已近二十年了。作为自始至终的一个关心者，我想，有时候我们何不化繁为简地来思考一下问题？既然清军攻破昆明城，恢复其统治以后，久寻不见陈圆圆的踪迹，难道聪明如陈圆圆这样的女子，她就不会在预见到局势的危急时，找一个僻静而又风光优美的地方作为自己的归宿吗？联想到她追随吴三桂统治云贵的多年中，曾到过龙鳌里，并深深地为龙鳌里物华天宝的环境和优美的风景所吸引，她是极有可能归隐到这里来的。

从这一考虑来说，陈圆圆葬身在贵州岑巩马家寨也是有可能的。风光之美被誉为"天上人间"的悠悠龙鳌河，河水环绕鳌山流向东南，汇入沅水，它从上古时代流来，还将流向未来，滔滔不绝地流了千百年，它能向世人揭开这一谜底吗？

爱神花园的白玉兰

爱神花园是我们作家协会的别称。

有朋友从我的第二故乡贵州来,走进我们的爱神花园,看见我,说的第一句话往往就是:"你办公的地方真好,像个花园。"

我就说:"这儿本来就是爱神花园。"

去年,西部十二个省份的名作家看东部,走进我们的作家协会,陕西的陈忠实对我说:"你生活在天堂里。"重庆的黄济人也对我说:"这个花园有味道。"贵州的李发模则对我说:"老兄,你回上海回得对。"其实当年我调回上海时,他是不赞成的。他对我说:"你一定要走,我就要骂哩!"现在他不骂了,反说我走得对。

这都是因为爱神花园的魅力。

我喜欢爱神花园里春、夏、秋三季茂茂盛盛的爬壁藤。年年开春以后，爬满墙壁的绿叶把一个个窗户和一条条阳台栏杆包围起来。回上海第八年的春天，我站在办公室外的小阳台上，照了一张相。这个小阳台也很有讲究，英国来的作家对我说："罗密欧热恋中的朱丽叶，就站在这样一个离地面不高的小阳台上，和情人相对垂泪倾诉衷肠。"

照片上，小阳台沐浴着明媚的阳光，被包围在爬壁藤织成的浓绿中，我也伫立在一大片绿叶之中。看到这张照片的人问我："你的目光在望着什么？"

我说："我正眺望着花园里的爱神。"

爱神是一座石雕。春夏之际的阳光下，爱神石雕亭亭玉立地站在小池塘的中央。池塘里的水是清碧的，有鱼。四个小天使，各怀抱着一条小金鱼。有中外作家来访时，我们打开水龙头，四条小金鱼就会伴着四周的喷泉，哗哗哗地喷洒着雪白的水花，银亮亮的万千水珠簇拥着双手高高举过头顶的爱神。爱神沐浴着阳光、雨露，怡然地瞅着树梢，眺望着蓝天，显得格外自在和潇洒。

哦，她的目光还有些神秘，七十多年的岁月里，她都看见爱神花园里发生了些什么呀？

三十七年前的 1966 年，我还是一名中学生，凭一张学生证，可以走进作家协会静静的庭院里来看大字报。那时我和几个同学，都没见到爱神石雕，只看到鲁迅先生的铜像，在花园一侧的角落里，不过脑壳顶上被打破了。好多年以后我才听说，爱神石雕被花园里的花匠师傅埋在地底下，藏起来。直到"文化大革命"结束，直到作家协会重新恢复，爱神石雕才重新出现在花园里。

爱神花园里原来还有几棵樱花树，那是日本作家送的。每年的4月下旬起，几棵樱花树上的樱花就次第开了，花儿开得盛，繁艳艳的，把爱神花园里的风景都夺了过去。不过樱花开得时间短暂，一场春雨过去，花瓣全被吹落了。后来樱花树桩里爬满了蚂蚁，出了虫子，只好割爱了。我一直感觉有些可惜。

不过，今年的爱神花园，出现了一道令人瞩目的景观——庭院东北和庭院西南面的两棵玉兰树，正怒放着缤纷的白玉兰，一朵又一朵，一批又一批，常开不败，常放不谢。我写着这篇短文时，窗外的白玉兰送来阵阵馥郁的香气，还像一群腾空而起的白鸽般，井然开放着。

五一以前，我就发现这两株玉兰树开花了，心里说，过了五天长假，再来上班，花就谢了吧。开在假期里，没几个人欣赏，可惜了。

过了五一，一走进爱神花园，奇了，两棵树上，油绿的玉兰叶丛间，一朵朵盛开的白玉兰，正开得旺呢！盛开的玉兰花，张开了十来片洁白的花瓣，足足有一只海碗那么大。娇羞的半开半闭的花苞，正在露出它的脸来，常让人想起含羞带娇的少女。花瓣裹得紧紧的蓓蕾，总让人想到明天，想到希望，想到要不了多久，当它的花瓣悄然张开的时候，怒放在前头的花儿，已经凋谢零落了。

每天上班步上楼梯，我都要站在楼窗边，对美不胜收的玉兰花端详几眼；午间休息时，我会站在阳台上，久久地瞅着越开越盛的玉兰花，留神着它和昨天的变化；黄昏下班时，我仍然看了这一株的玉兰花，又去看那一株的玉兰花，比一比哪棵树上的花儿开得多，哪棵树上的花瓣更诱人，哪棵树梢头的花香更幽雅。

一晃，五一过后又是四十多天了。爱神花园里的白玉兰，仍在盛开着。我请教了园艺师，园艺师说："白玉兰的花期过去了，爱神花园里的玉兰花仍开得这么盛，是一件奇事。你要我解释，我只能说，你们作家协会的风水好吧。"

我笑了，望着爱神花园里的白玉兰，我不由得在心里吟哦了一句：愿春天，在爱神花园常驻。

家居浦东

由贵州偏远的山乡回归上海,一晃两年多了。除了开头那几个月居住在浦西的弄堂里,随后近两年的时间,都栖居浦东。

"浦东"这个原先在上海人心目中极普通的字眼,如今是很引人注目的了。

最初听说住房分在浦东,心中多少是有一点疑惑的。路那么远,交通便利吗?新村周围,有没有供应柴米油盐、日用小百货的商店?吃点心怎么办?忽然来了客人,要买点熟食,会像浦西那样方便吗?还有娃娃要上学读书,附近有没有好一点的小学校?在浦西是有煤气的,新村里何时来装煤气?还有电话……总之,琐琐碎碎的事,心中都无底,自然就悬起一颗心。

及至跑过去一看,才晓得所有的担心全是多余的。

公共汽车的终点站,就在新村的家门口。家门前的这条街上,不但我想到的那些商店应有尽有,连我没想到的也有,诸如烫洗衣裳的商店、建材商店、中药店、西药店,可说是方便极了。而从我家窗口望出去,就是小学校的大操场,每天小学校升旗仪式之后,幼儿园的广播喇叭随即唱起了儿歌,几乎是同时,中学校园的上课铃声响起来。最让我欣慰的,是在我搬家前一个星期,管道煤气竟然神奇地接通了。还有电话,虽说费了一点周折,也很快装好了。

妻和孩子比我更快地进入角色,适应新居的生活。他们一个在离家不远的供电所上班,供电所旁边,有新雅粤菜馆分店,有自选商场,有八仙桥菜市场分店,买什么东西不需往浦西去挤了;孩子就在新村的小学里读书,自小在山乡里长大的娃娃,虽然遗憾浦东的新村里没有了山,没有了河,却对错落有致的新村楼房和绿化,对不断变化的周围环境,别有一种感情。杨高路扩修前,我们骑着自行车一路颠摇而去;杨高路竣工了,我们又喜洋洋跑去看平坦笔直的大道连接天边。住了一年,孩子写了一篇短文《我爱浦东》,登在《少年报》上。

浦东确有诱人的地方,那些轰轰烈烈的项目不去说了,外高桥保税区、陆家嘴金融贸易区、金桥出口加工区、张江高科技开发区、东方明珠塔……报纸、电视介绍得多了，不用我在这里重复，光是居家附近，十分钟可以走到的路程内，就有一系列令人惊喜的高楼破土动工。先是5幢二十五层的商品房，看着它们建起来，逐渐逐渐地清扫完建筑场地，一扇一扇窗户里亮起灯光，到了夜晚填满一整片空间。继而是张杨路上要建石油大厦、粮油食品大厦，首屈一指的得数上海第一百货商店和日本八佰伴合资兴建的商业中心，号称要建成全国第一，并能到世界上去称雄。连日本来华访问的作家，也兴味颇浓地要求看一眼。

  从新村后面走出去，除了酒家闪烁的霓虹灯光，赫然一行大字书着"浦东的南京路"！看到这行字的时候，心中还有些不以为然，想到这大约是再过十年的事情。谁知没过多久，走到文登路上，沿街的楼房已经初具规模，不但建起长长的一排，连那招人眼的色彩，都已粉刷完毕，一眼望过去，高高低低正在施工中的脚手架，一直伸展到看不见尽头的地方。报刊上有人在问："浦东的南京路，你在哪里？"我说："嗬！它不就在我的眼皮底下吗！"

  几乎是紧挨着我们新村，仅仅隔开一条马路，走路只消三五分钟，齐鲁大厦的地基正在打桩，商业服务兼具办公的高楼紧跟着破土动工了。夜晚的工地上，一片耀眼的灯光,就在我写下这篇短文时,街口上的宝安大厦正在举行奠基仪式,这是深圳过来投资的,投资额是七千五百万美元。

在书房里闷头写作一天,我喜欢在黄昏时分随兴所至去散步,把这一切新气象看在眼里,把浦东的变化发展看在眼里,把下班时分喧嚣的人流和车流看在眼里。有时站在十字路口,看着几条通向轮渡的马路上熙熙攘攘的人群,看着车站上站得满满的候车顾客,看着一辆接一辆挤得满满当当的公共汽车,恍惚间我会扪心自问:这难道是浦东吗?这和喧哗嘈杂一片繁荣的浦西有什么差别呢?

兴奋之余无端地平添一分焦灼。如此蓬蓬勃勃的一块热土,怎不见贵州人来投资开设窗口参与开发呢?

安徽的来了,浙江的来了,山东的来了,江苏的来了,贵州还在等什么呢?想着想着不由得就跑到贵州的驻沪办事处去催问,办事处的人员回答我,贵州也在赶来。果不其然,没几天就见王省长带着一帮人来了,和市里的领导洽谈有关项目,听说规模也是不小的。

最令我高兴的,是秋日里的一天,坐车途经浦东南路,一眼看到启新路上耸起一块大牌子,醒目地书着"贵州习酒总公司浦东公司"。真没想到,在黔北群山环抱中这几年发展得兴兴旺旺的习酒总公司，捷足先登，一步跨进浦东的大地展露风采来了。

习酒酿自黔北高原的赤水河畔，和驰名中外的茅台酒是近邻。这些年它以它的质量和声誉，香遍了贵州，香飘西南数省乃至世界各地，相信它也一定会将那缕缕芳香，传遍浦东大地。

作为一个在贵州生活了二十余年的上海人，现在的浦东居民，我这样希望着，也这样期待着。

万家灯火的遐思

小时候养鸽子,清洗了鸽棚,爬上阳台的最高处——鸽棚顶上,仰首眺望着在云空中翻飞的鸽子,生出好些幻想来。当暮色渐浓、夜幕垂落,期待着稚嫩的、学飞的小鸽子回归时,远处、近处,高高低低的楼房里,电灯一盏一盏亮了,从落地钢窗里,从老虎天窗里,从更多的木格窗户内,灯光闪出来。有的开着窗户,一览无余;有的透过窗纱,有一股神秘感;有的光影里晃动着身子;有的仅只一圈橘黄色的光晕,给人的感觉朦朦胧胧的。那景致很有些情调。特别是辨认出了那些熟悉的人家,更有几分亢奋和喜悦。那是幼时的伙伴"小狗"家。那是班上的同学"炭老板"家。哦,那是钢琴老师的家,她家有一架锃亮的钢琴,时有琴声传出来,还伴着怪腔怪调的歌唱,歌词一句也听不清晰,唯独从没见过男主人,她家的男主人到哪里去了呢？伴着鸽子咯笃噜咕、咯笃噜咕的温柔的声息，眺望着远远近近的窗户，我不由得忖度着，那每一扇窗户里就是一户人家，每一户人家都带有一点神秘，那是像我这样的孩子所不理解和无法知道的。我脑子里很自然地蹦出课本上学过的"万家灯火"这个词来。

十八九岁时，我到偏僻蛮荒的山乡，在一个山巅上的古庙里教耕读小学。夜里，批改作业晚了，或是干脆躲在办公室里写小说写累了，从屋内走出来，只见远远近近的稀疏的村寨上，也是这里一点、那里一点的灯火。那些灯火是微弱的、疏疏落落的、幽暗的，多半是用煤油点亮的。农家借助这一点光亮，斩猪草、搓麻绳、铡马料、推石磨，把白天没做完的事情拿到晚夕来延续。就是这星星点点的灯火，也随着夜的深沉而渐次熄灭。于是乎连绵无尽的大山被黑夜所笼罩，让人更觉月色清冷，落叶枯黄，山也遥远，水也遥远，崎岖的、细弯的、伸向云端里的路愈加遥远。这时候，会有尾音拖得长长的苗家飞歌从大山的臂弯里响起来，布依族小伙缠绵的、娓娓动听的木叶声在树林里吹起来，侗族姑娘悦耳清纯而又嘹亮的大歌唱起来。有歌声的地方必有灯火，那多半是情郎情妹们亮的电筒和燃的火把。我曾经问过很多少数民族的伙伴："你们为什么几乎每个月都要过节?"他们答得十分爽朗简洁:"我们就只有这点儿欢乐。你看,夜的大山里多黑啊,我们燃起火把、亮起电筒一唱一跳,那欢乐的气氛就来了,世界就亮堂了。"哦,我终于明白了,那正是他们旺盛生命力的体现和表达。

在可称为漫长的知青生涯中,在长达十四年的乡居岁月里,我还曾随着千军万马去修过湘黔铁路,到过热火朝天的水库工地,去过机械化与人拉肩扛齐上阵的猫跳河水电站工地。在这些工地上生活,人住在用油毛毡、芦席顺着山势的起伏搭建的工棚里,到了晚上,整个峡谷、整个山岭里远远近近一片辉煌的灯火,那么密集、那么逼人,令人生出无限的感慨和遐思。

后来我搬进了省城,居住的两处地方,一处是号称"黔南第一峰"的黔灵山麓,一处是观风山,不但风光秀丽,地势也高。天天晚上,只要站在窗前,就能欣赏到省城里的万家灯火。省城贵阳,比不得重庆那么大,人口也没有重庆多,但是百多万人口的山城,所有的房子鳞次栉比、高高低低地坐落在缓起缓伏的贵山之阳面,白天只见成千上万扇窗户一览无余地面对着你,是有一股不甚雅观之感。但到了晚上,错落有致、层次分明、高低远近的窗户全都亮起了灯光。

瞧吧，那幅气势澎湃立体感极强的万家灯火的画面，和地处长江三角洲平原上的上海，和偏远的山乡，和崇山峻岭之中的工地，又是完全不一样的。站在窗前，眺望着这幅画面，我总觉得那是千百万颗星星在向我眨着眼睛，耳语着一些人间的秘密。

  在远行了二十一年之后的90年代，我终于又回到了故乡上海。青少年时代居住在浦西的弄堂里，重新回归以后，我们小小的家居住在浦东的新村里。初初搬来的时候，走廊的窗户外是小学校的操场，操场的前面是大片大片的农田。到了晚上，似乎只在农田的尽头，才可依稀看得到有灯光在闪烁。司空见惯了的那种都市的万家灯火的画面，仿佛一下子离我很远很远了。

  谁知仅仅三年时间便不同了。头一年操场前面的灯光闪亮闪亮地多起来了。第二年耸立起了5座二十五层的商品楼，眼看着初盖好时幽暗的窗户里灯光一片一片地亮起来。到了第三年，操场前头一大片，完全成了喧嚣热闹的工地。工地上的灯光，小太阳似的填充了所有初来时黑夜的空间。哦，转瞬又是一幅万家灯火的画面，只不过这一幅画面是耸入云空的，是跃动变幻的，是挟带着喧响和力度的浦东新区的万家灯火。

万家灯火，唤起我对童年的回忆；万家灯火，伴随着我的生活之路；万家灯火，喁喁细语般向我叙说着历历往事；万家灯火，灿烂辉煌地展示着可以预见到的未来那美好的日子。真的，她让我想得很多很多——

黄果树瀑布群落

由于照片、挂历、电影、电视画面的影响，说起黄果树瀑布，人们会很自然地认为她就是那么一副银浪滔天、壮观雄伟的面貌，仿佛她就只有那么一个固定的角度。殊不知，黄果树瀑布可以从各种不同的地势和方位观赏，俯视、仰望、远观、近看，在分列左右两侧的山坡上经久耐心地瞅，滋味会各有不同。而更应该告诉世人的，则是黄果树瀑布并非仅一挂，实际她共有九挂。如今众人看到的，仅仅只是交通最为便利、最易到达、适宜观赏的一挂。

还是我在60年代末插队落户时，有位同学在黄果树所属的镇宁县插队，寨子离今天旅游者看到的黄果树瀑布只有四里地。我去看这位同学时，他就介绍，其实黄果树有好多挂瀑布，都很好看。那个年头年轻，虽然穷得没几块钱盘缠，倒也兴致勃勃地一一去跋山涉水，名副其实地穷白相。后来我写小说，写到一个叫"瀑布大队"的地方，取的就是那回经历中看到的景致。

这么说绝非想证明瀑布群落是我们那时发现的。山乡里的老农嘴上常挂这么一句俗语："坡是主人人是客。"大自然的山水景物原本就存在于那里，匆匆如过客的人类，只不过是她那博大怀抱里一种客人罢了。要说发现，世代栖息在北盘江两岸的各族山民，早就发现了。

硬要以文字记录、向外界宣传来算"发现"，那也轮不到19世纪90年代，早在《徐霞客游记》中，我们这位老前辈的老前辈，就已记述过黄果树瀑布上游一公里处的陡坡塘瀑布："遥闻水声轰轰，从陇隙北望，忽有水自东北山腋泻崖而下，捣入重渊，但见其上横白阔数丈，翻空涌雪，而不见其下截，盖为对崖所隔也。"(《黔游日记一》) 所谓"白阔数丈"，今天计算出来是顶宽一百零五米，而高则是二十余米。这挂瀑布，是黄果树瀑布群落中瀑面最宽的。

黄果树瀑布下游二公里处，挨着一个叫"滑石哨"的布依族寨子，有一挂瀑布叫"螺丝滩瀑布"，以其滩面的迤迤之长而取其名。螺丝滩瀑布高三十余米，而整个滩面迤迤长达三百五十米，清澈明亮的水流哗啦啦欢笑着淌来，甚为壮观活泼。

熟悉内情的贵州人当向导，在游览黄果树瀑布时，顺便让车往上行一公里、下行二公里，便把这两个瀑布一起玩了。

整个黄果树瀑布群落，则成树枝分叉状坐落在北盘江支流的白水河、打邦河、灞陵河、王二河上。

多级多层的滴水潭瀑布，在黄果树西侧七公里处。贵州人称最上一级瀑布为"连天瀑布"，当地乡民称其"鸡窝田瀑布"，中间一级叫"冲坑瀑布"，最下那级就叫"滴水潭瀑布"。滴水潭瀑布的名声也已很响，几可与黄果树瀑布、赤水的十丈洞瀑布相媲美。这三级多层瀑布的总高度有四百多米，其中滴水潭瀑布也即当地人喊惯了的高滩瀑布高一百三十米，中间的冲坑瀑布高一百四十米。远远望去，那飞流直下的白沫雪浪恰似一位身披白色连衫裙的天使，时而以轻捷的脚步奔跑下来，时而似将白裙披紧收拢，显得窈窕颀长，时而又潇洒地将白衣白裙坦然抖开，直瞅得人叹为观止、目不暇接。

滴水潭瀑布离黄果树瀑布仅七公里，除了地势偏那么一点，她实在可与黄果树瀑布、陡坡塘瀑布、螺丝滩瀑布相映成趣。

从黄果树下行三十多公里就到达惊涛骇浪拍岸、

雄壮豪气冲天的关脚峡瀑布。这一挂瀑布在打邦河上。打邦河已经数次进入我的小说了，只不过有时候它是以谐音的形式出现罢了。这一条打邦河汇聚了上游白水河、王二河、灞陵河、断桥河等等水流，无论水势、水量都是最大的。因此，关脚峡瀑布的气势自然就更急遽凶猛一些。陡然跌落的河水形成三折共一百二三十米的瀑布，被文人墨客们称为"豪中豪之瀑"。

和黄果树瀑布同样为一奇景的天星桥岩溶风光，是贵州西线风景区的又一美妙佳景。深藏于天星桥暗河入口处的银练坠潭瀑布以奇秀著称，她既不高大雄壮，又不气势骇然，十来米高的水帘，泼散下来，均匀自在，纵情坠流，活似千千万万条闪烁光芒的银练，淙淙潺潺、叮叮咚咚、喧声嚷嚷地坠入溶潭之中，永无止境。有人说她似瀑布群落中的抒情小诗，又有人说她似淡淡的水墨画，令人回味无穷。

游黄果树瀑布的客人，必去安顺龙宫。龙宫的溶洞、伏流，早已名闻遐迩，这里的龙门瀑布，高三十多米，声若巨钟轰鸣，势如排山倒海。龙门瀑布系地下瀑布之冠，到目前为止世界各地发现的溶洞中，还没见到这么大的地下瀑布。

黄果树瀑布群落，有大小瀑布无数。我所提到的九挂瀑布，堪称黄果树瀑布群落中的精华。其实，贵州西线风景区包含的内容岂止瀑布一项！布依族村寨中的典型——石头寨、千年的古榕树、诸葛亮七擒孟获的遗迹、苗族蜡染、古驿道，还有天星桥岩溶风光、地下龙宫和被人称为"戏剧活化石"的傩戏，组成了一系列多姿多彩的旅游资源。作为一个在那块土地上栖息了二十一年的异乡客，我想我还是有理由邀大家前去一游的。

要说明的是，我写下的这篇文字不是导游文字，也不是按导游顺序写来，只是凭自己在那块土地上的生活感受和记忆信手写来。如你遇上一位导游姑娘，她会把这一切给你介绍得十分动人。

去看看吧！

到碧云湖去

人间是没有碧云湖的。

可是这一天,我们决心要到碧云湖去。

也许是日程安排得过于紧凑了些,游了琅琊山,看了扬子电气厂,还要看全椒柴油机厂,顺路去参观了吴敬梓的纪念馆,可谓马不停蹄,也许是昨晚滁州地区副专员主持的座谈会开得晚了一些,听完明光酒厂、扬子电扇总厂、盐矿、滁州纺织总厂生动而富有激情的介绍,一聊就聊到深夜,确实有点疲倦了,得知下午要去游山玩水,我的神经便松弛下来,心里说,在这皖东的土地上,还能看些怎样的山水呢?我是从西南山乡回来的,巍峨的山,奇秀的山,千姿百态的山,万峰竞秀气势磅礴的山,风去云来雾纱缭绕的山,我还看得少吗?在整整二十多年中,我就生活在大山的怀抱里,对那"坡是主人人是客"的山岭意境,对那深幽恬静、如诗如画的山水风光,看得还少吗?南亚国家斯里兰卡栽满椰林的山我曾攀过,朝鲜著名的金刚山、妙香山我去游过,并且得出结论,世上的山原本是相差不大的。即便皖东的山褶里还有湖,那湖能同比西湖大七倍的红枫湖相比吗?能同威宁的草海相比吗?

如此一想,便随着面包车的颠摇,随着一车人热烈的议论,昏昏沉沉地打起瞌睡来。

车厢里是怎么安静下来的,我已说不分明了。只觉得一股清风拂上脸来,顿时觉得清爽宜人,湿润舒适,不知哪位说了一句:"到了!"

张眼往车窗外望去,满眼里尽是悦目的绿色。我揉揉眼,不错,那娇嫩的绿色无尽地延伸而去,和遥远的画笔勾勒般的山峦连在一起,和澄明如镜的湖面连在一起。

真没想到,皖东的山岭里,还有如此辽阔深远的湖。

陪同的同志介绍,这湖其实是50年代修的水库,名字也俗,据老地名称"黄栗树"。

我们下得车来,天蓝得明净,没有洁白的云彩,只有微带凉意的风从湖面上吹来。刚才在车上感觉到的那股清风,想必正是湖上拂来的。不解的是,时已近午后，它何以如此清新呢？

漫步在似一双平直伸开的铁臂的大坝上，眺望着远远的山峦和丰盈坦荡的湖面，只见那座座山岭青翠欲滴，只见那碧波荡漾的湖水湛蓝似染。远远的水面上掠着似有若无的水汽，雾岚一般，淡淡的，如轻绡薄绫，匀匀地随风飘浮悠荡。定睛凝视湖面，时有觅食的鱼儿往水面一拱，便有一环连一环的涟漪摇泛开去，扩散到湖水的波纹里。浩瀚缥缈的湖水，拍散到极远极远的彼岸，托起隐隐的青山，连着那湛蓝的云天。最吸引我的，是伴着湖光的山色。湖四周环抱的群山，虽无雄峻逼人的气势，也不显奇出怪，却带着妩媚的秀气，同样绚丽多姿。有人说，这湖水没有污染，这湖里产鱼，这地方的空气纯净得沁人心肺，因此欢迎人来开发，来投资。

似在印证他的话，众人不开口时，湖岸上那股深沉的寂静，就表明了这是疗养的好地方。又有人指点着绿荫遮蔽的山岭说，这样的山上，最好不要去盖别墅，人为的建筑物，会破坏大自然塑造的原始古朴的景观。当地的同志说："不怕，你们看得出吧，那婆娑摇曳的绿树浓荫中，早些年就有人盖过房子。只过了两三年，树林的绿色就把房子覆盖了。"

顿时，同行的文人中就有充分发挥想象的，盖一些林间别墅,西班牙式的,什么式的,作家到此地来写作,闲暇下来,到湖边垂钓,在林子里散步,听那林中泉水淙淙流淌,看林中百花吐露芬芳,虫鸣自然是婉转悠扬,雀儿自然是叽叽喳喳,夜晚来临,皓月当空,月色如水,天上是星河闪烁,地上系流萤飞舞。大约众人都盼是这样,便听得津津有味。大约众人都觉这只不过是白日梦,听过也便哈哈一笑了事。

有船随着呼喊开过来,于是我们步下大坝,乘兴荡舟,往湖中心去追波逐浪。湖内时有岛屿,临水的一面刀削斧劈一般,崖壁上色彩斑驳,但在岩缝石隙间,这儿那儿,仍顽强地生长着一蓬一丛的孤树和荆棘灌木,令人惊叹、感慨。小岛上苍翠葱绿,星星点点五颜六色的野花点缀其间,别有一番情趣。

轻浪拍来,湖水托起小船,春风一阵一阵拂上颜面,那感觉更比在湖岸上潮润清新,还带着股宜人的芬芳。这么好的空气,真该卖得钱的!我伫立船头,又一次仰望湖岸的群山,群峰的岭腰山巅,密层层的绿色浓荫映入眼帘,是船儿在动,还是风儿在吹?那一片绿色的峰峦浮云似的在轻摇慢晃。

哦,好一片碧云。

那清新滋润凉爽纯净的风,不正是它们送来的吗?

身边有人介绍,全椒县的绿化是全国出了名的。

联想到昨天游览的皖东名山琅琊山,森林覆盖率达到79.3%,而大西南最出名的旅游地西双版纳,森林覆盖率也没这么高啊。

是的,没有绿化,哪来如此迷人的山,迷人的湖,迷人的湖光山色?哪来我们眼前连片连片的碧云?

上得岸来,黄栗树水库的管理人员征集湖名,我有些唐突地脱口而出:"碧云湖!"

同去皖东的老编辑李济生先生挥笔将这三个大字写在宣纸上。

于是我们到了人间还不曾有的碧云湖。

爱的教育

上海的自忠路上发生了一个案子,由新疆回沪的知青子女易军,残忍地杀害了自己的亲外婆。不可理解的是,他在肢解外婆尸体的过程中,还若无其事地穿上西装去喝了同事的结婚喜酒。公安局掌握了确凿的证据抓他时,他还漫不经心地问:"出了什么事?"

报纸、电台播发了这个案子的详情,引起上海市民的纷纷议论。

上海这么个大城市里,大大小小的报纸上时有关于案子的报道,有的凶杀案甚至比这个案子更曲折,手段更残忍,但很少像这个案子引发如此普遍的关注和议论。

作为一个读者和听众,我和大多数人的感觉是一样的,觉得这是件令人痛心的事,是个不该发生的悲剧。

此案见报的第二天，遇到《上海小说》杂志的主编阿章同志。他对我说："易军杀害亲外婆一案，给你的小说增添了注解和素材。"我不觉一怔，他又补充一句，"易军是个知青子女啊！"我这才恍然大悟，他指的是我新近出版的小说《孽债》，写的正是几位当年被遗弃在乡间的知青子女到上海寻找亲生父母的故事。不过，我的小说着重描绘的是父女之间、母子之间、夫妇之间、上一辈人和下一辈人之间发生的一系列情与理、情与法的，难分难解、无可奈何却又不舍亲情的故事，我也写到了其中一位孩子走上歧路。但我构思不出像自忠路322弄发生的碎尸案。

思考这个案子引发出的种种议论，我很自然地想起了意大利作家亚米契斯的一部书，叫《爱的教育》。同时我又想起了陀思妥耶夫斯基的名著《罪与罚》。也许这种联想不那么适时和恰当，但我确是情不自禁想到了。

我想，如果我们从遥远乡间回归上海的知青子女，对上海的故里，对叔叔伯伯舅舅阿姨姑姑婶婶，尤其是对老一辈的公公婆婆、外公外婆，多一分爱多一分亲热，是不是会更利于孩子和上一辈人的沟通？老人、大一辈的人，看到孩子乖，看到孩子主动亲近，就会立即或至少淡忘住房的拥挤、贴钱的多少带来的种种烦恼。

同时我想，作为上海的老人，上海的叔伯阿姨辈的大人，对于远方来的孩子，同样也应该多倾注一分爱，倍添一分亲情。要知道青少年的心灵是很敏感的，而远离父母的青少年的心灵尤为敏感，甚至脆弱，处理不好，就会给孩子性格的成长带来麻烦，带来不健康因素，使孩子变得孤僻寡言。时时处处为父母不在身边的知青子女想一想，给他们以关心和温暖，主动创造一种宽松和睦充满温馨的家庭气氛，那么事情似乎会好一些，孩子性格的成长也会健全一些。

附带我还想对知青子女的家长谈点看法。在我接触这一领域的素材时，我发现不少知青的子女，自己并不想到上海来，只是他们的父母感到机会难得，积极地想方设法把子女送回来。这自然是一番好心，但是孩子不认为这是一件好事。这一现象不知家长们注意到了没有？我有一位朋友，他是云南电视台的副台长，他们两口子都是60年代从上海到云南去的。前年，他俩的一双儿女，一个高中毕业了，一个初中毕业了，父母亲就让两个孩子到上海婆婆家来住上一个月，痛痛快快地在繁华的大上海玩一玩。哪知道，两个孩子只玩了半个月，就双双结伴回了昆明。当父母的奇怪了，那么好的上海，平时你们谈起来那么向往的上海，现在让你们尽兴玩一个月，何以连头搭尾只住了半个月就回来了？两个孩子回答："上海是爸爸妈妈的故乡，你们当然觉得好。我们从小受你们影响，也总认为上海好得胜过天堂。哪知去了一看，全不是那么回事。上海人多车挤、住房狭窄……我们看一看足够了。那是你们自小生活的地方，不是我们从小生活的地方。我们还是觉得昆明好。"

我想这件事是蛮能说明一点问题的。

我们这一代人，出生在上海，长在上海，对上海的一草一木、每一条马路，都有一股说不清道不明的感情，似乎不回上海，总觉得还没有真正找到归宿。这种怀乡之情，没有离开过上海的人是体会不到的，也是情有可原的。当命运使得我们终于回归不了的时候，我们就把希望寄托在下一代身上了。万万没想到，下一代人可能并不像我们这代人那么想。这种时候，当家长的，我觉得必须尊重孩子的选择，千万别把子女硬塞回来。因为每一个人都有他的童年情结。易军的父母听到凶讯由新疆赶回上海来，怎么也不相信这是他们的孩子干出来的事。

为了说明我提到的童年情结，我还可以举一个例子。两年多以前当我调回上海作协工作时，所有见到我孩子的人，都以一种十分有把握的口吻问他：

"上海好还是贵州好？"

我孩子答："贵州好。"

几乎所有问话的人（不少是我的同行，作家）都吃一惊，追着问："为什么？"

我孩子要么一声不吭，要么一口气数落一大堆上海的不是：上海的住房那么小、那么挤，楼梯那么窄，年纪那么大的老人还住低矮的三层阁楼；上海的公共汽车挤也挤不进，很少见到年轻人给老人、娃娃让座……

初回上海的半年时间里，我发现他始终闷闷不乐的。我就有点奇怪了。记得回归之前，我曾经专门和他谈过一次，告诉他生活会有所变化，环境有所变化，首先一点，他回上海之后，不可能像在贵州那样当小干部了，他要有思想准备，不要有什么想法，当干部当群众都是一样的……没等我说完，他就回答我："我有想法的。在贵阳好好的，你们为什么非要回上海去？回去后，我的好朋友不见了，河滩地不见了，山也不能爬了，也不能去河边玩了。"我严肃地对他说："上海是爸爸妈妈的故乡，是我们从小生活的地方，还是国际著名大城市。在这个家庭里，我们三个人是平等的，但是少数必须服从多数。爸爸妈妈想回去，两票对一票，你得跟我们走。"孩子当时噘着嘴，咕哝着说："国际著名的大城市和我有什么相关？不就是满街的人吗？"我只以为他是耍孩子气，没想到他回来后果然不愉快。在家里遇到不高兴的事，他往往一屁股坐在沙发上，嚷嚷着说："我要回贵州！"闹得我无可奈何。那天我送他到学校去，校门还没开，只见很多小朋友在那里又叫又喊欢天喜地地玩，唯独他，背只书包，孤零零地站在一群小朋友附近，羡慕地望着他们。我的心中忽感一阵不忍，第一次怀疑自己回上海是不是回对了。孩子在贵州的学校里，自小接受的是"我爱贵州"的教育，唱的是"我爱贵州"的歌，他对贵州的山山水水有感情啊！那是他的童年情结。我得赶紧给他补上"我爱上海"这课。于是，我做了三件事。其一，找到孩子的老师，请她和小朋友打个招呼，下课、放学时，主动邀叶甜玩玩，给他介绍介绍班上和学校的情况。张玉兰老师非常好，她很快理解了我的意思，专门找了三位小朋友，他们热情、负责地邀叶甜玩，使他在新的集体中没有游离感、孤独感。其二，凡星期天、节假日，我都腾出时间带他去游玩、参观，一年时间里，差不多市区所有好玩的地方，都领着他去逛过了，一边逛一边给他讲解这些地方的故事和传说。其三，在日常生活中，有意识地给他讲解上海的历史、上海的发明创造、上海的贡献，尤其是上海的未来。一年过去了，孩子被班上小朋友选为中队副主席；两年过去了，他考上了浦东唯一的重点中学建平中学，期中考试名列全班第一，还写了一篇作文《我爱浦东》，登在上海的《少年报》上。我不敢说自己是成功的，已经解开了他的童年情结。我只想说爱的教育是重要而有成效的。我相信孩子的心里有时还会想念贵州，我只告诉他："我也想贵州，我也是爱贵州的，我们有机会一起再去贵阳看看。但我也爱上海，贵州和上海都是我们可爱祖国的一部分。"我回上海是为了解开自己的童年情结，我希望他顺利地解开他的童年情结。有什么办法呢？那是我们这一代人的命运带给孩子的，我们有责任替下一代排忧解难。

当然，像我这样和孩子一起回归上海的，是少数。那些把子女送回亲属身边来的家长，包括担当监护人的亲属，更有必要对孩子进行爱的教育。

我不知这篇短文说清楚了没有，我想说的是，要有爱的教育，要尊重孩子的选择，要把更多的爱倾注在孩子，尤其是远离父母的知青子女身上，让他们成长得更好一些。易军堕落成了杀人犯，法律将会对他严判。案子发生，已经无法挽回了，我们应该杜绝类似的不幸再次发生。

家庭琐记

如果说恋爱是从一个人的心灵走向另一个人的心灵，那么，建立家庭之后的夫妻，就是两性之间心心相印。

越过充满了诗情画意的恋爱阶段，随之而来的便是长期的、由无数平平常常的白天和黑夜组成的家庭生活。这也许没有恋爱时期那样罗曼蒂克，却更需要热情、信赖、忠诚和应付种种琐碎家务、超越日常烦恼的修养和能力。

可不可以这么说，成了家，爱情才真正地开始。

黔灵山耸立在贵阳城的西北面，我们小小的家庭，就在这座云贵高原名山的脚下。是沾了这座名山的光吧，我们的楼房也高高地凸现在坡顶上，周围六层楼、七层楼的屋顶，全在我住的五层楼下面。站在阳台上，可以看到半座城的风光，可以望到城外那逶迤起伏、连绵无尽的山山岭岭。尤其是在天气变化的时候，云去雾来，那米色的稠雾紧裹着山巅，那乳白色的蒙纱雾在岭腰和谷地里缭绕着，一缕缕一簇簇地飘散着，那意境真是美极了。

高有高的好处，自然也有缺点。从我1982年3月由偏远的猫跳河畔搬到这里，至今，除了节日，我们家厨房的自来水龙头里，白天从来没有水。

开门七件事里没有水，可没水要维持正常的家庭生活，几乎是不可想象的。

从搬进新居开始，妻就同我分了工，由我负责守上半夜，她守下半夜，恭候"水龙王"降临。

这样的生活真是没啥诗意可言，常常搞得很累、很疲乏，情绪大受影响。不少人曾问我，我们是怎么熬过来的，我也说不出个所以然来，四年多时间，就这么过来了，而且看来还得这样子过下去。

唯一可以自慰的是，我们夫妇之间，从未因为断水、缺水、等水、盼水这件事互相埋怨责怪。两人结合了，就得一起分担人生道路上所有的困难、挫折和苦恼。拿她自己的话来说，"既然我在千千万万个人中间碰到了你，我就认了。我从没想过要沾你这个作家什么光，你在追求我的时候，只是个什么都不是的小知青"。

这是大实话。

她嫁给我的时候是个工人，现在还是个工人。她从没要我设法替她调换过工作。我呢，脑子里倒是想过的，确实也不是不可能。但同她一讲，她就说："算了吧，我的事你还是少费神，多花点精力在写作上吧。"她不是党员，没有入过团，她只是个普通工人。她对我讲这些话，绝无向我表示进步和觉悟的意思。我相信她说的是实话。

我们天天生活在一起，我总忍不住久久地凝视着她，想了解她脑子里闪现的哪怕是稍纵即逝的念头。这是不是爱情我讲不清楚，对我来说，这已经成了一种习惯。追溯起来，这习惯还是在我们相识的初期就养成的。屈指算来，我们结婚有七年多了，而我们相识，竟有十七年了。

我们相识在插队时。至今我还记得连接我们两个生产队的那条小路，那条弯弯曲曲、时而落下谷底时而爬上坡去的小路。在初认识的几年间，我们在那条小路上不知走了多少个来回。雨声淅沥的夜晚，我们撑着伞，任凭雨点子稀疏地、笃笃有声地打在油布伞面上，我们慢吞吞地沿着小路，绕过水田，绕过坡土，走进幽静的树林。路窄，我们不能并肩走，只能一前一后。明月在天的夜晚，我们在青杆、桦树林子里徘徊，在地面绵软的针叶松林里默默地相对伫立，话在这时候是多余的，即便有，也都在白天讲完了。但我们仍不想分离，静静地、悄悄地倾听着风掠过树梢，掠过山崖，入神地瞅着清幽的月光在树林子里投下浓密的、斑驳的影子，好奇地遥望离得远远的山寨上的朦胧灯光。秋末冬初的农闲时节，我们相约着去路边的林子里捡干枯脆裂的松果；雨后的黄昏，树叶子上还挂着露珠般的雨水，我们戴上斗笠去捡鲜美的香菇；烈日当空的酷暑，我们能坐在树荫底下，足足待一整天……那时候我19岁，她17岁，我们都还太小太小，我们都把爱情看得十分庄严和神圣，也许我们就是在这样的朝朝暮暮之中加深了相互的理解。"爱，是理解的别名。"这话是不是泰戈尔的名言？

她是我妹妹的同学，在紧挨着我们寨子的隔邻大队当知青。放假赶场的时候，她常常来找我妹妹玩，我们常留她吃过晚饭再回去。她一个人回去不安全，我妹妹送她呢，一个人走回来也怕，于是乎妹妹常让我送她。起先纯粹是送，后来我盼着她来，希望她晚上走，我好去送她，再后来我们便在这条山乡里的小路上幽会了。山乡里的劳动是繁重的，知识青年的业余生活是枯燥的。我之所以能在插队落户的岁月里坚持埋头写小说，一多半都是因为爱情的力量在鼓舞着我。

  已经走过来了的这条生活的路，也像两个山寨之间的小路一样弯弯曲曲，崎岖不平。1972年冬天，她被抽调到水电厂当学徒工去了，而我仍然孤零零地生活在荒寂僻静的寨子里，直到1979年。我们之间仅靠书信相互联系，沟通感情。我们是在1979年的元月结婚的。结婚的时候，我还没有工资，连粮票也没有人付给我。而她已是个带着几名学徒工的老师傅了。婚是在上海结的，借的我妹妹那间小屋，想到还将回到遥远的山区，我们几乎没有添置任何东西，仅花一百几十元请了少数亲友吃饭。我当时也觉得很寒碜，不过我们更多的是觉得满足，分离了整整六七年之后，我们总算走到一起来了，总算可以一道携手并肩去走今后的生活之路了。婚后，我随她来到山清水秀的猫跳河畔水电站，那里的山野散发着清新的泥土气息，那里的草坡上总有各种野花开放着。隔着深渊一般的河谷，时常还能听到猿啼鹿鸣，星期天到山坡上去，总能采回好多草莓和香菇。风光可谓美，山水可谓秀，但毕竟是人迹罕至的山沟，困难是明摆着的。首先是没有房子，她住在集体宿舍里，我也在另外的男职工屋子里搭了个铺。后来，同她住一个屋的女生结了婚，那间小小的五平方米的宿舍才分给我们。再后来电站正式盖了家属宿舍,我们总算分到了两间屋子,有了一个稍稍像样的家。1982年初往贵阳城里搬的时候,我对猫跳河畔还真有点留恋,没有什么特殊原因,就是因为我的长篇小说《我们这一代年轻人》《风凛冽》《蹉跎岁月》是在这里写出来的,我的一些中篇小说也是在这里写出来的。这里远离市井的喧嚣,远离人世的烦扰,长途客车两天来一回,报纸只能看隔了一个星期的,是个安心写作的好地方。

从插队落户生涯里走出来的对对情侣,大约都有这样的体会,在经历了很多的分离,在有过很长时间的两地相思之后,我们都更懂得了爱情需要珍惜,随着岁月的流逝加倍地珍惜。珍惜,就得有充分的谅解和必要的容忍。这并不等于说,在我们的小家庭里永远是阳光明媚,永远像小溪流水般地轻吟低唱。不是的。世上大概还没有一对永远也不闹矛盾的夫妻。在怎样教育唯一的儿子这个问题上,在我的小说进展到不顺利的时候,在她身体不适的日子里,我们免不了总要拌嘴,有时候也像别的所有的人一样会发脾气,甚至争得面红耳赤。但到头来总有一个人先冷静下来。而且在事后我们都会先检讨自己的不是。

我坦率地承认,我不是一个模范丈夫。我每天的任务仅仅是送孩子去幼儿园,到了傍晚再去把他接回家来。这对我来说，常常只是离开书桌的一种散步和休息。更多的时候，我总要等到她关照家中没米了，才想到该去买米；也总要等到她提醒我煤烧完了，才跑下楼去煤棚搬煤。这都仅限于我正在读书、看杂志或听音乐时，她才喊我。如若我正在桌前想着什么、写着什么，她是决不喊我的。这样的默契不知是什么时候达成的。这决不是真正的男士风度，一旦意识到这点，我总愿意帮她去干些什么，或者在她干事情时冷不防插上一手，以此表示自己也是个勤劳的人。但这类良好的愿望，往往是以我越帮越忙、出尽洋相被她奚落几句而告终。

尽管如此，我仍希望自己是个好丈夫、好爸爸。在孩子要求我的时候，哪怕再忙，我也陪她和孩子去黔灵公园走一走，爬爬山，在湖畔散散步，进动物园逗逗熊猫和孔雀。有时候，我真恨不得千方百计、挖空心思讨好一下孩子，给他买整套整套的小人书，给他买妈妈没买的贵重玩具，可不知为啥，孩子还是和他的妈妈更亲。

为此我只得满怀妒忌地望洋兴叹，却又无可奈何。有什么办法呢？谁叫我一年中总有半年要出差，要下基层去农村，要应付写作和编务，要一个接一个地出去开有时候重要有时候不那么重要的会议呢？不过，只要我从外头回来，一回到我的坐落在黔灵山麓的家里，我总会觉得疲劳和困倦顿然消失，总会感到温暖和在其他地方永远也得不到的快活，就如同游弋驰骋在辽阔海洋上的舰艇到了平静的港湾里。

小箱柜的启示

北上川。

日本东北部的岩手县是一个有着八万人口的小城市,即使是在厚达七十万字的日本知识辞典里,也找不到关于它的词条。

我们"'92中国人民对外友好协会代表团"一行五人,在这座小城里节奏紧张地待了一天,参观了它的工业区,游览了它那秀丽别致、多姿多彩的山川河谷,欣赏了它特有的民间艺术鬼剑舞,走马观花地看了反映这个地区历史民俗的两个博物馆。但是给我印象最深的,还是北上川小学校里的情形。

这是北上川市郊一所普普通通的小学。

我们参加了小学校隆重的放假仪式,随后在日本儿童的欢叫和簇拥下,参观学校的陈列室、图书馆、实验室和校舍等等。一路走来,免不了也顺路走进各年级的教室瞅上几眼。

教室就是普通的教室，和中国城市里千千万万个教室几乎一样：黑板、讲台、课桌椅。学生们布置的学习园地里，同样也有孩子们稚气而有趣的蜡笔画。

但是，连续走过几个教室，我很快发现，在每间教室的后墙上，建有一排排类似我们厂矿职工更衣箱那样的小箱柜，整齐划一，泾渭分明。我马上对这些漆成统一颜色的小箱子产生了兴趣。参加完放假仪式的学生们，回到教室来背上书包，又走到各自的小箱柜前，打开小门，取出存放在里面的书、雨伞、雨鞋等等备用品，装进提兜里，准备带回家去。我很快明白了小箱柜的用途。日本朋友给我们介绍，每个孩子除了自己的专用课桌，还有一只小箱柜，里面可存放学习、生活必需品，不必每天从学校到家里、从家里到学校带来带去。我问是不是就这所供我们参观的学校有这种小箱柜。翻译横川健先生告诉我："不，北上川在日本是个普通的小城，这所学校，也是极普通的小学，就是在北上川，也不是最好的。在很多中小学教室里，都有这种供每位学生使用的小箱柜。"

哦，原来这样。小箱柜给了我很大的启迪。我马上想到我的孩子，每天他都要背着沉甸甸的书包上学校；由我的孩子我又联想到从内地省城到北京、天津、上海等等大城市的公共汽车上,都有背着鼓鼓囊囊的书包挤车的学生。他们的书包里除了课本、作业簿,还有厚厚的辞典,汉语的和英语的。新学期开学了,我们的报纸上还时常报道孩子们背着沉甸甸的书包挤车忙、过江忙等等。近十年来在全国人代会上,我也随着教育界的代表一次次呼吁,减轻中小学生的负担,让孩子们的书包轻一点,次数多得连我自己都记不清了……

但是在我有限的视野里,我没有看到我所接触过的中小学(包括不少重点学校)里给孩子们准备小箱柜。我们能不能给自己的下一代,也在教室里做好一排排的小箱柜呢?我们能否为减轻中小学生的负担,切实地做一点事情呢?哪怕是像做箱柜这样的小事。我想我们是能够做到的,也是可以做到的。

辣椒与我及其他

　　本来想的题目是"我与食品"。斟酌一番，觉得这题目实在太大了些，所以改成现在这样子。细细想来，即使改了题目，这类文章还是不好做。原因是极简单的，因为在此之前，有过很多介绍美味佳肴的文章，有过许多详细介绍烹饪的节目。电视台的《学烧中国菜》节目，已深入千家万户，成为家庭主妇们互相传经送宝的热门话题。名目繁多的中国菜肴的雅名，什么"雪映红梅"（银耳菜心），什么"凤入竹林"（竹笋鸡丝），什么"玉树金钱"（冬菇菜心）、"花好月圆"（虾仁鸽蛋）……更是令人目不暇接。随着生活水平的提高，不少带有异国情调的风味菜肴与点心，也正在逐渐走进中国人的家庭。偕二三同学好友，团聚日至爱亲朋兴之所至，会不约而同地步入品位高雅的餐厅、宾馆，去一尝具有特色的各式菜肴。闲暇时交谈一番品尝丰盛筵席的体会，再不会让人扣一顶帽子遭受非议了。于是乎众多的杂志上，谈吃谈食品的文章也多了起来。诸如去什么湖畔食鱼，到某一名胜之地吃到稀奇的野味，或是在哪个风景地尝到了一道名点心。至于怎么吃得更有营养、如何吃得更舒服、吃的时候有什么讲究的短文，在报纸杂志上也是屡见不鲜。浏览众多与吃、与食品有关的文章，真可谓在这一领域，已发挥得淋漓尽致、面面俱到。

而我既非营养专家，更非令人羡慕的美食家。这辈子度过的好些日子，时常是在为填饱肚皮、为解决温饱挣扎。于是自然而然便想到了辣椒。

记得我初到贵州，欢迎我们去插队落户的乡间农民们，摆出一桌丰盛的菜肴招待我们。我一眼注意到桌子上有只耳朵连在一起的瓷罐，釉光闪烁，造型别致。这是我在上海的餐桌上不曾见过的东西。于是询问，农民答曰：盐辣罐。亦即一边盛着盐巴，一边放着烤干舂碎的辣椒（当地人称"糊辣椒"）。当一大锅热气腾腾的清水煮白菜端上来的时候，农民们便热情地将一些葱花和辣椒、盐巴拌和着菜汤水搅匀，然后客气地让我们夹着清水白菜（当地唤作"粑菜"）蘸来吃。盛情难却，我们便夹起菜学着尝一点。哪料菜一入口，就辣得我们咳的咳，喊的喊，吐的吐，半天回不过神来，有的上海姑娘连眼泪都给辣出来了，当即逗起农民们一阵畅怀大笑。而看着农民们吃那老粑菜蘸辣椒水，菜皮皮上还沾着一颗颗尖头辣根的籽儿，我们更是目瞪口呆，不无担忧地暗忖，以后的时日里如何同吃得这么辣的老乡们打交道？谁料想，没过几个月，我们一些知青，已经习惯在煮菜炒菜时放上一点辣椒了；而两三年后，一些上海知青，吃起豆花蘸油辣椒、泥鳅辣椒（直接将新摘下不去籽的辣椒放微量的盐水煮熟后形如泥鳅）来的水平，比一些当地农民还要高。连我自己，原本对辣椒很不适应的，竟也能吃一些颇有特色的辣味菜了，甚至在下面条、煮火锅、吃豆花时不放那么点辣椒，吃来还不过瘾。

这是何原因呢？

简单的答复自然是入乡随俗，口味变了。往深处询问，为何在两三年甚或短短几个月的时间里，人的口味会变得这么快呢？

这就不得不提到气候与地域了。

提起贵州，人们自然而然就会说起"天无三日晴"的民谣。这话虽然有些夸张，但是贵州山区多雾多雨，却是实情。绵雨期长，山野河谷里雾岚浓重，空气中的湿度大，自然就潮湿。农作物受此影响，稍不留神便易变质发霉。人体其实也是同一道理，在乡间潮润的空气中待久了，端起饭碗就想吃点味道刺激的食物。到了深秋初冬季节，寒凝降临，不但想多吃点辣椒，甚至想喝几口醇厚绵甜的白酒。故而贵州人不但食品中少不了辣椒，酒文化也是相当发达。流经黔北高原的赤水河岸上，星星点点布满了驰名中外的酒厂，以至赤水河被称作一条"淌酒的河"，不是没有缘故的。

我的孩子是在贵州山乡出生并在那里长大的，在他每天的菜肴中绝对不能少了辣椒。童年时代带他回上海探亲，去北京、天津游玩时，也曾带他去品尝过一些名点名肴，本意是想让他开开眼界、尝个鲜、过点瘾，却不料无论是什么好吃的菜肴点心，他都吃来寡然无味，大摇其头说不好吃，并且多次宣称，世界上最好吃的东西就是辣椒。为此，我们一家人调归上海的时候，特意为他备下了五六斤辣椒，包括前面提到的油辣椒、糊辣椒、辣椒酱、酸辣椒多个品种，心头还在担心，这些辣椒一旦吃完，不知通过什么途径可以得到补充。因为上海的各种辣椒、辣火、辣酱实在是不能同山乡的辣椒相比，拿孩子的话来说就是"上海辣椒没香味"。哪晓得，初初回上海吃什么都嫌没味的孩子，在上海住了几个月，已经不馋辣椒了。最近一次家中包馄饨，照以往惯例给他舀上了一小勺辣椒，他竟哇啦哇啦喊起辣，并且申明，吃馄饨不要放辣椒，因为吃起来没鲜味还辣得喉咙痛。我们原先的担心因此也就不翼而飞了。看看瓶子里，带回的五六斤辣椒，还没吃去一瓶呢！

至于我和妻子，在贵州时多少也都每天吃点辣椒的，回到上海之后，竟已毫无吃辣椒的欲望。

贵州人食辣，上海人不吃辣，看来确同地域气候的差别有关。

另一件事大约也可以说明点问题。1983 年，我赴京参加第六届全国人代会，开饭时代表驻地有零卖酒供堂吃，让有酒瘾的同志自己掏腰包买来喝。那年头茅台酒在市场上非常少见，来自贵州的几位年龄稍长的工作人员见柜台上有茅台，兴高采烈地争相你二两我三两地买来聚在一张桌上畅饮。当天晚上，这几位同志都流了鼻血。第二天早餐时，他们连连摇头说："喝不得，喝不得。北京天气干燥，这几天又晴朗，气温高，一喝白酒就糟了。"在贵州时，即便是酷暑时节喝茅台酒都不碍事的。

贵州还有一道土菜叫"折耳根"，其实就是鱼腥草。中药堂里历来是把它当作药的，在贵州，却是一道名副其实的家常菜。从田埂、土坎、沟渠的泥巴里挖来洗净，和葱、姜、蒜、芫荽、白糖、香醋、辣椒拌和，食来辛辣苦涩中透出股惬意的清香，别有一番风味，确是一道独特的土菜。以致自然生长的折耳根已供不应求，现在已经人工大量培植供应市场。土生土长的贵州人远离家乡后时常怀念这道菜。一些亲戚朋友不远百里千里送到北京、天津、上海，奇怪的是，这些身处异地的贵州人，食了这道菜却又纷纷说味道不如在贵州吃起来香。

我想，其实这也是食品因地域气候条件而异的缘故吧。

各种名目繁多的食品之产生，是同气候地域有着密切关系的，而食品也因地域气候的不同大有差异。

人类的口味也是如此。

把这一点肤浅的体会谈出来，我想大概不会是无益的吧。

婚姻的终结

今年人代会期间，某教授与我同住一室，恰遇我们共同认识的一位朋友来聊天。朋友告辞，老教授惋惜地感叹，说这位朋友刚与妻子离婚，一桩婚姻完结了。我吃一惊，仅仅两三年前，这位朋友还同他那位活泼美貌的妻子来我家中闲聊，瞧他们之间情深意笃的，十分和睦相爱，怎么才结婚几年，就离了婚？老教授比我熟悉内情，说他的离婚，纯粹是性格不合，经常为些芝麻绿豆的事情争吵不休，互相都觉受不了。老教授言下之意，这类爱情业已终结而造成的离婚，实属情有可原。继而又愤愤然道，他不可理解的，是自己的女儿女婿当初分居两地，牛郎织女一年中难得见两次面，亲亲热热，感情挺好的；好不容易费尽力气调在一起，共同生活没几年，近年来竟也在吵吵闹闹，战事不断，宝贝女儿为此有好几次不堪忍受丈夫的恶言恶语，抱着外孙怄气住回娘家来，已到了要离婚的地步。这么一来，弄得他们老人也跟着烦恼。老教授连声哀叹，话匣子一打开，滔滔不绝，没半点睡意了。由他和老伴相敬如宾、相濡以沫安度几十年的亲身经历，谈到我的作品《家教》中的几种婚姻形态，再三申明幸福的爱情与和睦的家庭对人生的重要性，而婚姻的终结，实在是一件可悲的事情。

我是深深同情老教授的。但是，有一些事实也不可忽视。我们的一些书报杂志不断地在报道着同样的信息：世界性的离婚率上升，国内大中城市的离婚率上升……生活中的爱情不断地开始，却也在不断地终结。而造成婚姻终结的原因，却是错综复杂，有时甚至是说不清道不明的。常见的离异大致有这么几种：

较为众多的是夫妻中的某方有了外遇，或说第三者，用情不专，感情转移。事情败露之后，这类婚外恋造成的矛盾最易成为婚姻中难以解决的危机，稍有处理不当，就会导致婚姻的终结。

还有是夫妻中的某方沾染上了恶习，诸如赌博、酗酒，在国外还有吸毒。此类恶习一旦上瘾，直接影响家庭的安宁和正常生活，无论是规劝、哀求、责备、批评以致大吵大闹，都不能使对方改变。这样的婚姻往往也会走向终结。

最令人遗憾、惋惜并招致所有人同情的婚姻终结，是飞来横祸，是由于意外伤亡造成的惨剧：车祸、疾病、沉船、洪水、飞机失事、地震乃至战争……这是人类的灾难，自然也是爱情的灾难。

复杂而令人难辨是非的是人们在离婚过程中经常提出的理由，亦即所谓性格不合，趣味不相投。须知，性格差异甚大而相亲相爱白头偕老的例子在生活中随处可见。严肃的婚姻历来是一段漫长的历程，即使是性格相符、志同道合的夫妇，也不敢保证在长长的一段岁月里不出现矛盾和危机，关键在于互相之间的适应。如果经历一段较长时间的生活实践，男女双方仍不能适应对方，且由于天天在一起而增生厌恶，那么这样性格不合和趣味不相投必然会导致婚姻的终结。生活中还常有这样的现象，夫妻之间气质相去甚远，但他们的婚姻呈现着蓬勃的生机和活力。这里起重要作用的恐怕就是互相之间的逐渐适应、相互依赖、取长补短和深沉的理解构成的心心相印。同时我们看到，绝对性格一致、趣味相投的婚姻，并非一定是十全十美的。婚姻的色彩时常正是因其差异，因其不时地有矛盾，才显得丰富绚丽的。

导致婚姻终结的原因可以举出很多很多，但共同的一点是婚姻爱情基础的薄弱，婚前讲究门第观念，追求金钱享受，贪恋物质条件，羡慕对方的工作、收入以及名声、地位甚而至于住房，还有为数不少的因一时被风流倜傥、美貌媚人所迷惑而草率匆忙地结合，都可能形成婚后不协调的音符；而婚后性生活的不协调，又不注意调适，婚后政见不合，对尖锐的社会问题总是意见相悖，与老人相处不和，不少人不知不觉地认为反正已经结婚，不需要再保持恋爱时期的形象和魅力，逐渐在对方眼里变得平庸而失去吸引力，如不警觉也会滑向婚姻的终结，而自己还可悲地无所觉察。

婚姻一旦终结，那么伴随着婚姻的爱、奉献和接受以至责任义务，也就随之结束。唯独抚育婚姻的结晶——子女是双方共有的职责。因为血缘关系决不因婚姻的终结而中断。

婚姻的终结和恋爱的失败可以称为爱情的终结。两者有相似点，但又有质的不同。恋爱的失败和婚姻的终结都可重新开始，可以想象那滋味完全是不同的。婚姻的终结造成家庭的破裂，它的重新开始无论在精神上、心灵上相对来说必然也要沉重一些。因此，婚姻的终结总是一件令人遗憾的事。但遗憾的事并不完全是坏事，婚姻的终结更不是对爱情敲响了丧钟。也许这一回不幸的婚姻会造就下一次美满的姻缘。只不过,不是每一个人都愿意去尝试的,而正在准备去尝试者也该小心翼翼。

人生与伴侣——一道庄重的课题

随处都能见到关于恋爱、婚姻的讨论和劝世文,诸如《丘比特之箭射向何方》《少女啊,你可要警惕》《恋爱到了无话找话讲的时候怎么办》《未婚同居,父母该不该管》《第三者现象探讨》《怎样使你更有魅力》《爱的启示》等等,可以说有关恋爱、婚姻、家庭、伦理的方方面面、各个角度,都有人撰文给予了论述和品评。这些文章,有的给人以启迪,有的又令人困惑。同一张报纸,同一本杂志,前面一篇短文还在歌颂无私奉献连续十几年服侍照顾工伤丈夫的妻子,后面一篇文章又在探讨性开放思潮对传统婚恋观念的冲击;这里的报纸在隆重热烈地推出一对对金婚伴侣,那里的版面又在用数字显示苏联婚姻的五分之一、英国婚姻的四分之一、美国婚姻的三分之一都在解体、在破裂,同样显得言之有据。

这是一个永恒的话题，这是一篇永远可以翻出新意来的文章，因为世界上有多少生活形态和风俗习惯，就会有多少迥然相异、多姿多彩的婚恋形式和伦理道德。在此地视为禁忌的，在彼岸恰被认为是风流的例子，也是举不胜举。

在偏远闭塞的山乡住久了，在内地省城的书斋和编辑部里待得久了，年年回一次上海，出差中走到北京、天津、广州等大城市，我常常带着一副乡下人的目光，注意到市容的变化，留神着城区建设的规模和速度。但是说实话，引起我最大兴趣的，还不是这些表面上谁都能看到的变化，而是正在不知不觉潜移默化地改变着的观念。不是吗？某个三十好几的妇女，结婚十多年了，孩子已进入小学读书，小家庭多少年来都是安宁平静无波无澜的，随着岁月的流逝，住房面积在增加，家庭在逐步实现小小的电器化，中国人有限的需求中该有的东西，他们家中基本上都有，即便暂时没有的，不久以后也会有的。可是女主人的神情一天比一天抑郁，她觉得小家庭这只金丝笼束缚了自己，她的精神感到窒息，她不满意共同生活了多年的丈夫，她想得到解脱，她想追求更为丰富多彩的感情生活。可是她有丈夫，又有孩子，于是一道严峻的题目出现在她面前，要她去解。关于人生与伴侣的课题，她将怎样解答呢？还有一些这样的女性，也带有一定的普遍性，她们因特定的时代原因错过了择偶的最佳年龄，经历了坎坷，经历了泥泞，她们回到城市似乎找到了各自的位置，于是世俗观念和年龄要求她们选择终身伴侣。是年龄的关系，也是不成文的规矩，她们只可能用常人的标准挑选，看的是对方的相貌、地位、收入或名誉，还有至少在目前还必须考虑的住房这几项条件，如果大致过得去或者说对方的条件令人炫目，那么结婚似乎是水到渠成的事。但是这样的婚姻结局常常并不令人羡慕，婚后往往因双方的进一步了解而导致婚姻的危机。是将就着过下去互相持"退后一步自然宽"的态度，还是挣脱金丝笼的羁绊重新抉择？又一道人生与伴侣的课题置于她们的面前。

在80年代逐渐意识到自己在婚恋方面的自我及幸福观的女性来说，男子遇到的困惑更大，遇到的挑战也更激烈。且不说报纸杂志公布过不止一次的有关离婚的数字，多次显示60%～70%的离婚是由女方主动提出的，就以男子本身的心灵和形象来说，也正在经受着一场考验。（很少有人注意和提醒这一考验的来临，实在是一个悲剧）不是吗？当你步上爱情之路的时候，你清醒地意识到了吗？不仅仅是你在挑选对方，对方也在比你更为挑剔慎重地挑选着你，你经得起人家的挑选吗？即便是结婚成了家，似乎在人生的道路上铺展了一条与伴侣携手并进，步完旅途的通道，你走得安稳、走得踏实吗？

很多涉及第三者的社会调查和案例都在提醒今天的男子，当你移情于他人的时候，你的伴侣不是冷眼瞅着你便是以女性特有的细腻感受着你不知不觉的冷漠，同时她也睁大双眼开始寻找自己的安慰。要问她能不能容忍和谅解你的风流，你首先扪心自问一下能不能容忍她的放纵。人生有一些不得不停靠的码头，人生也有不少错失的良机。我在自己的小说中写过，在群山环抱的峡谷里，有时候两条从不同方向淌来的河流，共同淌进一片谷地，眼看着两条河流会像四川乐山的若水和沫水一样汇在一起，但偏偏在即将相交的那个地方，两条河流分头盘山绕坡顺势而去。翻过一座山头，你会发现那两条河流相隔得那么远。这样的景致会让人感慨、让人叹为观止，这样的景致不也给我们一些关于人生和男女性爱的启示吗？不少曾经下过乡的知识青年，回城之后遇到过这么一个课题：他在乡间有过一个倾心相恋的女友，但是命运发生变化，他进城后娶了另一个姑娘为妻，而生活又不时地要开点玩笑，当年的恋人又在他的视野里出现了。这里会有故事，会有戏。但对当事人来说，遇到的又是一道难解的关于人生与伴侣的课题。谁能解答好？

　　大量的豆蔻年华的少女，在她们进入那如梦似幻、情窦初开的心灵骤变时期，谁不曾憧憬过色彩斑斓的未来？谁不曾沉浸在无穷无尽的遐思里？谁不曾向往和梦见过自己的白马王子？有文章劝导她们要学会控制自己奔放的感情，有文章告诫她们要做欲望的主宰，也有人正面引导，说恋爱要有共同的感情基础、思想基础，是不是有人对她们说，一道有关人生、有关未来、有关伴侣的课题，已经无形地置于她们面前呢？"爱情是一首美妙的歌，可这首歌却不容易谱好"，施企巴乔夫用诗句告诫她们，未来的生活中什么都有，"有泥泞也有风雪"，却没有坦率地告诉她们，爱情生活还得让她们考虑油盐酱醋，幸福美满的小家庭离不了叠被子、洗衣裳、培养孩子、照顾病人、关心老人。恋爱婚姻、家庭伦理，在什么社会里都离不了所处时代政治、经济和风俗习惯的影响。试想一下，在十年动乱期间，我们的报刊上有可能像现在这样探讨关于第三者插足之类的话题吗？

　　是呵，伴随着改革开放大潮涌进我们这个国度的，不仅仅是那些不会说话的机器和设备，不仅仅是一些科学技术和小至饼干、尿布大至精密仪器、流水线之类，源源不断地涌来的，还有各种思潮和文化，还有形形色色的观念。岂止是市容、街道、服饰、发式在变化，人们的各种观念诸如消费观、道德观、恋爱婚姻观、家庭伦理观都在变化。聪明的读者一定已经看出来了，我以上所写到的那些婚恋形态，其实就是我在《家教》中写到的倪家四对子女的婚恋形态。我得承认，我的视野是有限的，和80年代所表现出来的婚恋形态相比，这四种形态太微不足道了。但是，长篇小说分两次在《十月》杂志刊出以来，二十集广播剧在中央人民广播电台数次播出以来，特别是九集连续剧在中央电视台播出以后，我不时地遇到一些人，收到一些读者来信，热烈地和我讨论作品中描绘的婚恋现象。有人说大女儿梦颖和金源华是中国凑合型婚姻的缩影；有人说像二女儿梦湖遇到的离婚风波，在今天的生活中太普遍了；有人讲儿子梦岩脚踏两只船道德败坏，可也有人不同意，说他值得同情，还有人表示作品好就好在把梦岩感情不能自控的复杂性给写出来了。不少人不解小女儿梦琳好不容易争得了自己幸福的婚姻，作者为什么还要表现她又回归到灶台边，和油盐酱醋打交道，步她母亲的后尘。更有同志郑重其事地表示老两口的婚姻及家教即使在今天仍有其存在的理由及道德意义。好多来信迫不及待地询问：故事没完，这些人后来怎么样了？他们后来怎么样了……作为作者，我只能坦率相告，我也不知这些人物后来怎么样了。生活还在前进，事态还在发展。就让正在经历着这一切的当代中国人，来把这个故事往下续吧。但是有一点我仍然要强调，那就是面对恋爱婚姻家庭这样一个题目，面对人生与伴侣这样一道课题，无论什么时代的男女，都须慎重严肃地去解答。轻率不得，随意不得，不要在抗压抑、求解脱、活得自由自在等等旗帜下面去追求放纵的生活。行文至此，手头正有一本美国名作家约翰·厄普代克的长篇小说《夫妇们》。这是本表现当代美国人视婚恋家庭为儿戏的书。在放纵自由等性观念的支配下，作品中写到的几对夫妇不由得卷入了一场道德大崩溃的旋涡：换妻取乐、肉体报复、放荡同居。但是，这些人究竟生活得怎么样呢？作家的笔触告诉我们，他们整日里醉生梦死，在日渐沮丧的生活中，活得烦恼而又疲倦，最后只好纷纷到精神分析医生那里寻求解脱。

　　小说恰好从另一方面告诉我们，轻率随意不得，人生与伴侣——是一道庄重的课题。

保护乎？ 开发乎？

　　这是我一生游览中两次最难忘的经历。

　　一次是在世人皆知的广西桂林，蒙蒙烟雨中，游船穿过波平似镜的漓江，奇峰秀岭，林碧山青，缓缓而行的游船恰似在驶入如诗如画的仙境，把人带进如梦如幻的绝妙境界。

　　另一次则是世人较少得知的黔东南苗乡之行了。我是坐车穿越了崇山峻岭，傍着河流湍急的清水江进入林区的。是坐车久了，还是旅途的疲乏，车子在盘山公路上颠摇得我昏昏欲睡，随着车子一声喇叭，我陡地睁开眼来，只见四周全是绿波绿浪，车子犹如在碧波翠涛中摇晃。透过车窗定睛望去，哦，山腰岭巅上一片葱绿，一片碧浪，一片浓翠，一片蓊郁，层次分明色彩悦目地顺着山势的起伏绵延伸展而去。而在山乡公路的两侧，那摇曳得哗哗有声的碧波绿浪，仿佛点头哈腰地一阵一阵地向着车子扑来。再加上沿途那饶有风情奇趣的苗族寨子,那带着古朴原始意味的水碾磨坊,那风去雨来雾纱缭绕的一幅幅大自然的景观,直让我这个自谓对山乡十分熟悉的人惊叹。

下得车来,进入一个又一个保存得十分完整的寨子,谈起这一方水土,这一路风景,不管是土生土长的当地人,还是初来乍到的外方来客,都由衷地感叹,一路之上如此赏心悦目、神清气爽,令人恍恍然如踏入仙境,其根本原因是山乡覆盖着茂密的森林。

对此,谁都不曾有过任何疑义。

只是,随着对这一块土地更深的了解,随着参观采访的深入,我反而困惑不解起来。

原来,山寨实行脱贫致富的政策以来,发财的愿望刺激着人们的勃勃雄心,鼓励开发得利的政策,也引出了一些短期行为。一些据说是行之有效的措施和办法,诸如"要致富,快砍树""农业要翻番,两眼盯着山"之类的顺口溜,更使得一些人贪婪的欲望膨胀了。外方来客觊觎着这满山满坡的片片林木,当地急功近利的人们急于当"万元户"。于是乎,森林资源就以每年令人愕然的速度在递减。

黔东南苗族侗族自治州的森林覆盖率为27.7%。这个数字是贵州全省森林覆盖率的一倍还多,似乎尚可聊以自慰。但是只要纵向比一比,就不能不引起人们的沉思。二三十年前,黔东南的森林覆盖率曾经是40%以上。四十多年前,它的森林覆盖率甚至在60%以上。我稍一联想,不禁骇然,如若始终以这样的速度递减,我们的下一代还有幸进入这恍如仙境的地方吗?

于是这一困惑和疑问便成了我不大不小的心病。我热心地向今天有关部门了解并询问,得到的答复是全面的、客观的,好像也是公正的,但我觉得是模棱两可的,原因便是我听了之后仍然是困惑的。

回答说黔东南的未来发展引起各级领导、各界人士的关注,人们纷纷献计献策,但归结一下,却有两种不同的观点和见解。

其一种意见是认为这一片几近沉睡的土地应该尽快地开放开发,充分地利用它那得天独厚的资源。大自然慷慨地赐予我们的资源不加以利用,任其自生自灭,那就会像已经过去的世世代代一样闭塞,一样落后,多少年之后仍需扶贫,道理是很明白的,不能变成社会财富的自然资源,保护得再好,又有何用?原始社会时期,自然生态环境很好,人类社会却非常贫困。随着人类社会的进步,生产力迅速地发展,本身就意味着对旧生态意识的否定嘛!新的带有人工色彩的生态系统的建立,是必然要破坏旧的生态系统的。

另一种意见几乎和它针锋相对，那就是在森林资源迅速递减，有的地方甚至是遭到毁灭性破坏的今天，必须对林区确立以保护为主的方针。看看吧，如此引人入胜的大森林是自然界最雄伟的塑造品，是我们的家乡美丽富饶的精华所在，它既是植物资源的宝库，又是千金难换的"野生珍稀动物养殖场"，具有极大的经济价值和科学研究价值。如果不妥善保护，我们将愧对子孙后代，那些珍贵稀有的野生动植物资源还有灭绝的危险。这绝不是危言耸听。

我不是这一领域的专家，我只是一个门外汉。面对雄辩的双方，我只有瞠目结舌，无可奈何地留待学者们去进一步地争论。

可是命运仿佛偏要让我关心这一问题。几年以后，我来到了被称为"绿色宝库"的西双版纳。哦，江河长流、果结终年的版纳，这一中外驰名的风景旅游胜地，每一片森林、每一个傣寨都深深地吸引着我流连忘返。谁知稍住得久些，先是听到尖锐的诘问："孔雀之乡为何不见孔雀？"遂而往深处探问，却原来在这里同样发生过和黔东南自治州林区一样的争论：是保护还是开发？

我是客人，当然没有发言权，当然只能装作耐心地听取关于两种针锋相对的意见的介绍，勉强保持着一个作家的修养。

但是80年代的后期,当贵州高原南部斜坡地带的茂兰喀斯特森林刚被发现,黔南州委书记在陪同我前往时一次又一次兴致勃勃地给我介绍说,这是我国乃至世界上罕见的亚热带喀斯特原生森林残存区,是迄今为止广大旅游者尚未涉足的十分珍贵的风景资源时,可能面对的是熟人,更可能是我早已忍耐不住了,我直率地对他说:

"再不要盲目地开发了,还是好好地保护它吧!真到财力、物力都允许我们开发它时,至少该做到合理开发,至少要好好地规划。"我感觉到自己的话似乎给谈锋甚健的州委书记泼了一瓢冷水,他愣怔一下,继而又笑了:"对,对!我们不会做憨事。"我不知自己一个门外汉的意见是对还是不对,把它写给《绿叶》杂志,以求教于这方面的专家学者们。

鬼 剑 舞

北上川。

日本东北一个不足十万人口的小城市，秀丽而又静谧。即使在《日本知识辞典》里，也找不着关于这个城市的词条。

但她确是个颇有特色的城市。且不说她的工业基础如何发达，且不说她的夏油温泉、水神温泉、濑美温泉如何驰名，且不说由已故当代作家井上靖先生提议的日本现代诗歌文学馆就建在这里，且不说那一首《北上夜曲》传遍了全日本，年年都要在日本的电视上举行演唱比赛，赛出名次，授予大奖。光是流连于北上川的湖光山色，听听当地的日本友人介绍这条秀美的河流曾孕育了多少文人雅士和传诵千古的诗词俳句，也是一件快事。但是在这里，最最吸引我的，还是北上川的民间艺术鬼剑舞。

初到日本的那天晚上，日本的西洋画派美术家利根山光人先生就给我介绍，在我们即将去的北上川，我们能见到饶有情趣的鬼剑舞表演。

到达北上川那天，刚步下新干线子弹头形的高速列车，就见车站月台上放着几个鬼剑武士的模型，形象逼真、神态生动。后来我发现，鬼剑舞这一富有特色的民间艺术，几乎成了北上川的象征。不论是彩色导游画片上，还是在一些商店、商场的陈列橱窗里，抑或是在博物馆、宾馆的厅堂里，甚而至于所有的封套上，都有鬼剑舞武士的造型和模特。当夜，在北上川市政府欢迎我们的宴会上，我们终于看到了鬼剑舞表演。只见一个个英武汉子，戴着鬼面，挥舞雪亮的腰刀，舞出一系列令人目不暇接、眼花缭乱的动作，表现了舞蹈的豪壮潇洒、锐势逼人，显示出一幅又一幅跃动、勇壮、华丽的画面造型。

北上川市市长高桥盛吉给我介绍说，鬼剑舞中的鬼，和中国聊斋故事里的很多鬼一样，都是驱邪避灾的好鬼。在鬼剑舞中表现的一个永恒的主题，往往是作为鬼的主人公，扮演一个惩恶扬善的角色，直至把危害民众百姓的恶魔消灭为止。所以，舞蹈中总有不少厮杀拼斗的场面。

当他们表演完毕时，我们一行数人，一面上台去向演员们表示祝贺，一面和他们侃侃而谈，并好奇而细心地观察演员们的穿戴。正是盛夏酷暑季节，北上川的炎热比不上东京，可每位演员全身上下厚实的披挂，仍是相当重的负荷。他们头上戴着红色的毛巾，脸上戴着鬼面，胸膛穿着胸挡，手臂上套着网眼状的锁锥子，腰间挎着大刀。腰眼里扎的白布，还拖下几节飘飘悠悠的彩色脱垂。腕处戴的是手甲，一手持把小扇，一手拿两根竹片般的金刚杆，身后披着盾牌般的大口。足蹬草鞋，脚背上拴着足袋，小腿上穿着脚绊。一身的披挂刚健奇特、色彩浓烈。由于表演刚结束，尽管室内冷气很足，每位演员不论老少都是大汗淋漓，说话时气喘吁吁的。合影之后，他们才稍稍缓过气来。

　　瞅着他们，我不由得想起了贵州安顺的地戏。那是我插队的地区近年来十分活跃的一项民间艺术，被世人称为戏剧活化石，在国际上也引起轰动。我曾在《上海戏剧》杂志上发表过一篇我看傩戏的感想。单从表演形式看，傩戏舞和鬼剑舞有异曲同工之妙。但仔细地观察，我又发现日本的鬼面有一个突出特点，那就是他们所戴的面具，小巧而又紧仄，有种绷在脸上的感觉，比演员的脸庞还要小一些。我询问这是何故。答曰：日本古时演出时，大都是给贵族看的，场地不大，面具做得小，观众照样看得清晰。

原来，鬼剑舞是日本假面艺术之一种。假面具是在唐代随着伎乐、散乐、舞乐一齐由中国传入日本的。

假面并非中国固有，它是由古希腊和罗马传入中国的。古希腊、罗马的假面剧往往在露天大剧场演出，观众成千上万，离得又远，面具就必须做得硕大、夸张、线条粗犷。

假面艺术传入日本之后，日本演员一改古时面部化装"以赭涂掌涂面"的办法，而积极地有创造性地使用假面，此一艺术也就迅疾兴盛起来，替代了面部化装。日本假面艺术在自己的发展中，除了面具小之外，另一特点就是种类繁多、各富特色，并形成系列。诸如雅乐假面、伎乐假面、舞乐假面、歌舞伎假面、能乐假面。鬼剑舞是能乐假面的一种，按其角色分，有喜、怒、哀、乐以及善恶与正反人物之别。不论何种鬼面的表情，都刻画得细腻而逼真。北上川人自豪地对我道：这是世界上使用假面的任何一个国家都无法相比的。我联想到插队山乡的傩戏面具那丰富多彩、色彩绚丽、广受欢迎的情形，心里颇不以为然。但入神细观，我仍得承认，日本的鬼面制作得十分精巧，每一件都称得上是艺术品。听说他们的假面有用木头做的，也有用纸浆做的、用泥做的（这几种方法中国均有）。据言日本假面艺术的极盛期是在14、15世纪。从那以后，逐渐有了固定的形式，并保存了下来。

最为令我感兴趣的，不是假面艺术的风采，而是北上川鬼剑舞剧社的管理形式。他们统称鬼剑舞保存团体，在北上川和市郊附近一带，包括我们曾去游览的和贺町、江钓子村、汤田町，共有12个团体。但这些团体均实行松散管理，平时各自就业，干自己的本行（大多数是农民；这一点也和安顺的戏班子成员相似），到了每年的8月7、8、9三日，一年一度的祭祀活动前，集中起来训练，遂而与万民同乐。最大的鬼剑舞全踊组，达一百六十人之多，那必须到广场上才能演。而在平时，鬼剑舞团体只在有庆祝活动时，才由观光协会或政府部门召集起来表演，并付酬劳（就如同他们给我们这些客人表演）。这点是颇令人深思的。我们的剧团改革喊了多年，却常常是要看戏的时候，没人在演；大张旗鼓地推出新戏时，真正去掏钱买票看的人又很少。尤其是内地省城的很多地方戏，一年到头也演不了几场，国家却要把一整个团包下来，而外来的旅游者中，往往不乏想一睹反映当地风土人情的地方戏、传统戏者，即使花大钱也看不到。近年来发达兴旺的旅游业，能否与有关的剧团挂挂钩，从保存民族文化的角度，专门开发观光旅游的演出，让有志于艺术的尖子人才有用武之地，而让大量领了工资嫌工资低却又没事干的人，尽可去发挥他们另外的才干。

　　这是我观鬼剑舞后一点画蛇添足的题外话了。

曼谷王宫一瞥

位于湄南河下游的泰国首都曼谷，真像她的名字提示的一样，是一座"天使之城"，一座景色秀丽的城市。

中国青年文艺代表团的全体同志听说在访斯途中将路经有"东方威尼斯"之称的曼谷，并可做短暂的逗留和游览时，都兴奋极了。代表团还没出发，同志们就议定了，一定要在追寻"东方威尼斯"的水上美景时，去王宫看看。

3月23日早晨，抵达曼谷的第二天，我们就驱车朝王宫驶去。

虽是早春季节，但在曼谷，已是三十四摄氏度的高温天气。一路上，在灼热阳光的照耀下，只见到处都是常年苍翠的热带树木，各种花卉争相吐艳，雄伟高耸的大楼和颇有特色的高脚屋交错排列着，金光闪闪的佛寺点缀其间，闪烁着华美的色彩，真令人感到美不胜收，目不暇接。

听人介绍说，已有两个世纪历史的曼谷，有许许多多的名胜古迹。其中出名的就有金佛寺、卧佛寺、郑王庙。金佛寺内藏有13世纪所造的重达五吨之多的纯金坐佛。卧佛寺铁铸文金、镂镶宝石的巨大卧佛高十七米，长达一百四十五米。而具有中国庙宇风格的郑王庙位于湄南河畔，水光塔影，令人流连忘返。但是最为著名的名胜古迹，还得数大王宫。它建于曼谷王朝初期，距今已有二百多年历史了。

说话间，车窗外的景致已深深吸引了我们。只见洁净的人行道后面是大片绿茵茵的草坪。草坪上，鲜花盛开，稀疏的几株古树树影婆娑，树枝和草坪周围，悬挂着一面面彩旗和一根根彩条。很多泰国儿童和男女青年在嬉戏玩耍，不少年轻夫妇推着一辆辆童车，在草坪上休憩、散步。大草坪后面，极有特色的座座宏伟壮观的宫殿尖顶直插云霄，在耀眼的阳光下，流光溢彩，五光十色。

大王宫到了。她的总面积有二十一万多平方米，四周筑有高达五米的红色城墙，足有一千九百米长。

我们下车以后伫立远眺，只见整个大王宫建筑群不但宏大高耸，而且精致美观，充分体现出浓厚的东方色彩。王宫的屋顶多为重檐式，乍然望去，仿佛有好几层屋顶的感觉。一片片黄色琉璃瓦，更是金光灿烂，耀眼夺目。

我们信步朝大王宫走去。宫门前石雕的文武百官肃立两旁，那神姿面貌、装饰和摆放位置同中国多处宫殿和北京十三陵的石像极为相似。不同的是，此一世界驰名的游览胜地，不用买票便可进入参观。

不过，供人游览的仅是大王宫的一部分。最主要的阿玛林宫殿，现在仍是国王举行庆典和各种仪式的地方。国王接受外国使节递交国书则在节基宫。宝隆皮曼宫和我们的钓鱼台相似，是接待外国元首的国宾馆。每逢国王、王后的诞辰，来自各国的外交使节和各界人士都到大王宫的接待厅去签名祝贺。泰国国家的宫务处、财政部、枢密院也都设在大王宫范围之内。这些地方都是不向游人开放的，门口有卫兵站岗。

留神观赏时，我注意到大王宫宏伟富丽的建筑群中，有一座宫殿的建筑风格和其他宫殿截然不同。不论是门饰、阳台、楼廊、窗户、宫殿的主体建筑都是维多利亚式的，凝固庄重；而屋顶呢，却又是别致的泰国重檐式的，不失其民族风格。听说，这座宫殿最初是由一个英国建筑师设计的，建成后，国王感到虽然漂亮坚固，颇有特点，但没有泰国的民族特色，于是又请来泰国的建筑师重新设计了屋顶部分。我们好几个人在这座宫殿前摄影留念。

沿着向游人开放的路径走去，我们首先看到的是两个相对而站、金盔银甲、手持粗棒的獠牙武士，足有四五个人那么高。武士的铠甲均由金银镶嵌而成，不但显得富贵豪华，而且让人觉得威风凛凛。

一路往里走，只见座座殿堂的柱子、墙壁都是铁铸文金、镂镶宝石、光彩夺目，好些屋檐下都悬吊着一只只小金铃，那直插云空的翘檐，银剑般的尖顶，显得气势豪华，无论站在哪个角度放眼望去，都有一种金碧辉煌的壮美感。

记得在国内游览桂林、阳朔风光时，沿着碧波荡漾的漓江顺水而下，看着两岸如诗如画的奇美风景，我曾有恍若踏进仙境之感。此时此刻，置身在大王宫绚丽多彩的建筑艺术面前，我也几乎忘记了身外的一切。有趣的是，在大王宫殿的陈设品中，可以看到好些我国的精美艺术品。二百多年前，从中国运去的大彩瓷花瓶和一些景泰蓝花瓶，绘着色彩鲜艳、栩栩如生的人物、山水和花草图案。在几块大瓷的屏风上，竟然还能老友重逢般地辨认出《三国演义》里的著名人物和家喻户晓的故事情节，如诸葛亮坐在城楼观山景、饮酒抚琴巧施空城计，刘备招亲，等等。

位于大王宫东北角的玉佛寺，约占整个大王宫面积的四分之一，寺内包括佛殿、佛骨塔、先王殿、藏经阁和金塔等等建筑。这些殿、塔、楼都坐落在白色大理石砌成的基台上，墙壁饰有美妙精致的花纹，镶着五彩缤纷的贝壳和金饰片的大角柱一根根高大挺拔，上面雕刻着形象生动逼真的禽兽。佛殿外的长廊壁上绘着巨幅的彩色连环画，听说画的是泰国文学巨著中的故事情节。

佛寺的大殿神龛里供奉着一尊披着金缕衣的翠玉佛像。我们随着拥挤的游人脱鞋踏上光滑如玉的大理石台阶，走进大殿。只见大殿里坐满了参拜玉佛的善男信女和各种肤色的外国游客。我们好不容易候着空当坐了下去，马上便有穿着军装维持秩序的警卫前来干涉，原来有几个同志没照规矩盘腿坐下，而是把脚伸向前面，这被认为是对玉佛和长老的不恭。据传，1346年，在泰国北部清达府发现了一尊裂开的石膏大佛像，这尊翠玉小佛像就是在大佛像里面找到的。玉佛被取出后，被视为泰国的镇国之宝，曾送到全国各地供人们膜拜、供奉。曼谷王朝的拉玛一世王登基以后，就把它一直供奉在玉佛寺至今。玉佛身上的金缕衣，随着泰国气候的变化，热季、凉季、雨季各有一套。季节变化须更衣时，必须由国王亲自动手。

知道了这一番来历，我们才恍然大悟，怪不得泰国人这么尊崇翠玉佛像呢。

半天时间几乎是一眨眼就过去了。我们在大王宫里，不但开了眼界，还得到了很大的艺术享受。难怪它一年四季，都吸引着世界上很多国家的旅游者前来观赏瞻仰哩。

由科伦坡市感想到的

素有"印度洋的珍珠"之称的科伦坡,是美丽岛国斯里兰卡的首都。它最早叫"卡兰巴"(在僧伽罗语里,亦即港口的意思),位于全国人口稠密的西南部海岸,在凯尼拉河口以南,面积二百六十多平方公里,人口六十多万,是斯里兰卡政治、经济、交通和文化的中心,也是世界上极大的人工海港之一。

虽然斯里兰卡靠近赤道,但科伦坡濒临海岸,所以这里气候宜人,高温而无酷暑,也无明显的四季之分,常年平均气温是二十七摄氏度,雨水充沛。

中国青年文艺代表团在科伦坡前后逗留的一个多星期的日子里,我们通过参加各项活动,游览市容,闲暇散步,逐渐对这个城市有了个印象。

科伦坡市区树木葱郁,苍翠欲滴。只要走上马路,一个最突出的感觉,就是满街满巷都是五彩缤纷的花朵和浓绿的树木，酷似一座风景绚丽的天然大花园，其中最多的一种花是阿拉丽雅（翻译过来的意思叫庙花）。阿拉丽雅有各种各样的色彩，五片花瓣，没有花蕊，样子既像是一个个小风车，又像是一只只展翅欲飞的小鸟。

科伦坡的马路并不宽敞，但它的街面很洁净宜人，几乎不见尘土。港区的东南是科伦坡名叫"帕塔"的旧城区，也是集市区。这里狭窄的街道和二层楼的铺面小屋，很像是贵阳都市路等小马路，房屋密集，人流熙攘，店铺一家挨着一家，一家家小铺面都布置得色彩鲜明醒目，很能招徕顾客。来自各国的旅游观光者，都喜欢到这儿来选择有斯里兰卡特色的小纪念品。我特别注意到，在这个城市里，占人口大多数的中产阶级所住的每一幢小楼和每一座庭园，几乎都各具特色，在挨得很近的楼群和房屋中间，很少能见到两幢相同的房子。

就是这样一座世界著名的港口旅游城市，斯里兰卡政府和人民还想把它美化和建设得更具规模和特色。1977年，斯里兰卡政府做出决定，把科伦坡开辟为自由贸易区，在离科伦坡东面十公里的斯里贾亚瓦德纳普拉建立新都。1982年4月，斯里兰卡已在新都隆重举行了新议会大厦的落成仪式，并在那里举行了第一次议会会议。无疑，迁都的决定将为科伦坡的发展带来巨大变化。有些街区的房屋建筑将要有计划地拆除，地皮出租给外国厂商，据说租期长达九十九年。在这些地方，还将成批地建起几十层高的旅馆、饭店、银行、公寓、游乐场所和超级市场，还将开辟新的工业区，改变棚户区的居住和卫生条件。同时，仍坚持保护一些有纪念意义的古老建筑。这些关于未来市容的介绍，使人们明显感到，斯里兰卡人民对美化和建设新家园有着周密的计划并充满了信心。

不知为什么，游览科伦坡市容的时候，我总是不由自主地会想起已居住了三年之久的省城贵阳市来，并常在有意无意之间，将它们作一对比联想。

随着"四化"建设的进展和贵州旅游业的迅速发展，贵阳市也必将成为一个世人瞩目的内地山城，对比前些年，贵阳市容确实有了较大的改观和进步。到了80年代的今天，我们是不是可以在现有条件下，对贵阳的市容提出些更高的要求呢？比如说，在市区的主要街道和环城路上，进一步搞好绿化，除了种树，还要种花；加强路面的清扫和卫生管理；在设计建造新的房屋楼群时，既要因地制宜、注意实用，又要注意总体规划和外观设计、美化市容，不要登高一望，四面八方都是眼睛似的楼房窗户向你张望……

总而言之，为建设和美化我们的家园，也要有一个宏观规划，逐渐地把山城贵阳建设成为名副其实的第二春城。对此，我想我们也是该充满了信心的。

追寻 "东方威尼斯"

早就听说泰国的首都曼谷有"东方威尼斯"之称。通过中央电视台的介绍，也曾从屏幕上领略过曼谷的旖旎风光。所以，当知道中国青年文艺代表团将在曼谷逗留的消息时，全团十位同志都兴致勃勃地说，这回可以目睹"东方威尼斯"的风采了。

到达曼谷的当天晚上，我们就不顾旅途的疲倦和满身的汗水，去寻找东方威尼斯的绝妙夜景。可是，不论在我们所住大楼的屋顶阳台上鸟瞰，还是随着满街汽车的洪流在人行道上散步，抑或是穿行于灯光通明的狭窄的商业小巷，我们眼里看到的都是满街的铺面、商店，繁华的马路两侧，一幢幢高楼鳞次栉比，拔地而起。自小在上海长大的我，反倒觉得这纯粹是大城市的格局和景致，哪里还有啥"东方威尼斯"的风光啊？

我们只好询问陪同者,何处可寻"东方威尼斯"的佳景。

听了陪同人员的介绍,我们才恍然大悟。

原来,在17世纪,曼谷只是一个默默无闻的小小渔村。1782年,曼谷王朝拉玛一世将首都由吞武里迁到这里,并取了个全世界首都中最长的名字,翻译成中文得有四十一个字。泰国人取前头三个字简称其为"共台甫",也即"曼谷",原意是"天使之城"。

迁都于曼谷初期,这里地势低洼,河网纵横交错,被称为"泥海"。为了防御外敌侵略,也为了更好地利用这些河流、疏通河道,曼谷人民挖掘了好多条运河和环城河。到了19世纪,曼谷成了一座河渠密布、错落有致、流光溢彩的水上城市,可与威尼斯媲美。在明丽阳光的照耀之下,条条河水闪起粼粼波光,两岸悬空的高脚屋和树林的倒影随着水波晃荡漂动,如诗如画。碧波荡漾的河流,不仅使曼谷的景色愈加秀美,也成了全城重要的水上交通。每条河上舟楫如梭,一只只小船上过客满座,货物满舱。水上还是曼谷重要的贸易场所,来自泰国各地的卖主,摇着小舟在船上向河岸两旁的人展示各种商品,推销叫卖,招徕顾客。买主中也有不少人喜欢划着小船前往选购所需的商品。于是,这里呈现出一派热闹喧嚣,人声、桨声鼎沸的水上集市景象。

"东方威尼斯"之称，即由此而来。

但是，从1960年起，随着现代工业、商业的急速发展，曼谷的河道大多数已被填平，变成了宽阔的马路和路旁耸入云天的高楼。马路上疾驰的各种各样的汽车，代替了从前那些饶有风味的河中小舟。

不过，在离开曼谷之前，我们还是发现了这个城市多水的特点。

湄南河将偌大的曼谷平分为东、西两部，东部是曼谷，西部是吞武里。东西之间，仍有十几条河流蜿蜒其间，河流上还可见到热闹的水上集市。一条条两头尖尖的小艇上，堆满了香蕉、菠萝、杧果、小葡萄、椰子等等水果和其他物品，小艇上的人往往把东西卖给沿河两岸形形色色的小排贩。河两岸的小摊上，撑一把遮阳伞，摆几张桌子，设几个简陋的座位，再把从小艇上买来的东西，卖给过往行人和食客。

我们一行数人在小河边徘徊了好久，聊以自慰地说，在这里，总算还可追寻一点"东方威尼斯"的面目。

只是，此景此情，只能算"东方威尼斯"一个小小的缩影罢了。

由一首绝句想到的

正是春天,为写作大型艺术纪录片《多彩的贵州》的脚本,我们一行数人,驱车下乡。去春意盎然的黔南,去渐为世人所知的贵州西线风景区,去林木葱绿、碧水映出幢幢木楼的黔东南苗寨侗村,又去了"人人都说花溪好,湄潭处处是花溪"的湄江两岸。一路之上,可说是饱览了秀丽壮美的山川景色。既观赏了大山的粗犷雄浑,又重温了"一场骤雨下,春水满田坝"的山野景物,更处处见到了春燕入帘、花落庭院的村寨小景。

无论是站在山巅眺望炊烟袅袅飘散的乡村,还是憩息在山岭腰间看着山脚下绿树掩映下的寨子,抑或是拿起照相机对准雾涌峰浮的天际隐约可辨的幢幢农舍,我的脑子里总会自然而然浮起一首自小熟读的古诗:

杏花一孤村，
流水数间屋。
夕阳不见人，
牯牛麦中宿。

哦，这是一幅多么恬静的乡村风俗画啊！

记得十八年前，我对贵州的农村还一无所知的时候，初来到乡间，伴着夕阳回归寨子，或是在雨后的林子边散步，嘴里便会情不自禁地吟咏起这四句绝句。甚至在给上海的亲友写信时，我也会信笔把这首诗写在上面，省却我对村野景物的好些啰唆描绘。只是后来在乡间住得久了，日复一日，年复一年，对村寨上的一切逐渐熟悉并有所了解，开始震惊地看到了农村的贫穷和极左路线重创之下的种种怪现象，我才不再想到这首古诗，不再把农村仅仅看作是一幅恬静淡雅的风俗画，而是把一个村寨、一个大队、一个公社，当成农村社会悉心地加以研究，并身体力行地以一个小小知青的身份在那里体验和感受。是有了这一认识，我才慢慢地写出了后来发表和出版的一些小说作品。如若当初也像今天一样，坐一辆面包车，跑马观花地下乡逛一逛，感受恐怕最多也就是"杏花一孤村……"

罢了。

　　回想起来，自从1982年早春由偏远的山乡搬进省城，晃眼之间，竟然已有五年。五年中虽说年年仍往乡下跑，自己插队的山寨也去了两次，但是那毕竟是蜻蜓点水，同当时住在乡下相比，感受和滋味是不一样的。这一次，跑得面广，每到一处，听到点人和事，总还感到十分新鲜有趣。即便如此，站在乡间的山丘和田埂上，凝目眺望坐落在山野里的村寨，仍有隔岸观景的心理，这大约便是脑子里又会浮现清人绝句的原因吧。

　　回到家来，整理素材，草书脚本之余，静心细想，这次跑的地方真不少，每人的素材都记了一满本。但是真正要像解剖麻雀一样，熟悉某个村寨，像熟悉我插队落户的山寨那样，讲得头头是道，却是一个也难找。发现了几个人物和一些素材，同行者中有想写报道的，有想写报告文学的，但都说真要写还得再来一回，至少住上几天。可见，这样的方式，对写作纪录片脚本可行，而要真正搞创作，写一点东西，恐怕仍得用一句老话："滚在生活里。"

　　由此，我不由得感慨，一个作家，要使自己的笔下永葆青春，还得时时记着贴近生活，让丰富多彩的生活滋补我们的文思。

独特的傣味

在西南乡村生活的时候,食过苗族的菜肴,尝过侗家味,也曾在秀丽的布依寨和豪爽的汉子们喝过酒,唯独没有品尝过饶有情趣的傣味。去过春城多次,友人介绍说,近年来在昆明的金孔雀饭店有傣家菜。在一个细雨霏霏的傍晚,乘兴去尝了一回,同往的朋友事先申明,那不是正宗的傣菜。食过之后感到,特点还是有的,只不过显然已属于"豪华型",失却了山乡里的野趣。

这次到西双版纳,收获之一便是品尝了一回道道地地的傣族菜肴。

去之前,风情园的傣族姑娘依文就告诉我,那里是黎明之城景洪城的傣味街。在这座城市的东南郊,周总理60年代参加泼水节的那个寨子,叫曼景兰,你晓得啵?随着旅游事业的发展,街子两边的餐厅都在扩建装修，路很不好走的。

　　我无所畏惧，谢绝了云南电视台陪同的小雷要租车前往的盛情，在望江楼旅社借了辆自行车，跟随骑车来的几位同志，沿着挨近澜沧江边的嘎兰路，直驱曼景兰。

　　嚆，正在翻修的路面虽然坑坑洼洼，高低不平，但似乎一点儿也没有影响长长的街子两边傣味餐厅里的营业，只见在辉煌灿烂、五颜六色的灯火的映照之下，家家宽敞别致的餐厅里面，都是顾客盈门，笑声朗朗，盛况空前。

　　我们差不多找到街子的尽头，才在一家外表朴素、槟榔树和椰子树掩映的竹楼餐厅里找到座位。

　　天擦黑了，白天赶去橄榄坝又赶回来，遂而又在景洪城里满街转，我们都有些饿了。依文先给我们端来几筒香竹饭。扒开细长的竹筒，一股清郁的糯香扑鼻而来，香竹里面的竹衣紧紧裹在饭卷上，这玩意儿能吃吗？我犹豫着不敢贸然尝一口。

　　依文乐呵呵地笑道："能吃，能吃！香竹饭，就因为这竹子内壁有一层香气扑鼻的竹膜，才有'香竹'之称。在傣语里，香竹叫'埋毫拉'，意思是煮饭竹。"

　　多年前曾在德宏傣寨插队的小雷补充告诉我，煮香竹饭并不复杂，他也会。每年的11月到来年2月间，香竹成林之季，将香竹按节砍下，每一节保留一个竹节作为筒底，然后把浸泡过夜的糯米放入竹筒，用芭蕉叶塞住筒口，把竹筒放进火灰里焐，待筒口冒出蒸气十来分钟后，取出来用木棒将竹筒捶打。捶打是见功夫的，捶打得越软饭越好吃。捶软之后，把竹片扒开，就露出了粘有乳白色竹膜的香竹饭了。

"就是这样，你尝尝啊！"小雷一边说一边顺手扒开了一筒香竹饭。

哎呀！我瞪着他捧过来的香竹饭，不由得愕然地缩回双手。只见竹膜包裹着的饭是血紫色的。

依文又尖脆地笑了起来："这是紫米。你要吃白糯米的，喏，这筒就是。"

她又递给我一筒香竹饭来。

我恍然明白过来，说的紫米，不就是上海人时常谈到的血糯米吗？于是，我各折了一截香竹饭，分别送进嘴里尝起来。哦，果然名不虚传，香竹饭软而细腻，喷香扑鼻，用紫米做成的，咀嚼起来还有股浓郁的回味，令人食之难忘。

说话间，别有风味的傣菜一样一样端了上来。油炸青苔是紫褐色的，上面撒了层芝麻，食之酥脆糯熟，味道不俗。用芭蕉叶子蒸肉，既透着瘦肉的鲜味，又有一股芭蕉叶的清香。白亮亮、晶闪闪的炸牛皮，脆邦邦的，入口即碎，用它蘸番茄酱来吃，炸牛皮香脆可口，番茄酱更是酸辣、清香，吃了还想吃。我品尝以后，疑惑道：

"这不像是我们平时吃惯的番茄酱啊！"

"是啰！由傣语翻过来，只得这么讲。实际上，在傣语中，这叫'南泌麻黑松'。"依文又眉飞色舞地介绍开了她的家乡菜，"先把番茄放在火炭上烤，烤熟后撕去皮子，放在碗里，放进切好的葱、蒜、芫荽、辣椒和少许盐巴，用舂盐棒研细，拌匀了就拿炸牛皮蘸着吃。这种炸牛皮，还是我们傣家专爱下米线、米干吃的配料。"

米线、米干是我这次到云南西双版纳天天上午必食的早餐，和我多年生活在贵州时吃的米粉、卷粉有异曲同工之妙，没想到傣家人也那么爱食它们。

随后上的菜有酸辣牛筋，那是傣家下酒的名菜；酸笋鱼、香茅草烤鱼是用一种鱼煮出来的，食来却是截然不同的两种滋味。香茅草烤鱼肉质软，香味浓，入口酥脆，味道喷香；酸笋鱼几近鱼汤，那有滋有味的酸笋和鲜美的鱼肉，食之满口生津，食欲大增。

接着端上桌的是两道蔬菜，当地人称作"小菜"。一谓龙爪菜，蘸微甜的花生酱吃来，很有咀嚼的回味，原来这也是我在插队时多次食过的蕨苔。不过那时我只晓得这是从山坡上挖来的野菜，寨上的乡亲们把它腌泡在坛子里，偶尔夹出来作为解油腻的酸菜或是醒酒菜，在那山也遥远水也遥远的偏僻乡间，实在是平凡得不能再平凡的食物。没承想聪慧的傣家人也把它开发出来，起了个颇有风趣的典雅的名称，逗得八方来客都啧啧称奇道好。另一谓杂菜汤，顾名思义，也即多种蔬菜混煮一锅的汤。听其名时，我有点儿不以为然，及至搁在桌子中央，看到嫩南瓜叶、青菜叶、菠菜叶煮出的一盘翠碧的汤水，我忍不住拿起匙儿舀起喝了一口。哈呀，这汤岂止鲜美清淡，还有股诱人的香味，连喝几匙儿都不解馋。

待到香茅草烤鸡、烤肉上桌，尽管还是那么浓香扑鼻、酸辣有味，我们这一桌人差不多吃饱了。烤肉要比我们常吃的叉烧香，烤鸡要比我们常见的电烤鸡、烤鸭美，仅仅尝一片，我就能得出这一结论。

最后，我特意要着重介绍的，是那道被称为马鹿肉剁生的傣族名肴。鲜马鹿（学名又叫水鹿）肉，是纯瘦的纤维紧密的肉类，切成片后又剁成丝，拌以切细剁碎的葱、蒜、花椒、大芫荽、芫荽、辣椒面、柠檬、盐巴、生猪皮等，调和匀。该说明的是，生猪皮得刮洗干净，放在火炭上烤，烤至肉皮变成乳白色，透明度时，切成薄片放进剁肉里拌和食之。

马鹿肉剁生酸辣可口，香甜清脆，下酒喝宾茶，其味奇佳，尝不几口就会上瘾一般吃了还想吃，鲜美无比。

用剁生方法做出的菜肴，还有猪肉剁生、牛肉剁生、鱼肉剁生、黄鳝剁生、青蛙肉剁生、麂子肉剁生等等几十种，可以说凡肉类在傣族都能剁了生吃。

边吃边听依文介绍，我不由得又抬出了自己一贯认定的观点：西双版纳气候炎热、雨量充沛、湿度大，有着广袤的热带、亚热带原始森林，正是这一特有的地域环境和气候条件，才形成了这里的傣族人民爱吃剁生的习俗。

版纳电视台的小杨连声道着对头，但是依文姑娘还是不饶我，她要我讲讲，尝过这次傣味，能不能总结出傣菜的特点。

是喝了点酒的缘故吧，我带着点自得的神情，扳着指头道："所有上桌的菜，未尝时都有股香味，诱人食欲，香可算得一个特点；在大西南待过的人，都晓得这块土地上的各族人民喜食辣椒，辣也可算得一个特点；今晚上桌的十多道菜，其中一半以上带酸味，好几个菜直接以酸命名，酸能不能也算一个特点？"

"及格！"没想到我的话刚落音，依文姑娘就欢叫起来，"看来我们傣家菜的特点就是鲜明。你叶老师才吃一餐，就抓住了特色。我们傣族菜肴的特点，准确的说法应是酸、辣、香，鱼片蒸、烤；鸡肉包蒸、凉拌、碎烤；猪肉则是碎片烤、碎肉蒸、酸肉烤；牛肉呢，叫作烤干巴丝、剁肉花。莫小看哪，风味独特的傣菜已经传到新加坡、日本、加拿大以及欧美各国呢！"

借着那点酒兴，我不由得擎起了酒杯道："愿傣菜的声誉，像美丽的西双版纳一样，传遍全世界！"

山乡随笔

堰塘

山乡里的堰塘，几乎是每个村寨都有的。通常引河水来到寨子附近，便利寨邻乡亲们就近洗衣裳、漂洗猪草；或直接把光脚伸进去，洗净农作时糊上的泥巴泥痕；或牵来牛马牲畜，由它们任意喝水嬉戏。堰塘的用水，和专供食用的井水是截然分开的。

堰塘的大小视村寨大小而定，塘坎上多半栽有依依的垂柳，夏日里柳叶儿丰满了，远远望去活像几团绿色的火焰。不论塘大塘小，堰塘的水总有进口处和出口处。牲畜喝过的水、漂洗下来的污水和浮起的朽叶败屑，包括尿片上洗下的娃娃的屎迹，都随水从出口处漂去。

一夜过后，拂晓时分到堰塘边。塘水总是清悠悠的，水波儿微起涟漪，逗人生出几分遐思。

城市人现在议论应该装两种自来水管，一种专供食用，另一种则供随意使用。其实，这算不得创新，乡间百姓把井水和堰塘截然分开，方式是原始的，用意却还是科学的。

豁麻

倚墙攀缘而生的绿叶植物，乍看去极像蓖麻叶子。细瞅叶片上还有茸茸的细毛，形状是极为朴实的。可千万别轻易地去摸它、碰它，就是无意中触碰了它，无论是手还是脚，都会顿时产生一种灼痛感，初时似被火烫了一般，三四分钟后疼痛得火烤般难忍，敏感的皮肤上还会泛起一小片褐色的豆斑，直至半小时后才逐渐退息。

鉴于它的这一特性，喜好恶作剧的人常采摘它来灼痛别人，山里称之"豁人"。但往往事与愿违，稍不留神，豁到的恰恰不是别人，而是他自己。

朴实娴静的姑娘不也是同样受不得伤害吗？

赶场的姑娘

在北方叫赶集，在云南称为赶街，也有地方叫赶墟场。在贵州高原，则叫赶场。有逢五逢十赶场的，也有逢七赶场的。内地的厂矿建多了，场期往往也改在星期天。街子上热闹得像要抬起来似的，往往挤得水泄不通。

赶场是栖居在偏远蛮荒乡间的村民们和外面世界接触的最重要途径了。他们把产自山乡的土特产挑着、背着带到场街上，吆喝着招徕过往客人。和一般城市的集市差别不大。

那是1987年，我接受为拍摄《多彩的贵州》写脚本的任务，采访到黔东南苗族侗族自治州一个交通尚不发达的山乡，正逢赶场。走过一截街，只见沿街一侧排着长长的一溜箩筐、背篼、小摊，大多数摊位前不见人。陪同的当地干部指给我看，却原来离摊位十来步远的屋檐下，齐刷刷站着一排含羞带娇的姑娘，个个白皙的脸上都像飞着两朵桃花，美极了！见外乡来的男子瞅着她们，她们都羞涩地转过脸去、勾垂下脑壳，只有少数几个用眼角瞥着我们轻声细气地笑。

哦，商品经济的大潮冲击着山乡。她们终于也走到街上来了，但她们显然还不会做生意，不会与客人讨价还价。民族干部介绍说："上去买点什么吧，挑喜欢的买，便宜得很哩！你愿付多少钱，就给她们多少。她们还没学会计较。"

我愣怔着，认真考虑，这是美德呢，还是像有些人说的，是犯憨？

修文石林

提及石林，人们都会称道云南路南县的石林，可说是举世闻名。殊不知这地方俗称李子箐，名字已含了些许贵州的色彩。实际上，从昆明驱车去石林，和从贵州黔西南的首府兴义去石林，路途是差不多的。

我要写的不是名声赫赫的路南石林，而是鲜为人知的修文石林。路南石林主要游览区有一千两百多亩，而修文石林占地面积近千亩。有关方面专家考察以后，称其和路南石林有异曲同工之妙。更有喜好者，认为修文石林比路南石林胜过一筹。修文是我的第二故乡，我当然更推崇这一片石林。

修文石林分为天生桥林、剑林、迷宫林、蟒林、鲸屏林、纸洞林，共六个片区。这些石林怪石兀立，姿态万千，层出不穷。有的是一条笔直的岩柱，高有二十来米，七八层楼高，剑拔弩张一般。有的更似长矛利剑，直指苍天，高三十余米。一些地方却又凹缩进去，犹如岩洞，一旦步入，仿佛进入迷宫。至于嶙峋神奇的石峰、石棒，面貌似虎像鳄的石蛇，舒展而去的石屏，更是应有尽有。

和路南石林不同的是，修文石林附近有一石窗公园,小巧玲珑,美不胜收,占地二百亩左右。园内有坐井观天、孔雀开屏似的植被,有千钧一发的崩石廊道,还有凯旋门、六门朝天、小径现九天、海狮石、跳板石等景点,穿石而过的树藤、枭石等怪异之景,更令人驻足观赏。

曾有多次,县里、专区的同志来怂恿我,一齐为修文石林的开发利用做些宣传鼓动,我持的是不同意的观点,至于理由,留待我写完修文的佳景一并说吧。

侗乡水井

侗家的水井虽没有傣族的那么讲究、气派、富有特点,但是井水同样清凉、卫生。

不论是在寨子里还是寨子外,不论是在道路旁还是半山腰,在侗乡的水井边,都放着各式形状的竹瓢,供来往行人随意舀水喝。这些水瓢,全做得精巧细致,一只只恰像是艺术品,令人爱不释手,却谁也不会顺手牵羊。几乎每个人都晓得,那一口口晶亮晶亮的水井,活似大自然的眼睛般瞅着你呢!它是容不下污秽浊沫的呀。

在斯里兰卡的阳光下

在曼谷飞往科伦坡的皇家风兰号客机上，多喝了一杯咖啡，以致抵达斯里兰卡首都住下以后，睡不着了，直到黎明前最幽静的那一刻，才勉强入睡。醒来的时候，睁开眼，哟，房间里好亮啊！这是怎么回事？记得昨晚和马来西亚青年团体的几位客人谈过话，临睡前，我把窗帘严严实实地拉好了呀，是谁给打开了？

我把脸转向窗户那儿，怪了，窗帘还是严严实实地拉着。但是，房间里为啥这么亮呢？蓝宝石旅馆的这一排房间，是不是正向着太阳升起的东方呢？

我怀着疑惑起了床，走到窗边，利索地去拉窗帘。

陡地，一道雪亮炫目的光芒直刺我的双眸，我被刺激得赶紧合上了眼睑，足有半分钟之久，我小心翼翼地睁开眼，还是感到室外的阳光刺眼晃人。细一端详，太阳光并不是直接射向窗户的，而只是明晃晃亮堂堂地照耀在大阳台上。

盥洗时，我头一次发现自己的脸格外白皙，惊得我几乎认不出自己来。

要问我抵达斯里兰卡后的第一个强烈印象是什么，那便是斯里兰卡明媚灿烂得晃人的阳光。

在斯里兰卡的阳光下，我开始饶有兴味地观察印度洋上的这个美丽岛国。

不论是在城市，还是在乡村的公路、大道上，到处都可以见到许许多多喜鹊、乌鸦和唤不出名字的鸟类。它们随意地停落于枝头、阳台、墙根和路边草丛间，不管那里有人没人。当一只只喜鹊在专心地啄食草丛里的小虫时，总有股旁若无人、昂首自得的神态，即使我们走得离它们很近，它们也决不飞走逃遁，仿佛它们和人类之间有着某种默契和约定似的。

走进科伦坡市南端的动物园里，情况就更有趣了。那里的鹦鹉和好些鸟类都不关在笼子里，而是在园内随意地栖落于枝头、树丛和路旁，游人走来，也不回避，和来自世界各国的客人和平共处。听斯里兰卡青年服务理事会的陪同人员介绍，我们才恍然大悟，哦，原来在信奉佛教的斯里兰卡，尊崇不杀生的原则，即使鸟类或其他小动物停落于人的肩头，他们也决不会伤害它们。

在斯里兰卡的阳光下，我进一步看到了这个佛教国家一些有趣现象。在马路上，很少看到结伴而行的男女。就是在我国大中城市都司空见惯了的情侣对对携手而行的情形，也是没有的。尽管这个世界驰名的旅游国家年年都有五大洲的男男女女前来观光游览，带来各种各样开放的信息和风俗，但是看来，当地人还是比较严格虔诚地尊崇着自己的信仰。最好玩的要算我们在科伦坡卡玛乡村佛教圣地参观时遇到的情形了：团里的女高音歌唱家廖莎事前大约没听清翻译的关照叮嘱，在长老给我们介绍完情况后，主动伸出手去，向长老表示道谢。长老吃了一惊，面对穿得花枝招展的廖莎，他愣怔了一下，赶紧一个转身，匆匆地逃遁般地离去。他们的长老，是不同女性握手的。

在斯里兰卡的阳光下，我们还是看到了代表着青春和爱情的角落。

一天中午，我们顶着烈日沿海滨散步赏景，在幽静海滨的礁石和植物丛中，恋爱中的斯里兰卡青年男女，这儿两个，那里一对，相偎相依，耳鬓厮磨，接吻拥抱，像全世界所有的情侣一样沉浸在热恋的甜蜜之中。只是，当见我们走近时，他们仍会疑惧地双双分开点距离，羞怯地背转身去。斯里兰卡海族的佳景当然不是烈日灼灼下的对对情侣，而是她的海滨落日。

科伦坡高尔广场边的海滨落日，堪称世界各地海滨景观中的一大胜景。每当黄昏来临，太阳西斜，绚丽多彩的晚霞和浩瀚的印度洋保克海峡相映成趣，构成一幅十分和谐动人的景致。各国游客和科伦坡的市民趁着这良辰美景，纷纷来到这里，卖食品和小纪念品的摊贩也到这儿来兜揽生意。这时候，是高温的斯里兰卡一天中最为凉爽和舒适的时刻，带点腥味的海风一阵阵吹来，西斜的夕阳贴近波光粼粼、海浪声声的海面，随处可见的彩蝶也格外活跃，四处纷飞。儿童们在绵软的沙滩上快乐地嬉戏，穿着五彩纱丽的妇女们在悠闲地散步和逗着娃娃，青年们光着脚板在沙滩上踢足球、玩飞碟，追逐耍闹。真不愧是个妙趣横生、休憩游览的好地方。

在斯里兰卡的阳光下，仅仅几天哪，我们一行十人的脸都晒黑了。可我们还是怀着浓郁的兴趣，游览着、观光着，力争在短暂的出访期间，多多地了解这个国家，增进两国人民之间的友谊和团结。

哦，斯里兰卡的阳光，难以忘怀的明媚璀璨的阳光。

苗家、侗族的草标及布依族的招女婿

一

插队落户时,我和妹妹以及她的同学(我今天的妻子)三人,曾在几乎是纯苗族地区的黄平县太陇区参加湘黔铁路会战,虽然组织成民兵团的形式,我们同一公社的年轻小伙子和姑娘全编在一个连队,但是因为要抢修铁路,在连队工棚修建起来前,大家统统分散在山岭河谷的苗族村寨上居住。

一个星期天,我到妹妹她们女民兵居住的一个坐落在半山腰的苗家寨子去,因为去过多次,熟门熟路了,便径直穿过院坝,直接往苗家木楼的台阶上走去。

谁知我妹妹惊叫着跑出来,连连向我摆手,并以十分坚决的语气朝我嚷嚷:

"不要进去,哥哥,不要进!"

我只得停下脚步，诧异地望着她。她疾步走过来，指着台阶前竖起的几束茅草打的结说："看到这个了吧？这是示意主人家有事，陌生人不能进去。"遂而，她又放低嗓门悄悄告诉我，房东家的儿媳正在生孩子，以后的一段日子，都不要贸然进去。

这是我第一回晓得苗家有此既古老又文明的习俗。那些年里我正在学习创作，自然就对这些民间俚俗特别感兴趣。后来，在贵州待得久了，走的地方也多了，便晓得不仅黄平太陇的苗家有此风俗，且黔、桂、湘各地的侗族，同样盛行这样一种以草标示意的方式。这个草结在侗语里称"古"。放此草结叫"多古"，意为"打结""设标""做标志"，翻译成汉语通常谓"打标"。追究起来，这一方式还得追溯到原始的"刻木为信，结绳记事"时代，可以视为一种特殊的告示。

步入苗家、侗族的山乡，时常可以见到这种表示提醒、引起路人警觉的草标。有人把几棵草拔下来捆在一起，打成结，有人直接将地上的草的草尾打个结。

冬闲时，农民们上山挖煤，去青松林里烧炭，相中了煤脉，看上了某处山林，便打上一个草标，表示此地已有人看中。后来者见了，便不会去乱占乱砍。

春日里，有的秧田下了种，有的水田放了鱼苗（苗、侗、布依各族，都有在稻田里养鱼的风俗），为了防止别人无意间挖开秧田放水，或者放鸭子、鹅进去啄食鱼苗、种子，农民便特意在田边设个草标，作为提醒。

冬夏之交，时有山洪暴发，堤崩桥危，有了险情之处，也会打上草标。

秋天收获季节，田间园子里的瓜果熟了，插上草标的，就表明是来年留种的，不要随便摘来吃。

还有寨边路侧设有草标的水井，路人尽可舀水来喝，草标是示意你舀水喝时注意清洁，别把食用水搅浑弄脏了。

像我碰上的在房前屋后设标，也很普遍，那往往表示主人家正在分娩，或已喜添贵子，婆娘正坐月子，需要安静，请勿打扰。

喜庆之日，更有在寨子外的要道、路口插草标的，示意远近客人不能随意进寨，必须唱首拦路歌，吃杯进寨酒之类。

总而言之，每每看到打成各种各样的草标，无论是在山坡上下、田间土头，还是寨里寨外，都会令我想起大城市那些书写在墙上提醒人注意的字句。

从这个意义上说，打上草标，不也正是少数民族讲究文明，注重公德的良好习俗吗？

二

布依族的招女婿,亦称"入赘",是一源流千古的风俗。

应招入赘的男子,不必置备嫁妆,按照惯例,举办结婚仪式时,也就不收礼物。结婚时所需的一切花销费用和礼物,均由女家准备。男子到女方家"上门"那天,男方家里不摆筵席,也不举行婚礼。女家迎亲客只消带点肉、鸡和米酒,数量三五斤、头十斤都不嫌少,只是表示个意思,便算接亲了。男方家所有的亲属,都要作为送亲客去女方家赴宴,吃个畅快。

可以想见,女方家的婚礼必定置办得相当隆重,远亲近邻悉来恭贺,筵席往往要分好几批才能吃完。

在筵席上,女方家的长者,往往是一族一寨中最年长者,会把女方的亲戚一一介绍给新上门的女婿。同时也给上门女婿改变姓氏,让他随女方姓,且还得按照女方原本在家庭中的排行,确定女婿的排行。如果妻子在家中是老三,即使上门女婿的年龄比妻兄老二甚至老大的年龄还大,女婿的排行仍只能算家中的老三,不得逾越。女方的兄弟同时也对女婿以兄弟相称,决不称"姐夫"或"妹夫"之类,堪称平等。

婚后所生子女,一般也必须随女方姓。但如若女方家里兄弟姐妹多，且长大后成家立业纷纷分家出去单过，上门女婿提出申请，经女方家人一致同意，入赘的男子也可带着妻子儿女回自己老家居住。他们的子女也可以随父姓。

上门女婿不论在家庭里、寨子中、社会上，都受到族人同样的尊重，和女方家庭中的男子享有同等地位，婚后假如碰到妻子早逝，上门女婿同样可以享受女方家财的继承权，并可在寨上续弦。

布依族的上门女婿，往往因男女双方在赶场、对歌中结识相爱，感情深厚，互表衷肠，愿意结成夫妻，但只因女方或是独生女儿，或是家中唯一的女儿，或是弟妹尚小父母需要她帮助，才招郎入赘。也有的是寡妇带有娃崽，不愿背弃亡夫家，主动招夫上门。当然，男方自愿上门者，往往或因自家经济条件差，置办不起结婚成亲的酒席及礼品，或因本身兄弟姐妹多，离家去上门不会影响家庭，从感情出发，去当上门女婿。

布依族这种自古相传招女婿的方式，基本没有沾染汉族封建社会里的重男轻女之习，实有其令人羡慕的一面。在招女婿上门较为普遍的地区村寨上，不论生男生女，都被视为当然的传宗接代者和赡养老人者。

正因此，在一些布依族所居山寨，计划生育工作也进行得颇为顺利。

在斯里兰卡选美的日子里

今年3月,我和中国青年文艺代表团来到斯里兰卡古鲁乃戈拉省的古里亚比迪耶营地,参加他们组织的国际青年野营联欢活动,由于气候炎热,差不多所有的大型联欢,都被安排在晚上进行。而到了月底的3月29日之夜,活动可说是达到了空前的高潮。这天夜里,要在宽广空旷、四周插满各色营旗的营地大操场上,进行各国青年瞩目的选美大会。

这天晚上,夜幕刚一降临,通往营地大操场的条条大路、小道和绿茵遍地的草坪上满是青年人的身影。参加野营的一万多名斯里兰卡青年,纷纷从各自居住的帐篷里走出来,有的几十几百地集队前往大操场;有的三五成群或是一二十个聚在一块儿,胸前挂着一台录音机,放着音量很大的音乐,拍着鼓、唱着歌,热情奔放地随着音乐节奏跳着舞蹈走来;还有好些人顺着为野营特地搭起来的那条嘈杂的营业性小街,悠闲自在地走来。

在高大的主席台两侧和后面,从斯里兰卡全国各地营区产生的美男美女候选人,都早在那里静候着大会的开始了。

不论是英俊的小伙子还是袅娜多姿的姑娘,都经过了精心的打扮。小伙子一般都穿着民族式样的绸衬衣、牛仔裤,梳着油光闪亮的波浪形发式。而姑娘们身上五彩缤纷的纱丽,简直令人眼花缭乱。每位候选人黝黑的脸庞上都闪烁着兴奋喜悦,而又带几分羞怯和不安的神色,一双双睫毛长长、黑亮黑亮的眼睛里,都闪露出对胜利的憧憬。每位候选人,在这个庄重的时刻,一个个都像王子、公主般伫立着,身旁像群蝶拥花般簇拥着一群群青年男女。他们都是"王子"或是"公主"的崇拜者和亲朋好友,在他们的脸上,都分明地挂着骄傲的神情,以为由他们捧出的候选人要在晚会上夺魁。我们好奇地对候选人询问的每一句话,都是由候选人身旁的陪伴者代为回答的。被围在人堆中心的候选人,听到问话时,有的羞羞答答勉强地哼哈两声,有的含羞带娇地转过半边脸,显出一副腼腆的神态。当我们衷心地祝愿他们在晚会上取胜时,他们的眼里则露出感激和欣悦的神情。

主人来通知,晚会快开始了,我们去找自己的座位。

中国青年文艺代表团受到了厚遇。主人在主席台最前面给我们设置了一排专座,为让我们清楚地看到选美的全过程,他们是把这选美晚会作为节目来招待我们的。斯里兰卡教育、青年、就业部部长坐在我们身旁,不时地和我交谈几句。在我们的左侧,坐着评选委员们,他们多半是由数年前获得过美男美女称号的人,受青年尊敬的代表人物或是报纸、电视、电影公司派出的记者、演员担任。

选美晚会正式开始的时候,整个营地大操场沸腾起来了,歌声、音乐声、口哨声、欢呼声响成了一片,不少人就在原地顿足舞手地跳了起来。

首先是选美男子,由报幕员根据候选人名单逐个点名。

被点到的候选人上台时,他那个地区的男女青年们总会热烈欢呼、鼓掌。他呢,面向全场青年,频频地挥着手并殷勤地露出笑脸,或是鞠个躬、行个两手并掌的礼,随后就在主席台上站定。报幕员又点下一个候选人的名字。

每个候选人的身上,都别着一张写有阿拉伯字母的纸片,那是他的代号,便于观众辨认和评选委员们评选。

美男子候选人共有二十名，当这二十个人齐刷刷站成一排的时候，台上、台下所有的灯光全在这一瞬间亮了起来，电影、电视、照相机镜头对准了他们，全场再次响起雷鸣般的欢呼声、喝彩声和节奏感强烈的震耳的音乐声，这是美男子初选的第一个程序——看形象。

在这一片喧响的声浪里，报幕员又让所有候选人在台上绕圈三周。这是第二个程序，谓之看姿势。

这时候，坐在身旁的教育、青年、就业部部长转过脸来问我们哪位小伙子可以当选。我们七嘴八舌地提了起来，这个说1号希望最大，那个说7号不赖，还有的说11号也挺美……部长见我们的兴致也这么高，乐得笑了起来。

初选的第三个程序稍嫌复杂些，谓之听声音。报幕员把话筒交给候选人，由他向全场观众介绍自己的名字及来自的地区，并即兴讲上一句话。

经过初选，二十名候选人被淘汰十名。剩下的十人，进行第二轮比赛——考查智力。

报幕员拿着一张纸片，提出一个问题，请候选人回答。候选人必须及时做出答复，在这个过程中考查他的智力水平。听身旁的僧伽罗语翻译小郝告诉我，报幕员提出的问题，都属一般常识性的，上自天文地理，下至鸡毛蒜皮，并没什么特殊的意义。我理解，所谓考查智力，也就是看候选人是否有点小聪明罢了。

经过智力考查，十名候选人又被淘汰一半。由最后五人进行第三轮竞争。

第三轮竞争简单了，只是让五名候选人上台绕走一圈，然后在台中央站定。这时候，记者们蜂拥而上，闪光灯啪啪直响，电影摄像机、电视摄像机也同时开动。报幕员放开了嗓门宣布，明天全国的报纸和刊物，都将刊登五名优胜者的照片云云。

这时，评选美男子的过程告一段落，前三名的最终评选结果，要在美女评选的最后一轮同时宣布。

当二十二名美女候选人随着点名在台上站齐一排的时候，全场一万多名斯里兰卡青年的情绪热烈到了沸点，他们声嘶力竭地欢呼、鼓掌，把随身携带的录音机开到最大的音量。我转身朝后面望去，嗬，身后简直是个狂欢的海洋，青年们擎着营旗上下来回地挥动，在几百面五色的彩旗下，所有的青年男女全在那里边歌边舞，还有的小伙子干脆骑在同伴的脖子上，使劲地挥舞手中的营旗。

难怪他们狂热到如此地步，台上伫立着的美女候选人，在灿若白昼的灯光映照下，犹如百花争艳般奇彩交迸,令所有的人都目不暇接。我们在晚会前看到她们个别身上的纱丽时,已觉得艳丽华美到了极点,此刻,二十二名姑娘在一起比美,她们身上的纱丽,真是达到了色彩缤纷、光华照人的地步。我惊异地发现,这些候选姑娘此时把刚才梳得好好的头发全散开了,让它们自然地披散下来,另有一种美态。

部长又笑眯眯地转过脸来了,这回,他选中了目标,要我这个当团长的点一点,看哪位姑娘会得第一。

我说:"2号,2号行。"

他把手往台上一指:"我们看选美的结果吧。"

报幕员使尽了力气通过扩音器的帮助,压倒了全场的喧哗欢腾,高声宣布:

"美女评选现在开始……"

美女的评选和考查过程,同男子大致相同。不同的只是内容要比美男评选多出三项。

其一是看牙齿。要求每个姑娘向着全场露齿微笑片刻,既能让人进一步看到姑娘笑时的面容,更主要的目的,是要看到姑娘的牙齿是否洁白如玉、亮如洁瓷,是否排列齐整。

其二是要姑娘们在台上绕圈一周之后,背向观众而立,展示她们的秀发。哦,当她们转过身来的时候,那些乌黑的头发可真美,有的像波浪般纷披下来,有的呈瀑布状,有的似扇面形,有的泛出炫目的光泽,有的墨亮如金丝,有的短及双肩活泼大方,有的长及腰肢轻盈婀娜。唯独没有剪成齐耳短发和烫发的。想必,为了这次选美,她们都用了很长一段时间来蓄发吧。

其三是在考查智力后,还要对所有的姑娘提一个相同的问题:

"你平时喜欢什么?"

姑娘若回答喜欢唱歌,或是跳舞,或是朗诵,那就得即兴表演一个,让观众欣赏,让评委评选。有的姑娘回答说喜欢骑自行车,喜欢游泳,喜欢交朋友、看书,那就无法在台上即兴表演,但往往还有出人意料的效果,逗起满场的哄笑。

选美女淘汰的轮次,也要比选美男多一轮。由二十二名变为十二名,由十二名变为八名,再由八名变为同男子一样的五名。

评选到最终时,已过了夜半十二点,报幕员根据评委会的最后裁决,向全场公布选美的结果,美男、美女各取三名,分别列出一、二、三名的名次。宣布时,首先宣布第三名,然后是第二名,最后才宣布夺魁人选。

有趣的是,我随便点到的那个2号,果然被选为美女第一名。看来，在审美观上，我们还是有共通处的。接着，举行选美的发奖仪式。选出的美男美女先各自给对方斜系一条彩绸。随后，又由第三名美女给第三名美男发奖，第二名美女给第二名美男发奖，第一名美女给最美的男子发奖。完了再倒过来，由美男给美女发奖。

婚姻即景

景观之一

征婚启事:代号23450,女,25岁,未婚,一米六七,曾经多次在选美和青春风采及礼仪评比中获奖。气质高雅、容貌端庄、贤淑温柔,大学本科毕业。诚觅体健貌端、感情专一、事业有成、善解人意之男士,最好是商界或企业界,可作为事业上的助手,携手并进,港、澳、台人士和外籍男士为佳。有意者请……

类似的征婚启事,在多份社会、妇女、青年类报刊中读到。初读到时,不曾悟出什么味来。见得多了,便觉察到这一类漂亮姑娘的选择对象,倾向性是十分明显的,要求也提得非常具体。无非是涉外且须富有,至于其他，比如年龄什么的，都可以商量，可以不计较。我有时就要想，这样的征婚启事，会引出个什么样的故事呢？

景观之二

上海某家大饭店的宴会厅，因特殊的需要已被全部包下并布置一新。入夜华灯初上，乐队欢奏迎宾曲。灯火辉煌的宴会厅到饭店大门口，站满了穿着旗袍的礼仪小姐。高雅的古典音乐和时髦的流行歌曲轮番演奏个不停。打扮得花枝招展的妙龄姑娘们有的在自己亲人的陪伴下，有的与小姐妹三三两两相约着来到大厅。别以为她们是接到了什么邀请，不！她们到这里来，是通过了介绍人，交了费才得以入内的。

她们来干什么呢？

擦得锃亮锃亮的铜喇叭高高昂起，吹奏出震耳欲聋的乐音。随着刺耳的喇叭声，两个西装革履的日本男士出现了，我们先别以貌取人，但是年龄还是得交代一下。他们一个五十多岁，另一个更大，六十出头了。可能是宴会大厅的灯火过于明亮，令人亢奋，可能是那么多如花似玉的姑娘个个貌似天仙，两个外籍男士的眼睛瞪得溜圆溜圆。他们极力挺直了腰，沿着团团围了一大圈的姑娘们挨个儿审视般瞅过去。自始至终，外籍男士只来了两个，而姑娘们呢，除去充当陪客的之外，真正交了费有候选人资格的，就有五六十——原来她们是到这儿来争当涉外婚姻候选人的。

公开的介绍就搞得如此轰轰烈烈，据说私底下的涉外婚姻的介绍人家里，更是门庭若市。只要瞅一瞅这家庭的豪华装修和布置，以及介绍人那颐指气使的模样，就可以窥视到介绍人的巨额收入。

对于这一幕，我们免做评价。

景观之三

阿兰是个有事业心的女士，她是为求学而出国的。婚前婚后多年倾心相爱的小浦无私地支持她出国深造，她没有辜负亲友师长，她不但获得了奖学金，还获得了博士学位，她的论文也发表了，她似乎对得起在上海的家里为女儿既当爹又当妈的小浦。可是多年的分离分居使得他们相互对对方都陌生了。小浦希望她回家来好好过成千上万个人都在过着的那种相亲相爱的日子，但她为了事业一时不能回来。小浦愿意把女儿托付给老人，自己前去陪读打工，说死说活她也不同意且不讲任何理由，只断然地给小浦拍来电报：你来了，我决不见你！

小浦意识到当初一心支持她出国，是走了一步错棋。如今他已在感情上失去了她。果然，她在信上给他讲了实话：她觉得对不起他，但是她不能骗他了，她已不想回国，为了各自应该享有的幸福，最好他们能好聚好散，道一声珍重。当然，她愿意赔偿他，并在经济上负一份抚养女儿的责任。

小浦是一个富有男子气概和男士风度的丈夫。他即使不愿意，又能怎么样呢？

景观之四

留学日本的友人回上海探亲时带来几份在东京的中国留学生办的报纸。报上登的几乎全是留学生们的文章，有对初去日本留学打工者的忠告，有在东京生活所必须了解的常情，也有哪里需要打工仔的消息，以及摘录的国内报刊上的新闻。闲来细细翻阅，竟还读到这么一则故事：一位天津女子，对已有的婚姻不满意，和丈夫离了婚，步上涉外婚姻这条船。她仿佛是有福气的，找到的丈夫不是一个老头，而是一个四十多岁的未婚男子，是个相貌过得去、西装革履、挺胸削肚的壮汉。两人热热闹闹地在天津举行了婚礼，并且在蜜月旅行中游览了大半个中国，然后她就随丈夫去了日本。到了东京，也到了大阪，丈夫就是不带她回家。等到了丈夫的家，她总算明白了，原来丈夫是一个农民，居住在偏僻的乡间。她感觉到自己是受了骗，受了很大的骗。她想闹，想控诉，可她找谁去说呢？周围远近都没几户人家，那些逐渐看熟了的脸，她即使能对他们讲话，他们也听不懂她那一口生脆的天津话呀！想来想去，她想出了一个结果，那就是只有忍耐，因为这一切全是她自找的。

景观之五

表兄是1986年去美国的，他是去做学问的，去得比较顺当。妻子和女儿也和他一起去了。表嫂在上海本来就教英文，英语的基础是很不差的，故而寻找工作还算顺利。今年夏天，他们一家子决定回上海来探亲，事先来了信。说实话，他们也该回来看看了。这九年中，姑妈和姑父先后去世了，因为表兄是独生子，故而丧事全由我们家的人出面代办了。就是上坟，也该来看看吧。

探亲两个月，一晃就过去了。他忙我也忙，我们只匆匆见了一面。我知道他回家后在整修房子，换瓦片、堵漏、刷墙，忙得不亦乐乎。见面时我对他说，怎么样，回来吧？他说现在还不能考虑回来，女儿刚上大学，总得等到她大学毕业。我表示理解，而且我也知道，他已在美国买了房子，房前有花园还有游泳池，当然他也有了汽车，有一份固定的工作。他却很认真地说："其实，我那日子没你过得充实。"是啊，生活似乎是安定了，不愁吃穿，过得也还舒适，可就是不知怎么搞的，没多大劲。是人，总该还有些更为灿烂的东西。我对他点头说："因为你是表兄，我多讲一句，如果人仅仅是为舒适、为金钱、为机械的劳作而活着，那和蚂蚁又有多大的差别呢？"

我还可以写出景观之六、之七、之八，不过我不往下写了，类似的婚姻即景，相信读者诸君也都能写出很多很多，而且仍在今天的生活中演出更多更令人瞠目结舌的新剧目。我写下这些，只是希望读过的人，面对这些景观时，静下心来想一想。时常，冷静的思考是会使人警醒的。

提早入睡

当了作家,尤其是多少有了点名声之后,白天显得忙碌和紧张起来。要上班,要开会,还要参加一些必要或不必要但又非得去的社会活动。于是乎,白天的写作就逐渐移到夜间,想写一点东西,多半在晚上进行。一坐下来,桌上的台灯总要亮到半夜。日久天长,多少年来晚间写作亦成了习惯。

习惯是难以改变的。

现在却逼着我非得改变不可。

这是回归上海以后的事。在贵州生活时,住房宽敞,光是书房,就有两间。即使夜深人静,把灯光开得敞亮通明,只消掩上门,书房便是一个独立的天地,丝毫不会影响家人。哪怕我写得上了兴致,在书房里熬个通宵,也不碍事。回到上海,房间陡然小了一半,写作的条件自然也受影响。家人要看电视,两面相通的房间不隔音，声音传过来，我便写不下去了。家人入睡了，室外和屋内都安寂下来，照理该是写作的好时光，但灯光亮着，光影透到隔壁卧室，仍然影响他们安然入睡。写作虽是脑力劳动，给人的印象似乎是文文静静，很安宁的画面，其实不然，写得兴奋时，斟字酌句不那么讲究了，人就要站起来冷静一下，在房间里来回踱步，平静思绪。有时候笔头上涩得写不下去，烦恼得丢开笔，也要站起来，或者站到窗边去望夜空，或者倒点水喝，或者到书架上抽本书出来随便翻翻，磕磕碰碰的，难免碰着椅子，撞着桌子，发出点儿声响。有时候还要咳嗽，还要接电话，还要……总而言之，不可能真正地安安静静。

尽管如此，家人忍耐着，我也坚持着，晚上总还是能写一点东西。虽然不可能像原先那样随心所欲地熬通宵，但写到夜间10点、11点，仍是常事。

一件事情迫使我彻底地改变了自己的习惯。

随我从内地省城回到上海来的儿子，去年夏天考上了中学。我们的家居住在世人瞩目的浦东，家附近十分钟可以走到的路程内，有七八所中学，可他考上的中学远在十多站路之外，步行要两个多小时，就是搭乘公共汽车，总也得四五十分钟，而且至少得换乘两次车。他考学校时，我正出访日本，等我访日归来，他已到学校报过到了。开学之前，我到他学校去了两次，随后劝他："学校远呢，天天挤车，很辛苦的。你一读就是好几年，要背沉甸甸的书包，还会遇到刮风下雨。转学到家附近的学校吧，那可以省多少事啊！"孩子却固执地不答应，妻子也不赞成。原因便是孩子考上的是浦东地面上唯一的市重点中学。

　　孩子就这样开始了他早出晚归的读书生涯。因为路远，清晨6点10分就得出门，而起床就要更早。为了使孩子清晨按时起床，又为了保证他的睡眠，晚上8点，妻和孩子就上床睡觉了。哪怕有再好看的电视节目，我们一家人都舍弃不看。晚上8点，城市还没静下来，马路上、新村里也还没静下来，要想安然入睡，家庭里就得保持安宁的气氛，尽早熄灯，不要弄出声响。

　　作为家庭的一员，哪怕是自认为比较重要的一员，我也只能服从这一大局，改变自己的生活习惯，把事情留到第二天一早去干。到了晚上，提早入睡，并且通知所有的亲戚朋友，过了晚上8点，尽可能不要来电话。理由是：为了孩子。

家居何方

你家住在哪里?

我们家住在浦东。在上海,浦东过去不是最佳的都市居住环境,因为得过黄浦江。摆渡,在上海人看来,终究是一件麻烦的事情。但是自从有了越江隧道,有了大桥,过江逐渐地不再是一件烦恼的事了。尤其是进入90年代以来,浦东成了一块热土,成了世人瞩目的地方。我们为自己能在浦东的新村里安居而欣慰。我妻子的工作地点在浦东,我孩子读书的学校也在浦东。

你们家一直是住在浦东的吗?

哦不,对于浦东来说,我们是外来户。我们不是上海人言谈中提及的"浦东人"。

那么,你们从哪儿过来的?

这些年里,我们小小的家搬过五次。最早,我们的家安在大西南偏远安寂的猫跳河畔的峡谷里。那里永远是安宁和闲静的,指天戳云的山峰让人只感到雄峻,感到奇秀,感到蛮荒和闭塞;幽深的河谷总使人想到盘古开天地的世纪,想到漫长的悠悠岁月。河谷对面的悬崖峭壁间,时而传来猿啼虎啸。"猫跳河蜡跳河","猫"不是指如今宠物热中家养的猫,而是专指"大猫"。千百年来,当地的各族百姓称老虎为大猫,我们结婚初期最早的小小的家,就安在岭腰间的石头房子里。那是一间十平方米的电站单身职工宿舍。原先住着两位姑娘,其中一位婚后搬了出去,另一位成了我的妻子,于是乎电站就把这间小屋分配给我们,成了我们的家。我们的三口之家在这间背靠轿子山的小屋里,住了大约一年时间。电站上修建了配套的职工宿舍,紧挨着猫跳河谷的半坡上,我妻子也分到一套,于是我们住进了有前后院子、有厨房的两大间房子。这是我们第一次搬家。又过了一年,我们举家搬进省城,在招待所的客房里过渡了一个多月,住进了一套三居室的房子。这套房子在五层楼上,整座楼房坐落在号称黔南第一峰的黔灵山麓,只因地势高,站在阳台上,周围七层楼的屋顶全在我们的脚下。这是高的好处,但高也有坏处,我们家的水龙头里,总要等夜深人静,才会来水。在我一本中篇小说集的后记里，我详细地描绘过等水的情形，不在这里重复了。我们在黔灵山麓住了整整四年，那四年里我发表和出版的小说后面，总有"完稿于黔灵山麓"几个字，有趣的是一些读者来信，还猜测我一定是住在十分理想悠然的环境里。

过渡的不算，你搬两次家了。第三次呢，是什么时候搬的？搬往哪里？

还能搬到哪里去？1986年盛夏，省里为我调了一处住房，那是在省城南门外的观凤山下，傍着南明河，离名胜甲秀楼很近。我这辈子也许再不可能住这么宽敞的四室一厅了，我在这套房间里布置了两个书房，孩子专门有一间屋，他可以在家里随心所欲、自由自在地玩，正因为此，回归上海以后，他对住房始终是不满意的。

不用说，第四次搬家，就是搬往上海了？

是的。初回来时，我们住在我母亲和侄儿的家里。考虑到住房的拥挤，回上海时除了舍不得丢弃的几样家用电器和书籍，能扔下的东西我们全留给那里的亲友了，记得当我们装妥集装箱，他们来拿东西时，还整整装了一卡车。可以想象一下，四大间屋子的东西突然要浓缩在上海的一小间房子里，那种无奈和紧仄是很逼人的。光是我带回的书，堆得比人高，就要占去大半间屋子。因此，我根本不敢拆书箱，只好临时将它们堆在好友的一处尚未装修的房子里。先把一家三口人安顿下来。好在这段日子不长，八个月以后，我就搬到浦东来了，是浦东新区的第一代居民。

光顾着谈搬家了。我们这个专栏是想请你谈谈自己的家庭。

搬家似和谈家庭的题目关系不大。但对我来说，这是攸切相关的。

从我上面简略的回叙中，也可以看出，我们能在故乡上海的土地上安这个家不容易。正因为不容易，正因为体验过生活的艰难和迁徙，故而我们对自己的家庭十分珍惜，珍惜今天这一份来之不易的安定而又能追求事业的生活，珍惜以往我们共同走过的路，珍惜在组建这个小小的家庭中我们付出的劳动和汗水。令人欣慰的是，我们的这份珍惜之情，也传染给了我们的孩子。

给孩子一些什么

我保存了一张孩子十八天时的照片。那时的他躺在襁褓里,正张开嘴哇哇大哭。一晃孩子今年 14 岁了。眼看着他从一个呱呱落地的婴儿,长成了一个小伙子,个头已经超过了他的妈妈,心里说不出地欣慰。

他成长得很顺利。这三年来,他已逐渐克服了由内地省城步入上海大都市时的不适应,由"我爱贵州"变为"我爱浦东"(这都是孩子写过的作文题目)。他年年被小伙伴们选为中队学习委员,又考上了上海浦东地区唯一的市重点中学。除了话少一点,可以说他成长得很正常。

有一句很有意思的话说:你天天当着孩子的面吻他,不是真正地爱孩子;真正懂得爱孩子的父母,只在孩子熟睡时才轻轻地吻他。

望着孩子熟睡中的脸,我时常会想一个问题:我们这一代独生子女的家长，应该给孩子一些什么？或者说，我们希望孩子成为一个什么样的人？

让孩子吃得满意，穿得体面，住得舒适，无忧无虑地成长，这大约是所有父母的心愿。

切盼孩子长大了会有出息，望子成龙，望女成凤，这大约也是很多家长的心愿。社会上有那么多儿童书法学校、青少年美术班、小提琴钢琴班，每当周末的下午或是周日的早晨，无数家长拎着点心、带着玩具在这类学校门口徜徉，就是一个证明。

紧紧地盯着孩子的学习，检查他的功课，陪读，在测验和考试的前夕与孩子一起加班加点，买来一本又一本学习资料，催促着孩子练习，几乎也是社会上很普遍的现象。

值得庆幸的是，我没有汇入这样的潮流中。这并不是说我没有尽到当父亲的责任，我采取的是"无为而治"和"潜移默化"这样一种办法，当他的某一次考试成绩不理想的时候，我从来没有责备过他；当他偶有过失的时候，我从来不凶声恶气地训斥他，只在他需要我帮助并主动向我提出要求的时候，我才搁下手头的事情和他一起商量，但这种状况，一年中也只不过两三次。我更注重的是他的品行，希望他长大了当一个正直、善良、踏踏实实的人。

有一回发新书，他无意中把小朋友的一本书带回家来了。我们一再提醒他，第二天到学校以后的第一件事，就是把书本还给小朋友。晚上他整理书包时，我还特意检查他是否带了书，弄得孩子都不耐烦地问我们，他已经记住了，为什么还把一件小事盯得这么紧。我提醒他："你记得吗？有一回你自己的英语书找不到了，急得在家里乱翻，第二天还让爸爸陪你去浦西，直到走了好几家新华书店买到了书，你才安下心来。小朋友的书不见了，是会和你一样焦急的。做人就得这样，将心比心，时时想到别人。"孩子理解了我们的意思，第二天放学一回家，开口就告诉我们，他一到校，就把书还给了小朋友。下雨天，孩子带伞到学校去，经常和小朋友拿错伞。他若把同学的新伞错拿回家了，我们嘱咐他一定去把自己的伞换回来。他的新伞要是换来了旧伞，我们则嘱咐他不要斤斤计较地去盯着同学找伞，没关系的，反正一样是伞，都能用。

还有一回，学校里发下一张表格，让学生给自己的每一位老师打分，评判老师们普通话讲得好与不好。我翻看了孩子评的分。出乎我意料的是，他给副课老师打的分都很高，而给班主任和主课教师的分，却打得很一般，有的甚至是差分。我相信他是照着自己的直觉打的分。于是我问他:"小朋友们全是这样打分吗?"他说有的小朋友给主课老师与班主任的分打得高,他得实事求是,不能趁打分讨好老师。说实在话,当时我确实沉默了几分钟,才对他说:"你这样做是对的。"因为在我来说,这件事虽小,却委实会影响孩子的为人。记得那是在省城生活的时候,孩子还小,老同学、知青时代的伙伴们来了,都喜欢逗他,孩子则爱往他们身上爬,渐渐养成了习惯。有时候,我家里有一些地位不低的人物来访,养成了习惯的孩子照样会往客人身上爬。这时,和我们一起生活的老人往往会喝叫孩子。我对老人说,不要喝叫孩子,对他来说,来的都是客人,没有尊卑之分。他爬正是他的可爱之处,孩子决不决因为家里走进一位市委书记,停下他的玩耍而恭恭敬敬地赔着笑脸站起来,这正是孩子比大人好的地方。稍长一些,再往客人身上爬有失礼貌,我们及时告诉了他,孩子懂得了道理。再有客人来,不论是谁,他都不爬了。

正是在这样一些日常生活的琐事中,注重对孩子的品行教育,孩子从来不会说谎,懂得克制自己、关心他人,自觉遵守作息规则,自觉遵守各项纪律,不占小便宜。他的个性虽然不苟言笑,周围却有很多要好的同学。放假了,总有一群群这样那样的小朋友主动来找他玩。他的老师告诉我，每次选举，他在班上的得票总是高的。

读者朋友们通过我的叙述，一定看得出，我这个父亲当得是很轻松的。我不必叮咛孩子该怎么学习，不必催促他何时起床，不必叮咛他不要和同学争吵打架，不必……很多事他都懂得该如何自觉地做。哦，他们这一代确实有权利生活得比我们更有质量、更有意义。

这正是我希望给予孩子的东西。在我看来，这些东西比所有的 100 分，比令人羡慕的一技之长，比吃好、穿好都更重要。

四菜一汤总相宜

　　这是一个节俭的题目。因为即便是在贫困的插队落户岁月中,在遥远偏僻的山寨上过年,我们也不止四菜一汤。

　　那么这是怎么回事呢?

　　话得从吃辣椒讲起。记得初到省城生活时,三位山城的朋友帮我把一只硕大的组合书柜送到家里来。因而,我们特意备下了满满一桌菜肴招待朋友。事前朋友们说:"你们是上海人,我们要吃就尝尝你们地道的上海味,不要吃平时吃惯了的家常菜。"还因为是初到省城,头一次招待客人,我和妻就把这事看得十分隆重。早在两三天前就拟好了菜单,冷盘、热炒、大菜、汤水、点心一气写下了二十二道菜肴。妻还在头天请了假,在家里精心采购做准备。到了朋友们来的那天,恰好我任主编的杂志的副主编上门来商量工作,我便邀他入座一起进餐。

菜肴一盘盘端上来了，完全是按照纯粹的上海菜取料烹饪的。谁知四位客人端起酒杯，夹了几筷子菜之后，搁下筷子，光喝酒不吃菜了。当我和妻热心地劝他们多夹菜时，他们却一味地推托，笑着说："吃了吃了……"但事实上，盘子中的菜肴仍不见动。我们很快发现了问题出在哪里，就坦然相告："只因你们要尝一尝上海味，所以我们在所有的菜肴中都没放辣椒。"他们马上说："我们哪知道炒菜竟可以不放辣椒呢？那么寡味怎能咽得下？"为使这顿饭能够吃得下去，我们赶紧采取补救措施，把最后几道菜回炉重炒，炒时按照贵州的习惯，重重地分别放进尖辣椒、油辣椒或酸辣椒，总算把这顿饭对付过去了。

更好笑的是最后那道汤，我们预备的是颇为讲究的罗宋汤。与其说这是一道上海菜，不如说这是一道多少年前传进上海的洋菜。就是在地地道道的上海人家庭中，做罗宋汤也被认为是费一点事的。妻因自小在家庭中能做可口的罗宋汤而自得，特意选购了胡萝卜、土豆、卷心菜、洋葱、牛肉、番茄、芹菜、鸡丝，做出了一道味醇色浓的罗宋汤。端上桌来，请四位客人尝。谁知这四位客人都只吃了一口，便像吞吃了难以下咽的苦药一般，脸呈痛苦状，再也不敢尝第二口了。特别是副主编老先生，第二天跑到编辑部就四处宣传，说叶辛请客不放辣椒不说，还做出一大锅大杂烩红汤，硬要人尝。多年以后，我要离开贵州了，请他来家里坐坐，他连忙大摇其手说："来坐坐可以，谢谢你千万别叫我再吃饭了，吃你们上海口味的饭在我等于是受罪。"可能正是由于副主编和那三位朋友没有恶意的宣传，除了一起去山乡的知青伙伴之外，省城里的朋友很少在我们家吃饭。而我们呢，则也基本按照上海口味安排每天的菜肴。三口之家，经济上日益改善，我们每天都荤素搭配地吃四菜一汤，汤以清淡为主。做多了既费时又吃不完，做少了似乎又觉得对不起自己，更怕正在成长中的孩子营养不够。久而久之，四菜一汤的膳食融进了我们小小家庭的生活节奏。即使逢年过节，我们每餐也仅安排四菜一汤，当然这四菜一汤的质量稍稍提高一点。到过年那些天，年夜饭、春节的菜肴，我们也只安排四菜一汤。只不过那四菜经过安排，做得更为考究一些，比如说吃一点平时基本不食、烹饪上较为复杂费时的菜。像在省城里平时难以吃到的螃蟹、竹笋、猴头菇等等，我们特意去展销会上买来，尽兴一尝。最为讲究的是那个汤，到过年时，我们就燃起今天已甚为普遍的火锅，将冬天山城里有的鱼片、玉兰片、牛百叶、鹅肠、酸菜、血豆腐、粉丝、豌豆苗、莴苣、菠菜、鸡片等十七八样材料放在火锅里烫来吃。贵州人食火锅，是起一锅滚沸的辣椒油，夹起菜蘸来吃。而我们小小的家庭里食火锅，则基本上是按照自己的习惯涮来吃，既涮菜也喝汤。边喝边添，直吃得齿颊留香，其乐融融。尽一切可能不留隔顿菜，更不留隔夜菜。临到吃下一餐时，宁愿重新再做"四菜一汤"。

每当佳节过后，人们纷纷津津乐道节日期间大吃大喝，眉飞色舞地讲起尝到的美酒佳肴时，我就没多少话可说。而当人们问及我时，我总是坦率而自在地告诉他们，我们家还是老样子："四菜一汤过新年。"

可能正是由于我们坚持这既注重营养，又切合实际，也不奢侈的饮食习惯，我们一家三口人多年来谁都不曾因饮食而生过任何病。相反，时而外出参加活动、受人之邀偶赴盛宴，一道道甚为讲究的菜肴遍尝后回家，这一整晚总会辗转难寝，只感到肠胃里面不对劲。思来想去，还是不能贪食，还是觉得自己家中的四菜一汤好。

可以为我这一观点做证的是，有一回接待联合国教科文组织搞电视宣传的外宾，我说咱们也来个"洋为中用"，午餐买快餐式的盒饭。事前有同志担心，请外宾吃盒饭，是否过于小气，是否过于简单，是否……我说没关系，我们预订稍微好一点的盒饭就行了。结果一餐吃下来，两位客人（一个是美国人，一个是墨西哥人）出乎意料地说，这是他们吃到的最为美味可口的快餐。我心里说，这盒饭，还没达到四菜一汤的标准呢！

话似乎扯到家庭之外去了，就此结束吧。

妻又和我去散步

我的恋爱时节，正是生活在偏远乡间的插队落户时期，因为她是另外一个生产大队的知青，我们恋爱时的一个主要内容，就是在两个寨子之间来回跑。不论是我跑到她那里约她出来，还是她到我生活的寨子上来玩，最终我都要送她回到那个垭口下的名叫杨柳大坝的寨子去。送她回归的时候，不论是黄昏还是夜间，我都希望时间过得慢些，我们的脚步尽量放得慢些再慢些。久而久之，我们之间就取得了默契，不知不觉地养成了散步的习惯。不要以为在蛮荒偏僻的山乡里散步没有什么内容。在我们相隔的两个寨子之间，有一座静静的，栽种着桦木、青杆和松柏的树林，穿过这一座小小的树林时，我们总有一种远隔尘世的宁静的感觉，仿佛能听到对方的心跳。透过树叶的间隙眺望天空，天空给人的感觉也好像变了。有一回，我们在散步时，还目睹了一场山耗子和蛇的恶斗，惊得我们魂飞魄散。雨后初晴，树林里弥散着一股清新的气息，我们一边散步一边捡拾菌子和香菇。静谧的月夜，在树林边上瞅着山寨里的灯火一盏一盏地熄灭，我们总觉得这散步充满了诗情画意。

  散步的习惯就这样被带到了我们婚后，婚后我们仍旧居住在有山有水的乡间。还没有孩子时，她白天上班，我守在屋里写小说，她下班回来，我们从食堂买了饭菜吃完，就出去散步。这一时期的散步，要比在恋爱时从容得多，也安闲得多了。她上班时是坐在那里抄表或检查试验仪表，下班后的散步对她是种休息。而对趴在桌子上写了一天的我来说，散步就更是一种享受了。散步时我们兴致勃勃地去观赏泉水从溶洞里冒出来，去倾听鸟儿归巢时的啼鸣，去看着成群的雀儿飞过山头。如果那是春天，我们是一定要去山岭上采摘柠檬来吃的。有时候走累了，我们就在猫跳河边的山石上坐下来休息，欣赏河岩上笔陡的悬崖，看着河水从远处流过来，又远远地拐着弯流去。

  遂而我们搬进了省城，离家五分钟就是黔灵公园。这座山被称为黔南第一峰，围绕着山峰而建的公园，全是真山真水，只要稍有空闲，我们就去公园里散步。或拾级而上登高望远，或绕湖而行观赏湖光山色，或穿越长长的隧道,或去公园深处的动物园里看动物。那时候我们已有了孩子,全凭孩子的兴趣行事。散步的习惯就这样被我们带进了省城。三口之家在散步时享受到的是其乐融融。

谁知这样的好光景没有维持多久,妻子不愿意和我一起出门上街了。每次约她,她总是寻找种种理由推托。时间一长,我也纳闷起来,这究竟是何故呢?挑了一个她情绪甚好的日子,我忍不住问她。哪知她张口就答:"和你去散步有什么味道?走不了几步就要同人打招呼,我计算过了,没有一次和你出去,太太平平走过一百步路的。"我听了这话,不由得愣住了。是啊,这细节怎么会被我疏忽了呢?记得就是搬进省城那年,我连续出版了几本长篇小说,省市报刊上发表了报道我事迹的通讯和报告文学以及评论,中央人民广播电台在连续播讲我写的小说,先是省电视台,后来又是中央电视台拍摄了我的电视片,恰好就是那年,《蹉跎岁月》也被改编成电视连续剧在全国播出并获得了好评。随着这一系列荣誉的获得,我在省城里认识的人也多起来,时常在各种各样的会议和社会活动中露面。那年头电视的发展又出乎意料地快,很多活动电视上都做了报道。我在当选了全国人大代表以后,又当选了省青年联合会的副主席。热情的共青团组织和一些大中学校,经常邀我去各种各样的大会上做报告或是和文学青年们座谈,认识的人也就更多了。省城的街区确实不算大,走在人行道上,总是要同各种各样的人打招呼。遇到相熟一些的,还要站下来寒暄几句。在我做来一切都很自然,似乎也很快地就习惯了,但是我一点也没想到妻对此很不习惯。是啊,回想起来,每次和她一起出去,只要遇到了人打招呼,微笑握手的同时,我总要把她介绍给打招呼的人。她呢,回回都是很尴尬地笑笑,遂而站在一旁,赔着笑脸听着我们讲话,孩子小没那么多的规矩,一声连一声地在催着走,大人却又走不了。这样的散步自然就失去了很多的滋味。

被妻子一说,我也闷闷地好一阵说不出话来。从那以后,散步这一节目就从我们家的安排中消失了。难得一回兴致好,孩子又闹着要出去,我们就专门挑僻静的马路走。记得那是一个星期天的清晨,正是春光明媚的日子,我们决定要到黔灵公园去散步、划船,于是就占着挨得近的优势,一大早就起了床,朝着鸟语花香的公园里走去。待我们散完步,在黔灵湖上划了一小时船心满意足地走回家时,省城里吃罢了早饭蜂拥而至的游客们才逐渐坐车来到公园。

1990年我们举家回到上海,在人如潮涌的大都市,再没有那么多相识的需要打招呼的脸，心想这下总可以恢复散步的闲情逸致了吧？但是我母亲家和岳母家都在处于闹市街头的黄浦区，走出弄堂就是喧嚣声不绝于耳的条条马路，马路上日夜都是川流不息摩肩接踵的人群。在人堆里挤来挤去的，还会有什么散步的情致呢？

幸好我们不久便搬到了如今已是举世瞩目的浦东的新村房子里。新村的楼房整齐，新村里的绿化让人心旷神怡，新村附近有商业区，也有不需走多远就能见到的田野。就是人行道上，也没多少行人。很自然的，我们一家人又不约而同地恢复了散步的习惯。晴天里的黄昏，节假日的前夕，或是雨过天晴的那一刻惬意的时光，我们就兴趣盎然地出去散步，兴致好就走得远一些，人若累就走得近一些。每次散步，都是我们一家人最轻松自在的时候。妻会滔滔不绝地讲她工厂里的人和事，寡言的孩子会露出笑脸讲他学校里小伙伴们的趣事，我也会讲一些并不成熟的构思中的故事。小小的三口之家家人间的沟通，就在这散步的时光中进行得格外富有亲情。让我感慨不尽的是，养成散步的习惯是在我们的恋爱时节，而如今继续着散步的习惯时，我们的孩子已经是一个中学生了。

他长大了，还会有这良好的散步习惯吗？

孩子想念贵州

回上海四年了,孩子想念贵州。

这是我没有预料到的。

初回上海时,他对上海的环境、上海的住房和上海的学校都不怎么满意,情绪忧郁低沉。我写过一篇短文《爱的教育》,详尽地叙述了针对他的思想,我所做的一系列耐心的教育工作。报上发表以后,好几份报刊转载了。这以后,我看到孩子随着回上海时日的增长,有了一批新的小伙伴,开始适应了新村里的生活,脸上有了笑容,特别是他写下了一篇短文《我爱浦东》,我心里便想,孩子终究是孩子,他会对童年生活过的环境渐渐淡忘的。他的童年情结算是解开了。

今年暑假,他要升初二了,他们班主任布置了16篇作文,其中一半是读书笔记,另一半是随意命题。他如期完成以后,我说你的作文能不能给我看看,爸爸是个作家，在写作上比你的经验多一点。他起先没拿出来，后来他妈妈又耐心说了一阵，他才不大情愿地把作文簿拿出来了。我随意地看了一遍，发现了他的这篇作文叫《忆黄果树瀑布》。我不觉哑然失笑，他才15岁，竟然写起忆什么什么的作文来。细细读完以后，我觉察到了，孩子仍然思念贵州。

带他去黄果树瀑布，是他还在读小学时的事了。由于工作关系，我不知陪同客人去过多少次黄果树了，印象也便淡淡的。哪晓得孩子仅仅去过一次，却深深地留在他的记忆中。可见他还在想念贵州，想念山乡，还有着他的童年情结。他写下了在公路上看到的大瀑布景观，写下了进入瀑布后水帘洞的感受，可见这两个景点给他的印象之深。如果他把当时的天真和童趣，表现得更加细致和真切些，这篇作文会更有味一点。黄果树瀑布是个有名的景点，每年不知有多少游客去游览。古往今来，不知多少文人墨客游过之后留下了诗文。仅仅如实地写下一些景观，那是不够的，还得有自己独特的视角。中学生来写她，更得写出中学生感觉里的黄果树瀑布来。这一点在孩子的作文里显然体现得不够。

给我印象深刻的，是孩子通过这篇作文，还是表达了他的童年情结，他几次对我说过："贵州那地方，有山有水有河流,有火车头,有火车尾……"我总以为他只是在叨念童谣,没料想,他所说的"有山有水"实际上是有具体内容的。这篇作文就可算一个证明。

回上海四年了,孩子仍然想念贵州,给他讲一些道理也不起作用。我真有点吃不准了,长久地保留这种思绪,究竟好不好?读者朋友们,你们说呢?

人生的金秋

人们时常把少男少女的万种风情和春天的明媚联系在一起。

人们也时常把青年男女奔放的爱情和夏天的炽热联系在一起。

那么,人到中年,正是进入了人生成熟的秋天,收获的秋天。

我在小说里,不止一次地描绘过大自然的秋天。秋天的湖,泛起的是轻涛细浪;秋天的绿,油浓生翠;秋天的山峦,郁郁葱葱,果挂枝头,层层叠叠地尽兴舒展而去;秋天的风,清凉中透着寒意、拂着干爽;秋天的大地,坦荡而又宽广;秋天的歌,深沉浑厚中带着点悲凉。秋天已经历了春的萌动和洗礼,秋天已经历了夏的雷暴和烈日,秋天已经历了乍然而至的冰雹却还将迎接严寒冬季的来临。

但秋天终究是成熟的季节，收获的季节。

人到中年，正如同大自然进入了秋天。有了家庭的果实，有了事业的成就；增添了几分沉稳、几分庄重，失却了几分童稚、几分单纯。中年人学会了说"不！"，中年人会把话讲得委婉。中年人已明白要有所得，必有所失，再不同青少年时期那样好高骛远，那样趾高气扬、目空一切。中年人摒弃了傲慢与偏见，中年人已懂得摆平感情和理智的位置，中年人已长出了自己的根须，中年人肩头担负着赡养老人、培育子女的重任。中年人的目光眺望着远方，渴望着再干一番业绩，再登一个阶梯。中年人时不时会回首瞅瞅身后已走过的路，看看那踏过的有深有浅、有直有歪的一行行脚印。那是他的生活的路，那更是他的人生之路。

哦，路已走了大半，路已走进秋天。

未来的路还很长很长，人到中年的伙伴们，我的同时代人，你们想过否，在这金色的秋天里，如何把未来的路踏踏实实地一步一个脚印地走下去？

明朝洪自诚曰："登高，使人心旷……舒啸于丘阜之巅，使人兴迈。"

人说秋天多佳日，更宜登高唱新曲。

让我们都在这人生的秋天里，登高望远，迎着那万里清风，昂天呼长啸，一览众山小，路险心自平，神思驰九霄，踏着更加坚实的脚步，去攀登人生的更高境界吧！

江南文化在哪里

江南文化在哪里？小时候，戴红领巾的青少年时期，老师问我们这句话，我们你看我，我看你，是回答不出来的。是啊，天天生活在弄堂里，看见的天是一块一块的，马路是一条一条的，楼房是高高低低一幢一幢的，感觉不到多少文化的韵味。

长大一些了，读到中学，走的地方也比小时候远了，去过郊区，去过上海城区之外的江浙农村，又和同学讲起江南文化的话题，讨论得就深了一些，于是乎众人就你一言我一语把看见过的、书上读到的，一并讲了出来。说江南文化就是小桥、流水、人家，就是河网密布、鸟语花香、无边的田野伸到遥远的地平线尽头，就是过春节了往红纸上写下春联贴在门口……想得深一点的同学还会说，蓝印花布是江南乡下的特色，过年吃蒸糕是江南的风俗，农村里结婚时热热闹闹的仪式,都应该是江南文化的范畴吧。

总而言之,对于我们这些在上海弄堂环境中长大的孩子,讲到江南文化,似乎是显而易见的,又仿佛是看不见摸不着的。

那么,江南文化究竟在哪里呢?有人说在苏州的园林里,有人说在江南的庭院中,有人说乡村里粉墙黛瓦的农舍,就是江南文化的充分体现,还有人哼唱的江南小调、评弹,喝的黄酒,年年秋天总要尝尝的阳澄湖大闸蟹,都是江南文化的组成部分啊!西南人、东北人都没有吃大闸蟹的习惯和那些讲究。

有一回做电视节目,专门谈江南文化,主持人事先设定了几个话题,让嘉宾围绕着旗袍、评弹艺术、餐饮来谈,好像抓住了几个典型的东西,就谈到了文化一般。

其实不然,文化既是看得见的,又是看不见的;既是摸得着的,又是摸不着的。体现在人的身上,文化更多的是一种感觉。一个人走进来,让人觉得他有北方汉子的豪爽;另外一人走来,看一眼就认定她是小家碧玉气质的女子;再一个人走来,呵,人们在暗中赞叹:好有气质,不是教授就是学者。凭什么有这些判断?凭的是感觉,是随着这人进来的同时带来的气象、风度、谈吐气质。

这些感觉是怎么来的？是综合了这一具体的人身上所有的因素，相貌、服饰、举手投足、目光乃至走路的神态姿势，而所有这些东西显示出的，便是这一个人身上的文化气质。

　　那么，江南文化到底又在哪里呢？一句话，在江南人的身上，在每一个上海人的身上。

　　我有相当长一段时间生活在西南，有时候碰到浙江人或者江苏人到贵州出差，当对方操着江南普通话和我们交谈时，贵州人就会向我露出会心一笑，说你又碰到老乡了。贵州人为啥说得这么肯定呢？是客人身上带来的江南文化人的气息，让他自然而然得到了这一感觉。

　　不晓得这样一个小小的细节，能不能证明我的判断？

兴化早茶

出差途中自助早餐吃多了,就不容易品尝到各地有特色的早点了。总觉得招待所、宾馆的供应,是程式化的,就那么点味儿。故而到了兴化,意外地喝到一次富有特色的早茶,格外惊喜。

到兴化原本是去看垛田菜花的,说那油菜花虽然不能同云南的罗平 30 万亩相比,也不能同名声在外的婺源油菜花田相比,但有它自己别处不可比拟的优势。那优势就是万亩油菜花全都长在垛田上,既能在陆地上看,又能坐着小船儿,深入花田中去看,那便是它富有亮点的另一种风情了。尤其是读过几位同行,特别是我的同学艾克拜尔·米吉提写的《垛田花海》,我更想去看一眼那壮观诗意的景致了。

哪晓得,就在早上出发之前一喝茶,我的脚步就留住了。

在中国，把吃早点称作喝早茶的地方很多，广东的潮州、顺德最为出名，以至于远在海外的广东人，在世界各地开出了许许多多的广东茶楼，茶楼里既喝茶，又吃饭。所谓饭，更多的是点心。

在江南，最出名的地方，则是扬州早茶。上海人到了扬州，第一个要去的地方，就是富春包子铺。

富春包子铺也叫富春茶庄。吃早点，喝早茶，品鉴味道可口的富春包子，被称为到了扬州一个不大不小的享受。

离扬州不远的兴化早茶，应该也是差不多的吧？我心里想。

哪知道一入座，才知兴化茶既是一桌美食，又是一桌文化的盛宴。

首先喝茶的杯子大不同。富春包子铺的茶杯，纯一式地使用传统的盖碗茶杯碟，喝起来颇为讲究。

兴化早茶用的是大口玻璃杯，有柄，类似啤酒杯。茶叶泡进去，晶莹碧透，一目了然，一片片芽尖在茶汤中上下沉浮翻滚。

先端上桌的是开胃小碟。少不了里下河这一片区域的特点，咸鸭蛋、花生米、生姜、干切的牛肉、枣子、橄榄、藕片、瓜子……在江南一带见惯了的。我之所以不厌其烦地提一笔，是想说，在苏州、扬州，乃至兴化、泰州，直到南京、盐城一大片古代视为江南的区域，这是大同小异的民俗。读者们在《红楼梦》《金瓶梅》等古代小说中，细细一读就会有同感。

兴化早茶的内容实在太丰富了，如果我照着上早点的顺序一一写来，难免会使读者感觉厌烦。服务员告诉我们，一桌讲究的早茶，最多的有十个厨师一早起来制作，招待较重要的客人，也得有六个厨师来做。想想也是，糕点的茶点，功夫是少不了的。

故而我在这篇小文里，只选取上海人会感兴趣的早点介绍二三。

其一，干丝。上海的食客走进南京路上的扬州饭店，点一道扬州干丝是少不了的。但是在兴化，干丝却有三种。一种是传统的豆腐干干丝，和上海人吃到的差不多。另外两种，则是凉拌干丝和烫百叶干丝，加上当地盛产的作料，如果食辣，还可以加上辣椒，那滋味儿，咳，只有品过的人才能体会。

其二，我少不了要提到的，是喝早茶的主食包子。包子上桌时就气概不凡，热气腾腾的蒸笼就颇为诱人，包子的种类繁多，纯肉包、三丁包、蟹黄包、素菜包、蒸饺、烧卖，前面喝过茶、豆浆、牛奶，又吃过干丝和零食，还品过特色徽子，看到这么多的包子，客人们只好择自己所欢一二了。故而我要借此提醒读者一句，在兴化喝茶，若要品尝和扬州风味不同的包子，那前面一定要少吃，尤其是甜食。

其三，我非要讲讲上海人熟悉的阳春面。阳春面是一代上海人温馨的记忆。而兴化的阳春面，既不同于苏州地区的红汤面，又不同于上海筒子骨熬出的阳春面汤，而是鲜美无比的鱼虾汤面。更难能可贵的是，兴化阳春面还能举一反三，用鱼虾汤煮粉条，那粉条儿既不是细线粉，又不是粗粗的红薯粉，而是不粗不细、滑爽可口且拌和中筋面的粉条。

哦，兴化早茶，令我难忘。

后记

用佳作为国庆献礼

我出生于1949年10月,今年70岁了。

新中国成立六十周年的时候,我出版过一本散文集《我和共和国》,这本书的名字,是选用了共和国成立三十五周年时,我写下的一篇小文《我和共和国》。

由于我和新中国同龄,到了国庆逢五逢十的年份,总有报纸、杂志约写感悟性的文章;也由于我的职业是作家,有一点所谓的名气,遇到这样的年份,总有电台、电视台及近年来更为活跃的互联网等媒体来采访并提出一些问题。其中有一个问题,几乎是经常被问到的,那便是在我人生已经碰到的逢五逢十的国庆节中,哪一个国庆节最为难忘,记忆最深刻?为什么?

我常常不假思索便回答,是1979年的国庆节。那一年的 10 月，我在乡间完成了两部长篇小说《风凛冽》《蹉跎岁月》的初稿，《风凛冽》是 7 月写完的，《蹉跎岁月》是 10 月写完的。正是在 10 月里的最后一天，我领到调进省作家协会第一个月的工资：二十八元整。更主要的是，1979 年 10 月，从偏远的乡村到省城里，整个社会酝酿着一股变革的气氛，节日的喜气里弥漫着各界人士尤其是青年人的希冀、憧憬和对明天美好的向往。

正是怀着这么一种心情，我把两本长篇小说送进两家大型文学杂志编辑部。几乎是在同时，在贵阳，我读到了 1979 年 9 月出版的《收获》杂志第五期，那上面刊出了我年初交到编辑部去的长篇小说《我们这一代年轻人》。收到杂志的时候，正临近国庆节，省作家协会的老同志、《山花》编辑部的老少编辑，纷纷向我表示祝贺。那个年头，一个正值 30 岁的年轻人，在上海的大型刊物上，发表了长篇小说，被认为是贵州文坛的一件大事。

一年以后的 10 月，当时属于四川省的重庆市文学刊物《红岩》上，刊登了我的长篇小说《风凛冽》；《收获》杂志上，又刊登了我的长篇小说《蹉跎岁月》；几乎是在同时，中国青年出版社把我的这三部长篇小说，一部接一部地以单行本的形式推向社会。我不能忘记的是,《我们这一代年轻人》初版印了十五万册,定价是八角八分;《风凛冽》的定价更便宜,是六角六分,印行了九万一千册;而把我的名字带给广大读者并引起热议的《蹉跎岁月》,印了三十三万七千册,定价为一元一角五分。

　　正因为是1979年10月离开了山乡,充满喜悦和憧憬的同时,我用一双不无忧郁的眼睛,注视着山乡里的贫困:粗粝的食物、破旧的衣裳、徘徊了十年的居高不下的黑市粮价。我心中暗忖,什么时候,各族老乡的生活也能变一变呢?

　　这思考里不仅有我的困惑、迷茫,还有着我对老乡生活现状的同情和忧虑。

　　仅仅一年之后,1980年的秋冬时节,我又来到插队十年的山乡村寨上,苞谷价格跌下来了,场街上的猪肉吊着吆喝着卖,老乡们的脸上挂满了欢欣的笑。我惊问,为啥停滞不变的乡场有了如此大的变化呢?寨邻乡亲们纷纷给我说,变了呀,变了呀!村寨上实行了责任制,粮食丰收了,鸡鸭牛羊猪随便养了,不愁吃穿了,没人来戴"大帽子"了。你多来玩玩,把寨子当成你农村里的家……我真的去了,农民们摆出米酒、满桌的菜,和我整夜整夜地聊,原来这变化的过程中涉及上上下下这么多的人和事,原来这变化并不是像外面看上去那么简单。我敏感地意识到这又是一本书，上亿的农民在这么一场巨大的变革中解决温饱，开始摆脱贫困，多少人的命运在这么一场巨变中发生着变化……于是我凭借十年的插队生涯，凭借对中国农村变革的关注，给人民文学出版社写下三部长篇小说《基石》《拔河》《新澜》。

小说出版后受到评论界的关注，当时还是杂志的《文艺报》长篇评论的第一句便是："小说紧扣时代的脉搏，深切地关怀人民的命运……"

那时的书价还是便宜啊，1984年出版的《基石》定价八角三分，1985年出版的《拔河》为一元八角五分，下半年出版的《新澜》是一元九角五分。可能正因为便宜吧，书的印数也是巨量的。

2018年是改革开放四十周年，2019年是新中国成立七十周年，是为了庆贺这两个有纪念意义的日子吧，《基石》《拔河》《新澜》又一次再版了，收到样书的时候，我翻阅着厚厚的冠名为《巨澜》的这部长篇小说三部曲，留心了一下书价：九十二元。

而第二十次换了封面的《蹉跎岁月》，定到了七十八元一本，《我们这一代年轻人》四十九元，《风凛冽》三十五元。

也许作家一辈子都在和书打交道吧，收到新版样书的那一瞬间，总要在爱不释手地翻阅时留意一下书的价格。书籍的出版、再版以及书价的变化，也从一个侧面反映了文化繁荣。我们的祖国经济在发展，社会在进步，正踏着坚实的步子，一步一步往前走。

说来说去，都是在讲再版书。在我们迎接新中国成立七十周年的日子里，我也有一部新的长篇小说《五姐妹》即将出版。这本书写的不是传统意义上的老大、老二到五妹的家中五姐妹，而是五个同时代女性的命运。小说的尾声写到了2019年。重点则是她们从青春年少、情窦初开到50岁的故事。每一位女性到了50岁，已经有了丰富的人生阅历。想想吧，从少女时代开始，五姐妹要经历一生中所有的故事，要恋爱，要嫁给心仪的男子，要生儿育女，要历经感情的波澜和坎坷，还要处理方方面面的关系，她们的性格有差异，命运必然不一样……而她们所生活的时代，正处在新中国成立以来的七十年里，她们人生故事的后景，正是中国和世界动天撼地剧烈变化的七十年。

就让这本书，作为我——一个作家的国庆献礼。